田中一村
かそけき
光の彼方

Beyond The Dimness

荒井 曜

Akira Arai

南方新社

わが娘、わが妹の霊魂《まぶり》に――

田中一村　かそけき光の彼方——もくじ

田中一村　かそけき光の彼方

第一章　僻遠の地にて

昭和三十三年十二月十二日、午後一時過ぎ——。

錦江湾は曇天の空を映して鈍色にひろがり、その上に桜島がそびえていた。はじめて目にする聞き及びし活火山は、過去の噴火による溶岩流が形成したためか、やけに筋張った尾根が山肌を覆っている。確か、自分が子供のころに大きな噴火があり、流れ出した溶岩流が島と大隅半島を地続きにしたと記憶にある。

田中一村《たなかいっそん》は旅行者の初々しい感慨にふけり、画帖をひらくと噴煙たなびく桜島の姿を雄々しい線描で写し取り、未知の世界へと船出する直前の絵心を一つものにした。

乗船した汽船は、後部に大きな煙突が突き出たずんぐりした船型で、煙突には三本の波線を二重の輪で囲んだマークが装飾されている。船名は〈高千穂丸〉であるが、甲板室上部の壁面には、平仮名で〈たかちほ丸〉とペイントされている。戦時中に米潜水艦キングフィッシュに撃沈され、八百人余が犠牲になった同名の台湾航路貨客船の悲劇は記憶に新しい。

やがて高千穂丸は汽笛も高らかに、奄美大島に向けて三八三キロの海路に出港した。船内放送では竣工して三年足らずの三菱造船建造の新鋭船で、安定性に優れ、一三・四ノットの航海速力を誇るとの触れ込みであったが、穏やかな錦江湾を出た途端に揺れが酷くなり、乗船客でごった返す三等船室は、右へ左へ大きく傾きだした。過去に数多くの海難事故を起こしている魔の海域、七島灘《しちとうなだ》に差しかかっていた。

時折り、若い女性や子供の小さな悲鳴が聞こえてくる。一村は胃の腑に違和を感じ始めたが、じっと耐えていた。すると隣で寝ころんでいた老人が、笑いながら話しかけてきた。真っ黒に日焼けした顔には深い皺が刻まれ、体つきは年の割には頑丈そうにみえる。何色か判別のつかない古びた半袖シャツから覗く二の腕も逞しい。

「汝《な》んや何《ぬ》しが島っち来《いもり》しゃんわけ？」

訛りが強くてよく聞き取れないが、奄美に行く理由を聞かれたらしい。

「私は絵かきでございます。奄美の自然を描きたいと思っています」

「がしだりよんな《（そうですか）》、絵ば描きゅん人《ちゅ》？　絵かきゅん人《ちゅ》や、かっしゃん《（こんな）》帽子を被っとぅんな？　葉巻ば吸とぅん人《ちゅ》ち思ったど」

老人は、手ぶりでベレー帽の形を真似た。

「そういうのは、大概へボな絵かきでございましょう」

老人はまじまじと一村の顔をみた。

「汝《な》んや、清《きよ》らさん目《むぃ》しゅっか」

手つきでは、一村の目が澄んでいると言っているようだ。

「誰《た》るか内地なんてぃ殺《くっ》ち、刑務所っち入《ほ》っちゃ人《ちゅ》っち思《うむ》たっど」

いや、そうではなく、内地で誰かを殺したヤクザ者のようだと言っているのか？　一村は苦笑して、やり過ごした。

「行きゅん所《とろ》ぬねんなて《(なくなって)》、内地ら流されて来《ち》ゃんあなんな《(だろうな)》。ヤマトぬ乞食《もれっくわ》ちなたん人《ちゅ》だかよく来《き》ゅんど」

「私は花鳥画を描く者ですから、奄美の植物に興味があります」

「島ぬ植物？　くん島なんや絵になりゅん物《むん》ぬあんにゃ？」

「アダンや、ソテツや、ビロウがあるでしょう」

「あがしゃん物《むん》ば、描きん人《ちゅ》やうらんどぅ」

老人は呆れたように目を見開き、またごろりと横になった。一村は船酔いを紛らすために、半身を起こしたまま目を瞑っていた。するとまた老人の声がした――。

「海ぬ時化《しけ》りゅんときゃ、きゃししゃんちぃ《(どうやってみても)》無理なてぃ、波し船ぬ上がたんとき息ば止《とう》てぃんから、下がたんとき吐きば、なりゃ《(少しは)》落ち着きゅんど」

海が時化ているときのローリングはどうしようもないが、高波で船が持ち上がったときに息を止め、船首が下がるときに吐いてみると、落ち着くということらしい。一村はその教えを守り、向こう十数時間の船旅に耐える覚悟をした。

二百七十八人が定員だという三等船室には、見た目ではそれ以上詰め込まれているかに思えた。大きな揺れと、男どもの鼾《いびき》や歯ぎしり、時にはやおら起き上がって便所に駆け込む者の挙動に、一村は絶えず悩まされた。サーモタンク機動で客室に通風しているとは謳っているが、畳敷きの大部屋には、男たちの体臭が充満していた。

結局一村は、十八時間の船旅のあいだ一睡もできなかった。空が白み始めたころかとあたりをつけ、憔悴しきった顔をしてデッキに出る階段を上る。ドアを開けると、強風と波しぶきが顔に吹き付けたが、寒くはない。顔をなぶる大気の塊は、十二月にしてはやけに生暖かかった。

吐噶喇列島《とかられっとう》の小島を一つ二つ眺めて過ごすうちに空も明るさを増し、風圧に抗して前方デッキに回り込んでみると、奄美の島影がすぐそこに迫っていた。

三年前に旅した九州や四国、紀州の自然の色彩の鮮烈さから、更なる南の奄美はさぞかし深い緑の島かと思いきや、平べったく島を覆う山々は、白波が洗う海上に黒っぽく蹲《うずくま》っている。薄雲のかかった早朝の陽光に照らし出され、無数の黒い点で覆われているように見えた。一村が画帖に写し取った初めてみる島の姿は、鉛筆の腹で黒く塗り潰された。

この時、一村にはかすかな予感があった。かつて旅した宮崎の青島や熊本の阿蘇は強い光に満ち、自然は鮮やかに輝いてみえた。ところが、船が奄美大島に近づくにつれ、空は雲に覆われ、離島を包み込む色彩は、灰色の印象を濃くしていく。

——輝くときの太陽はどの地方よりも強くあってもらいたいが、自分が欲しているのは影の世界の微妙な濃淡なのだ。もし、予感の通りなら、これまで新しい水墨画を創造しようとしてきた構想をこの島で果たせるはずだ。

中央画壇にはついぞ受け入れられることのなかった一村は、未知なる島で捲土重来《けんどちょうらい》を期する思いを強くした。

やがて船は、両袖を小高い山に囲まれた入江に入っていく。湾の入り口には、三角錐のかたちをした小さな岩山が海上に突き出していた。デッキに出ていた島人が、「タチガミを拝むとやっと奄美に帰って来たという気がする」という意味のことを土地の言葉で喋っていて、この岩塊が〝たちがみ〟と呼ばれていることを知った。島の入り口で、海上に〝立つ神〟への土着信仰とでもいうところだろうか。

三等船室で隣り合わせた老人の話では、この港は昭和七年に築港の工事が始まったものの戦争で中断され、日本への返還が決定した昭和二十八年の翌年から、国直轄の港湾整備事業として建設が再開。当初は本船から艀《はしけ》に乗り換え、名瀬港に上陸する不便な航路だった。大型船を横付けできる埠頭が完成したのは二年前のことらしく、タラップを下ろすコンクリートの岸壁には、出迎えの人々が大勢群がっていた。

右手前方には砂浜の少ない海岸線が弧を描き、湾に沿った道路の向こうに名瀬の市街地が見渡せた。平屋かせいぜい二階建ての建物の屋根が覗き、町の正面ど真ん中に、何の役目を果たすのか、背の高い白い塔が二本そびえ立っている。旅立つ前の下調べでは、この町も空襲で焼け野原になったというから、この塔は戦禍を生き延びたものなのだろうか？　塔の壁面は薄汚れ、新しい建造物には見えなかった。

一村は汽船の出口に群がる運動着姿の学生たちや、背広姿の男たちに交じってようやく下船を果たし、生まれて初めて亜熱帯の土を踏んだ。といっても足場はコンクリートの岸壁だし、人々の群れを縫ってバイクや自転車が忙しく走り回り、海岸線に沿った道路の交通量も少なくない。噎せ返るような南国情緒を期待していた一村は、やや拍子抜けした気持ちで名瀬警察署に足を向けた。

髪は角刈り、黒の銘仙に兵児帯という姿で颯爽と歩く六尺近い長身の一村は、眼光鋭く、船室で知り合った島の老人ではないが、堅気ではない空気を醸し出していた。一村が警察署に向かっているのは無論、何かの咎めを受けたからではない。着物の懐には、長崎大医学部の友永得郎教授からの紹介状を納めていた。

旅の途中、一村は川村幾三叔父の主宰する座禅の会〈樹徳会〉の主力メンバーであった友永博士の自宅に二泊させてもらっていた。友永は千葉医科大学を退職後、郷里長崎に戻って長崎大医学部で法医学の教授を務めており、一村の世話を焼いてくれるよう鹿児島県警を通して名瀬警察署に依頼してくれたのである。

港湾地区を出て、海岸通りを越えると、道路沿いからその奥へと、トタン屋根や平木葺の安普請な木造建築が密集して並んでいる。この一帯は奄美でいちばんの繁華街なのだろう。潮の匂いや、じっとり纏わりつくような湿気のある生暖かい大気には亜熱帯の印象を感じるものの、名瀬という所は、予想していた以上に都会だった。

どのくらいの人口か知らないが、人の暮らす市街地からは、何か猥雑な熱気が押し寄せてくる。その一方で、町は奥に広がることを許されず、緑に覆われた小山が覆い被さるかのごとく迫っており、人間文明の忙《せわ》しい活動を諫めているようにも感じられた。

名瀬警察署は、港から歩いてすぐの距離にあった。老朽化した木造校舎のような建築で、三角屋根のついたモルタル外装の正面玄関がかろうじて威厳を保っている。その玄関前に二人の制服警官が立ち、にこりともせずにこちらを見つめている。用件を伝えようと、一村が口をひらきかけたときだった――。

「田中一村画伯であらるっと？」

初老の警官が声をあげた。襟の徽章から上の階級の人物であることが分かる。

「はい。私が田中でございます」

その瞬間、二人の警察官が相好を崩した。どんな大芸術家が到着するのかと、緊張して待ち構えていたらしい。

「ゆうくさ《（ようこそ）》、奄美大島へおいでくれた。私は本署ん署長で、戸高義信《とだかよしのぶ》ち申します」

戸高署長と並び立ち、鯱張《しゃちほこば》っていた男性の年齢は署長より上に見えたが、彼は副署長の鍋屋正孝《なべやまさたか》と名乗った。法医学者として県警嘱託の司法解剖を担当している友永博士からの根回しは絶大な効果があったようで、彼の紹介状を手渡すと、署長は賞状でも授与されたごとく、恭しく頭を下げた。警察署の裏手に隣接した寮施設には、一村のために休憩室が用意され、朝食まで出してくれた。

「このたびは警察署のトップのお二人から、これほど歓待をお受けし、感謝の念に堪えません」

着物の袷をただし、一村は折り目正しく頭を下げた。

「昨日、鹿児島県警ん鑑識課長からも電話があっせい、長崎大医学部法医学教授んお客様じゃっで、不手際があったや私ん首が飛ぶ」

署長は言って、太い眉を上げた。

「ありがとうございます」

「奄美にご来島は初めっとお聞きしちょいもす。ご不自由なこっがあったや、なんなりとお申し付けくいやったもんせ」

一村はそれを聞き、しばらく思案した。そして厚かましいとは思いつつ、差し迫った問題を彼らに打ち明けることにした。実は、奄美で暮らすことが決まってから、幾三叔父の知人の奄美出身者を通じて、当地で住むところを手配してもらうことになっていたのだが、長崎の友永先生宅から連絡を入れてみると、その件はまったく進んでいなかったのである。

「戸高署長、実は今日から泊まる場所が、まだ決まっていないのです。当方、誠に緊縮財政故、ホテルのようなところに長く滞在することはできません。どこか賃料の安い下宿屋か何かを、ご存じないでしょうか?」

署長と副署長は顔を見合わせ、ひそひそ話を始めた。すぐに部屋を出て行き、しばらく戻らなかった。一村は朝食で腹がくちくなると眠気に襲われた。長旅の疲れも相俟って、横になると忽ち寝入っていた。

ノックの音で目覚めたときには、すでに昼過ぎだった。警察寮の窓から午後の日が差し込み、表通りから町の喧騒が聞こえている。ドアを開け、鍋屋副署長が顔を出した。

「田中どん、これからすぐ出かけもんそ。お気に召すか、まずは見ていただっとが早かち思う」

「もう、宿が見つかったのですか?」

「すぐそこを流るっ屋仁川《やにがわ》ん上流じゃ。ここから十分もかかりもはん」

副署長は自分の自転車を転がし、一村を連れて現地に向かった。

「折角じゃっで、遠回りにはなっどん、名瀬ん商店街をご案内しながらお連れしもす。これから生活すっとに、日用品などを売っ店を知っちょくと便利やろう」

副署長は、名瀬市街地の案内を始めた。

「名瀬のこちら側は、伊津部《いっぷ》ちゅう」と言って、山に向かって左の方を指し示す。戦後間もなく始まった〈はとバス〉の女性ガイドさながらである。

「伊津部には琉球文化ん影を落とす古か家並も遺っちょりますどん、ここより西側は新しか町並みで、中には鉄筋コンクリートん近代建築も建っちょります。ないごてなら、三年前ん暮れに大火がありまして、入舟町、金久町、仮屋町、幸町、柳町ん五町一三六六棟、六万二四〇九平方メートルを焼き尽くしたとじゃ。そいで、一気に都市計画が進んだわけやけど……」

災害の話題から始めるのは、いかにも警察官らしかった。被災の詳細も生々しい。

「そういえば、来たときからずっと気になっていたのですが、あの白い塔は何でしょうか？　あれは焼け残ったのですか？」

副署長は一村の指先に視線を向ける。二階建て以上の建築がない町では、ほとんど何処からでも奇妙な二本の塔が見えるのだった。

「あやあ、名瀬測候所ん気象観測塔じゃ。私はあん塔ん天辺まで登ったこっがあっとどん、様々な機器が設置され、風速計がクルクル回っちょりました。塔から見下ろすと、下ん敷地にテニスコートがありましっせぇ、昼休みに職員がテニスに興じちょりました」

「台風の通り道ということで、やはり気象観測は重要なのでございましょうね」

副署長は黙ってうなずき、正面の山を見上げた。

「あん山は、おがみ山ちゅう、島ん人々にとっては神聖な山で、信仰ん対象になっちょっようじゃ」

「〝拝む山〟ということでございますね」

「そいが諸説あっごたっせぇ、昔はそん字を当てちょったようじゃっどん、今は御神様ん意味で〝御神山〟を使うちょっようじゃな。こっちん年寄りん発音は、ウガンシャマち聞けるども」

鍋屋は鹿児島生まれ、奄美に赴任して数年ということなので、土地の説明は本土の人間が聞きかじったという印象が強い。

「おがみ山ん右手ん方角には、高千穂神社があっと。明治時代ん創建じゃっで歴史は浅かとじゃが、本殿まで長か石段が続き、来島すっしん観光スポットになっちょります」

背後から警笛が聞こえ、振り返ると老朽化した車体にオレンジ色のラインが入った路線バスが排気ガスの匂いをまき散らし、街の奥に向かって走っていく。その後ろを男女二人乗りしたモーターバイクが走り抜けていき、鍋屋が目を光らせた。

「思ったより、バイクや車が多いですね」

「こんところ急激に単車が増えっせい。一昨年、天文館通りにヤマハん営業所ができっせぇ、エンジンの馬力を宣伝すっために、高千穂神社ん石段を本殿まで単車で駆け上った者がおった。こんた後で交通課でん問題になっせぇ、厳重注意をしもした」

「警察寮でお世話になっていたときも、表通りからは交通の喧騒が聞こえてきました」

「そいでも名瀬は静かになった方じゃ。昨年までは、屋外に取り付けられた拡声器ん宣伝、宣伝放送車、五つあっ映画館ん拡声器によっ呼び込みなど、ひっきりなしに騒音が響いちょったとじゃが、今年ん九月に鹿児島県下で一斉に展開された〈街を静かにすっ運動〉に名瀬市も加わり、〈騒音防止推進協議委員会〉ができたとじゃ。名瀬署としてん取り締まりを強化し、そいにより名瀬ん町もわっぜえ静かになった」

一村はそれを聞き、眩暈にも似たものを感じた。ここに来るまでに思い描いていた南国の離島と、名瀬の現実は違い過ぎた。その後も副署長は、本土から来た人間が面白がりそうなスポットを案内してくれたが、恐らくそれは彼自身が離島に赴任して、興味をもったものなのだろう。

河川敷には戦後の闇市のようなバラック建ての商店が軒を連ねており、軒先からなかを覗くと、大きな牛肉の塊が鉤に釣られ、藁を敷いた台の上には卵が並び、その傍らで男が鶏の羽をむしっている。

「名瀬市民の台所、永田橋市場じゃ。もっと品揃えが豊富なんなマルハちゅうスーパーマーケットん方じゃな。鉄筋二階建てん衛生的な施設じゃっで、食品を買うならマルハがお勧めじゃっどん、船賃が値段に乗っで、奄美ん物価は本土より高か」

トリスの看板を掲げた酒場や食品店と並んで、店頭に沢山の広口瓶を並べた店の看板を読むと、〈信用本位　各種ハブ製品販売〉とある。瓶の中身は、アルコール漬けのハブである。軒下には〈奄美大島・ハブ捕獲共助組合〉の札が下がり、店内の壁に〈ハブ高くで買います〉と書いた紙が貼られている。

「ハブを捕っくっと、買い取ってくるっとじゃ。奄美ん歴史は、ハブとん戦いん歴史でんあっと。農地を開墾すっにも、宅地造成すっにも、ハブに襲わるっ恐怖はいつもつきまとっちょります。田中どんも絵をお描きになっときに山に入っ際は、くれぐれも用心したもんせ。うちん署員にも嚙まれた者がおっどん、何千匹もん蜂にいっぺんに刺されたほど痛かちいうもんど」

一村は神妙な表情でうなずいた。あちこち寄り道しながら来たので、目的地に着いたときには、警察寮を出て一時間近く経っていた。

「ここじゃ」

鍋屋が言って、手を差し伸べたのは不思議な建物だった。チョロチョロ音を立てて流れる屋仁川上流の土手から迫り上がった敷地に建ち、瓦葺の屋根を載せた間口の広い玄関が、人を招くようにこちらを向いている。木造二階建てであるが奇妙な風格があり、これが下宿屋なら、そこそこの部屋数はありそうだった。

「こん一帯は柳町ちゆっせぇ、元は遊郭として栄えた土地やったとじゃ。じゃっどん、売春防止法ができて以来、廃業したり、旅館や飲食店に転業して細々と続いてきたが、段々に寂れて、今ではそん面影ものうなった。ここは外れじゃっで火災をまぬかれたが、こん地区も大部分が大火に呑まれましたでね」

「この建物も、遊郭の一つだったのですか?」

「ここは梅乃屋ちゅう料亭やったが、辺りん没落とともに飲食は廃業し、今は下宿屋になっちょります。ここけ一部屋空きがあっそうじゃ」

一村は改めてその建物を見上げた。一間ほど突き出した玄関の屋根は瓦だが、母屋はトタン葺で、二階は外廊下に囲まれ、その内側に仕切られた部屋があるようだ。一階の窓には、朱塗りの剝げた格子が嵌め込まれている。元は料亭だったというが、ここも曖昧宿として使われていたのではないか。隣接した敷地に建つ工場のような建物からは、機織りのようなリズミカルな反復音が聞こえている。

「如何じゃしか？　中をご覧になりもはんか」

鍋屋に促されて屋仁川にかかった小橋を渡り、梅乃屋という下宿屋に足を踏み入れる。

「笠畑さん、笠畑さん、いらっしゃっと？　名瀬署ん鍋屋じゃ」

副署長が大声で家主を呼ぶと、上がり框の奥に設えられた階段から、和服姿の女性が下りてきた。

「はげーっ、副署長。遅かったじゃないですか。もう、今日《きゅう》や来《い》もらんかなち思いましたよぅ」

「お客どんに名瀬ん町を案内しながら来たでね。こちらが電話でお話しした田中一村画伯じゃわ。こっちん女将は笠畑ナオさんじゃっど」

「くれはどうも、ようこそいもりんしょ。さ、どうぞ、おあがりになって」

年恰好は六、七十代だろうか。頬骨の突き出た浅黒い丸顔に太くて潰れた鼻、大きな口が笑みを浮かべているが、垂れ下がった瞼の奥から黒い瞳がこちらを用心深く見つめている。この島に来たばかりだが、一村は以前にもこんな顔に出会った気がした。ふと思い出したのは、高千穂丸の船室で出会った老人の顔だった。

――恐らくこれは、この島に特有の年寄りの顔なのだろう。南方系の顔といっても、千葉や東京で出会った沖縄出身者の顔とも少し違う。その違いとは、自分がまだ知り得ぬ、彼らが潜《くぐ》り抜けてきた歴史が刻み込んだものだろうか。

梅乃屋の内部は思ったとおり、宴会のできる大部屋を無理やり壁で仕切った内装で、廊下の奥に炊事場と便所があった。一階より賃料が高いという二階の部屋はみな埋まっていて室内は見られないが、屋仁川に面した外廊下から名瀬の市街地が見晴らせた。今ではこの町のシンボルのように思えてきた、あの白い塔も見える。

現在空いている部屋は一階の山側の六畳間で、通路のいちばん奥まった角部屋だった。窓には格子が嵌まり、山の樹木が迫っているので、昼間でもうす暗い。裸電球がぶら下がっているが、日暮れてから絵を描くときには、明かりが足りなそうである。

「田中どん、如何じゃしか?」

自分が見つけた手柄にしたいという口振りで、良い部屋でしょう、という勢いが副署長の言葉の裏に張り付いている。

一村には、断るという選択肢はなかった。家賃はひと月千七百円ということだが、もっと安い下宿をと申し出たところで見つかるはずはないと思われる。そもそも、これほど人の世話になることだけでも心が痛かった。

「大変良いお部屋でございますね。ここで奄美の生活を始めさせていただきます。鍋屋副署長、この度のことは、誠に感謝いたします。落ち着きましたら、改めてご挨拶に伺います」

一村が言うと鍋屋は紹介者の顔に泥を塗らないよう一生懸命やらせてもらったと言い残し、自転車に乗って警察署に帰っていった。

「はげーっ警察や好かんどぅ」

　鍋屋が帰ったのをみて、女将は途端に態度を変えて吐き捨てる。

「どうしてですか？　私は大変良くしていただきましたが」

「島んちゅぬ善《い》っちゃん警官だか居《う》りょたっかな。米国世《アメリカユー》なんてぃ食みゅんむん《（食べるもの）》だか食《か》まらじ、那覇とぅ闇商売ばしゃん島ん人《ちゅ》ば、見逃してくれたん警官だか居《う》たっかな。久野工場《きゅうのこうば》ぬ社長だか元や大島署ぬ警官あたんば、吾《わ》きゃんぬ強うさん味方あたっかな。うがしゃんば《（そうだけど）》今《なま》ぬ警官や頭《かまち》ごなしだろが。売春防止法ちゅんぬ出来《でけ》てぃ、女《うなぐ》んきゃ食《か》まらんしなたんがな。うがしゃんから《（そうだから）》隠れてぃしゅっかなよ《（しているよ）》。かしゃん《（このような）》小《いな》さん事ば取り締まりよてぃ、きゃしし《（どうやって）》食《か》でぃいきゅんかい」

　女将は一度言葉を切り、一村の目を見つめた。料亭をやっていたから標準語に近い会話もできるようだが、熱くなると島の言葉になった。

「警察署だか大島支庁だか、上《う》ぬ人《ちゅ》や鹿児島ら来《い》もしゅんかなよ。がしゃん《（そうだ）》から島ん人《ちゅ》や、鹿児島ん人《ちゅ》ば好かんどぅ」

　女将の声を聞きながら、一村は千葉にいて漠然と楽園のように思っていた奄美の幻想が、また一枚剝がれていくような気がした。思えばそれは当たり前で、奄美の人々も厳しい現実のなかで生きているということであった。

「一《てぃ》つ《ちぃ》お願いぬあんば、縁側なんてぃいもりゅん《（いらっしゃる）》ときゃ、マジムンち気いつけそれよ。鼠《ネージン》ば狙てぃ降《う》りてぃ来ゆんかなよ。当たたんち病院かちゃ連れて行きゅん車や、くん家《やー》なんやねんど」

一村は女将の島の言葉にじっと耳を傾け、大意をつかもうとしていた。

「マジムンとは、何でございますか？」

「マジムンちば島言葉《しまゆむた》し、ハブぬことどぅ。ヤマトなんてぃやハブっち言《ゆ》うんば、島んちゅやマジムン、ハゴムンっち言《ゆ》んどぅ。頭《かまち》あげれば神様ぬ遣いあんかな《（だから）》、うんくぅとば《（そのことを）》言《い》しやならん。祝女《ノロ》や、〈あやくまたらく〉っち言《ゆ》っかな」

祝女とは、昔からこの島で祭り事を司ってきた女官のことだそうである。

「わかりました」と一村は言ったが、ハブの恐怖への実感はないが、高温多湿のこの島で、窓を閉め切って絵を描いていけるかどうか、自信はなかった。

こうして、田中一村の奄美での生活がどうにか始まった――。

第二章　遥けき遠く閉ざされし所

翌日、十二月十四日――。一村は、千葉の川村幾三にハガキを送って近況を知らせ、画材の他、生活物資を詰め込んだ柳行李を、梅乃屋の住所にチッキで送ってくれるよう依頼した。

そこには名瀬警察署の方々に世話になったことを記し、最後に嫌味もたっぷり書き加えた。幾三叔父を介して依頼しておいた宿の件が、まったくおざなりだったことに腹を立てていたからである。その怒りは、叔父に向けられたというより、私的な用事に他人の手を煩わせてしまったという自責の念が強かった。

しかし、ハガキを投函してしまった後になって、一村はその文面を後悔していた。いつも直情的に行動して後悔をするのは悪い癖とはいえ、本当の家族同様に自分を支え続けてくれた恩人に対し、些細なことで嫌味を書くなどもっての外のことだった。

幾三の実妹が母セイの実家の養女となり、セイの義理の妹になったことから始まった、養子縁組による親戚関係でありながら、幾三は実の息子のごとく自分と接し、画家としての才能を信じて支援を続けてくれたのである。

幾三だけではない。彼が主宰する座禅の会、樹徳会の人々の支援と温かな励ましに包まれて生きてこられたことは、意地っ張りな自分の身に余る僥倖だった。とりわけ旅立ちの前に惜別の想いを込め、四街道の自宅の襖絵を描かせてくれた国立千葉療養所の所長、岡田藤助には感謝していた。

そして誰よりも姉、喜美子の献身こそが、我が魂の拠り所だった。七歳で父から米邨《べいそん》の雅号を授かったときから片時も変わりなく、自らの人生を犠牲にして愛情を注いでくれた姉への思慕は、断ち切りがたかった。

ふたりで話し合い、奄美への移住を決めたのが、今年の九月。千葉寺で一緒に暮らした二十年間を清算するための三カ月は、身を削がれるような痛みのなかに、何処かふわふわと地に足が付いていない浮遊感が伴っていた。奄美に行くということが、我が事ながら非現実的に思え、旅立ちのその日になって漸く受け入れられたような感覚だった。

そして今、自分を黙殺した中央画壇への未練をきっぱりと捨て去り、過去の全ての想いと訣別し、この島に降り立ったのだ。我が人生最後の絵をものにするために――。

その二日後、一村は国立療養所奄美和光園を訪問することにした。

長崎で友永博士が用意してくれた紹介状は、厚生省九州地方医務局次長の亀谷敏夫からのものである。一村は亀谷と面識がなかったが、彼は千葉医科大学の出身で、樹徳会のメンバーと親しいという縁があった。

「奄美和光園に、小笠原登という面白い先生がいらっしゃるので、訪ねてみるといいよ」と、友永は言った。一村は、彼の家に滞在中に交わした会話を思い出していた。

「面白いとは、どのような意味でございましょうか？」

「私は会ったことはないが、亀谷先生はよく知っているらしい。ご実家は愛知県にある圓周寺という大谷派の寺で、僧籍のある医学博士だそうです」

友永は言い、含み笑いを浮かべながら「長身瘦軀の菜食主義者で、権力に屈しない硬骨漢だそうですな。亀谷先生からそうお聞きして、一村さんと気が合いそうだと思ったわけですよ」と、付言した。

どちらも妻を娶らないところも同じ——その言葉は心のなかで呟いた。


下宿の女将《おかみ》に書いてもらった地図を頼りに、この島の探索を兼ねて徒歩で向かう。一村にとって来島以来初めての遠出であったが、市街地を抜けて海沿いを歩き、名瀬湾の岸辺近くに浮かぶ山羊島（野生の山羊が棲息しているという）に差し掛かったときには、興奮は最高潮に達していた。

港湾地区を過ぎた辺りから、風景はあっという間に原始の姿に変わり、海岸線に阿檀《アダン》の巨木が群生し、道路を侵食するように迫る山の斜面には、二〇メートルはあろうかと思われるガジュマルがそびえている。

中国名を榕樹《ヨウジュ》というこの樹は着生植物で、何か別種の木の上に着生すると、女の髪のような気根を垂らし始め、地上に達した気根は成長して何本もの太い根塊に成長し、元の宿主の姿かたちも判らぬまで雁字搦《がんじがら》めにしてしまうことから〝絞め殺しの樹〟とも呼ばれている。まさに一村の求めていた亜熱帯の植生の怪異さである。してみれば、名瀬の市街地は、これほど旺盛に繁茂する自然の驚異から、島人が身を護るためのシェルターだったのかとさえ思えてくる。

　空はすっきり青く晴れ渡り、陽光が強烈に照り付ける。もうすぐ年末というのに、半袖シャツに膝下までの半ズボン、ゴム草履という軽装でも汗ばむ陽気である。海洋性亜熱帯植物が生い茂る山を越え、有屋《ありや》という集落にたどり着いた頃には、周囲の風景がまた一変し、盆地状の平地に田圃が広がっていた。所有地の境界の目印なのか、区画の所々に蘇鉄が植わっている。

　周囲には茅葺の人家がまばらに建ち、庭先には亜熱帯性の低木が育ち、なかでも緑、赤、黄の葉に絵筆で描いたような葉脈がいかにも南国風な植物の繁茂する様子に心惹かれた。冬だというのに、ブーゲンビレアが鮮やかな花をつけている。この気候なら、田植えは本土よりずっと早く始まるに違いない。

　漸くこの島に来た歓びに満たされ、亜熱帯の植物を愛用のオリンパスフレックスに収めながら目的地にたどり着いたときには、午前中の陽光もだいぶ高くなっていた。この島の癩患者を収容している国立療養所奄美和光園は、鬱蒼とした二つの山が交わった谷間から流れる二本の沢に沿い、扇型に拓けた広大な平地に建設されていた。

　名瀬の市街地からの直線距離はさほど遠くないが、その間は道なき深い山に隔てられている。ここに来るには、その山々を避けて海側から大きく回り込み、有屋川に沿って南下するしか方法がない。甚だ不便であるが、それが隔離施設の立地として適しているということなのだろうか。

　敷地の入り口に立つ薄汚れた門柱の奥に、煤ぼけた二階建ての施設がある。一村は、迷わずその建物に入り、受付で用件を告げると、割烹着のような制服を着た若い女性の顔に、かすかな緊張がはしった。

目力の強い長身痩軀の男性は、明らかに本土からの来客であり、面会相手が小笠原登医師だということに、何ごとか憂慮すべき事態を想像したのか。或いは一村の声の大きさに、怯えただけかもしれないが。

暫くして現れた男性の姿に、一村は頰を緩ませた。灰色がかった髪に、顎を覆う長い白髭、柔和な笑顔をみた瞬間から、一村はこの人物に好感をもった。孔子か老子に眼鏡をかけさせたら、こんな感じであろうか。

「私はくん園《(この)》ぬ庶務課長ばやらせていただいでおります、松原若安《まつばらじょあん》ち申します。小笠原先生に、面会なさりたいちゅうことでしょうか?」

何処となくニュアンスがおかしいが、ほぼ標準語なので一村はホッとした。この島での最初の課題は方言による意思疎通だと感じていた。庶務課長は来訪者の軽装を一瞥し、一瞬だけ相手を値踏みする表情をみせ、首からぶら下がったカメラに視線を止めた。

「はい。私は、田中孝と申します」

一村は、本名を名乗った。雅号より、無意識に素の自分を伝えたいという気になっていた。小笠原医師への紹介状を松原に手渡すと、彼は素早く目を通し、目尻を細めて満面の笑みを浮かべた。眼前の男がかなり怪しげな風体であっても、九州地方管轄の厚生省官僚からの紹介状は、厚生省の指導で管理運営を掌る国立療養所にとって、最上ランクの客人であることを示していた。

ほどなくして現れたその人物は、一村に強い印象を与えた。自分とおなじ匂いを瞬時に嗅ぎ取ったといってもよい。それは己の信念と相容れない現実のなかで闘ってきた者が発する孤独な匂いだった。

　柔和な笑みを湛えた温顔ながら、眼光は苦行僧のような光を放ち、相手の視線を寛容の心をもって受け止める慈悲深さがある。僧籍のある医師だと聞いているが、確かに徳の高い僧侶の佇まいがある。詰襟の学生服を着て、金ボタンだけ黒のくるみボタンに付け替えているが、その上に白衣《シュルツ》を羽織った姿は、医学者としては永遠に修行の身だと伝えているかのようだった。

「私は漢方医です」と、小笠原は言った。年齢は七十歳だと聞いている。ちょうど自分と二十歳離れた人生の大先輩である。

　ふたりを引き合わせた後、松原は最初に庶務課長の配慮として、一村を園長室に連れていった。

「ようこそ奄美和光園にお越しくださいました。私は園長の大西基四夫《おおにしきしお》です」

　席を立って歩み寄り、大西は相好を崩して一村の手を握った。

「東京美術学校をご卒業された画伯様ということですな。そんなお偉い方を当園にお迎えでき、光栄の極みであります」

「とんでもないです。美術学校など二カ月で放校になった、しがない放浪画家でございます」

　大西はその言葉を謙遜として聞き流し、さらに目尻の皺を深くした。

「恐らくこうした療養所へのご訪問は、初めてのことと存じますが、芸術家の方にもご興味をもっていただける文化的な面もあるのですよ。当園は、国立療養所としてはもっとも遅く、全国で十二番目にできましたが、ここにも詩人の職員もおりますし、演劇などの文化的活動も盛んです。全国の療養所でも患者様が苦難を乗り越えて、文学にいそしみ、川端康成先生に評価を受けているような方もいらっしゃいました。私もなんとか博愛の精神をもって園生の皆様に接し、療養生活をすこしでも楽しいものと感じていただけるよう苦心しているつもりです。故郷に帰れない園生にとって、ここは第二の故郷と思っていただきたいと願っておるのです」

一村は、戸惑っていた。この対応を、やや重荷にも感じた。友永の勧めで小笠原医師に会いに来てみたが、園の代表者から来賓のように迎えられるとは思わなかった。それも厚生省官僚からの紹介状の威力のようだ。

「田中様もこんな僻遠の島に来られて、心細いこともおありでしょう。ご滞在の間、この園を第二の我が家のように思っていただければ、我々も嬉しく思います」

一村は深々と頭を下げ、園長室を出た。廊下で待っていた小笠原は、仕事を離れられないという庶務課長を残し、ふたりで本館を出た。

「私の官舎にお連れしますが、その前に、すこし園内をご案内しましょう」

「小笠原先生は、お仕事は大丈夫なのでございますか?」

「私は、ここでは閑職ですからな」

それを聞き、意外な気がした。友永博士の口振りから、彼はこの療養所の改革をばりばり進めている革命家なのかと思い込んでいた。

事務本館の裏手に守衛室があり、その前で閉じられた正門から先が、医師や職員、患者たちが暮らす和光園の敷地の本当の内部ということである。

「私たち医師や職員の官舎は、この先にあります」

小笠原が指し示した右手の方向に小川を見下ろす坂があり、その上の平場に木造の家が数件固まって建っている。その敷地と山裾の境界には、朽ち果てて倒壊したフェンスの残骸があった。

「そのフェンスは、アメリカ軍政下の名残だそうです。島の癩患者を強制隔離する政令を布告し、患者が逃げ出さないよう有刺鉄線の巻かれたフェンスで敷地を囲ったのです。巡査の派出所の跡も遺っています。その当時は、患者も暗澹とした思いを抱え、職員との対立も激化して、いちばん大変なときだったようです」

「今は、その当時とは、大きく時代が変わったと思ってよろしいのでしょうか?」

「庶務課長の若安さんらがご苦労なさって、少しずつ改善されてきたようです。私は昨年の九月に赴任したばかりですから、職員の皆様から聞いた話ですが……。田中さんは癩患者の強制隔離政策のことを、どのくらいご存じですか?」

「人並程度でございましょうな。私は結核の持病があり、私の画業の支援者が千葉医科大学の医療関係の方々だったこともあり、癩が感染性の低い慢性疾患であることは知っております」

小笠原は歩きながら一村を一瞥し、大きくうなずいた。

「そういう認識をもっておられる方は、今でも少数派ですよ。立派なものです」

「小笠原先生は、政府の隔離政策に抵抗し、闘ってきたと仄聞しておりますが」

「いいえ。私はそんな大それたことはしておりません。私の祖父が愛知の圓周寺の住職でありまして、寺の周りには多くの癩患者がおりました。祖父は漢方医であり、患者を寺に上げ、治療をしておったのです。遠方から来た方には食事を振る舞い、寺にお泊めし、風呂を勧め、熱心に看護をしておりました。それが普通でしたから、私もおなじようにしているだけです」

「しかし、そのように行動するだけでも、戦時中は大変だったのではございませんか？　先生のおっしゃる〝普通〟は、軍国主義のさなかでは普通ではありますまい」

「確かに、癩学会が発足して以来、そのなかで〝癩に関する三つの迷信〟を主張し続けることは大変なことでした」

「三つの迷信とは、どんなものでしょうか？」

「一つ、癩を不治の病とすること。二つ、遺伝であるとすること。三つ、癩は強烈な感染力があるということ。癩学会は私の主張を認めれば、強制隔離する根拠を失うわけですから、私はいつも集中砲火に遭いました。身の危険を感じ、ボディガード兼任の助手と学会に赴いておりましたよ」

今は引退した好々爺のような風情もあるが、強制隔離政策がたけなわな時代の小笠原を想像し、一村は尊敬の念を強くした。

「あれは昭和十六年、大阪大学微生物研究所で開催された第十五回癩学会の総会でした。私は完全に嵌められ、私の見解は、計画的に封殺されたのです」

「封殺？」

小笠原は一村の声にハッとして、かぶりを振った。

「初対面の方を前にして、私は何を言っているのでしょうね。失礼いたしました」

「いいえ。是非、小笠原先生の抵抗の歴史をお聞かせください」

「いつか機会があったら、大昔の武勇伝をお話ししましょう」

小笠原は自嘲気味に小さく笑った。

園内の敷地の真ん中を貫く道の右手に、木造平屋建ての施設がぽつんぽつんと間隔を空けて並んでいる。粗末というのは忍びないが、みな薄汚れて老朽化の激しい建物で、強い台風が襲来したら忽ち倒壊しそうなものもある。

「その先に並んでいるのが夫婦寮ですが、ここでは夫婦が子供を設けられます。他の多くの隔離施設では、患者さんにとって屈辱的な断種をしないと夫婦で暮らせない。妊娠した場合は、中絶を余儀なくされる。ですので、子供を産みたいたいがために、ここに来られる方もいます」

「生まれた子供を養育できるのですか?」

答えがないので小笠原を見やると、微笑みを浮かべている。

「どうなさいましたか?」

「いや、庶務課長の若安さんは、大変なご人徳の方なのです。彼は何人もの赤ちゃんを、ご自分の官舎で育てておりますよ。お風呂に入れた赤子を膝に抱いてあやしているときが、いちばん幸せな時間だと言って……」

「なるほど、職員の私的な活動に頼らざるを得ないという現状なのですね」

「私の官舎の隣に保育所があるのですが、そこは患者が入園したときに連れてきた未感染児童のためのもので、乳幼児を入れることを厚生省が渋っている。来年には、幼きイエスの会が運営する名瀬天使園に保育所の認可が下りるようで、そこに委託することになります。若安さんは、自分が赤子を育てるのが最後になるといって、淋しがっておられますが……」

第一印象で好感をもった松原若安は、やはりこの園をまとめる中心的な人物なのだろうと、一村は認識した。

「さあ、この辺で引き返しましょう」

「小笠原先生、この川沿いを登って行くと鬱蒼とした山中になりますね。そこにある植物に、大変興味がございますが……」

「明日にでも、またお出で掛けになりませんか。今日は、私の官舎に来客がありそうなので、戻らねばなりません」

「あっ、お客様がいらっしゃるのなら、私はお邪魔でございましょう」

「大丈夫です。いつも、私の治療に文句を言いに来る親しい患者がおるのですよ。お茶を点てますので、一緒にお話をいたしましょう」


小笠原の官舎へと向かう坂道には、寒緋桜《カンヒザクラ》の並木があった。冬も終りの一月下旬から二月上旬にかけて二、三日暖かい日が続くと、緋紅色の桜も咲き初《そ》めて、早くも春の到来を感じさせるという。そのころがこの島でいちばん寒い時期であるが、気温は最低でも十五度、最高だと二十度に近付くというから、やはり南国の冬である。

小川の土手には、南国情緒豊かなあの燃え上がる葉が繁茂していた。小笠原に尋ねると、その名はクロトンという。これからの画業の名脇役になりそうな植物である。反対側の斜面ではパパイヤが青い実をつけ、その奥にゴムの木の林があった。

　小笠原の官舎はこの坂を上り切ったところに建つ木造平屋で、同様の官舎が並んだ手前の敷地との間には、確かに保育所らしき建物があった。

「私はこの育葉寮の子供たちと遊ぶのが大好きでしてね。町に出かけたときは、必ず園児全員にお土産を買ってきますので、サンタクロース並みに慕われておるわけです。国家公務員の給料など微々たるものですが、他に使う当てもありませんからな」

　小笠原は言って、楽しそうな笑い声を上げた。

「この子たちの両親は病状に従って当園のどこかの寮で暮らしていますが、保育所に預けた自分の子とは、そこを流れる小川が境界となり、川の向こうとこちらでしか面会できないのです。子供たちは、両親に手を触れることもできない。私はそれが不憫でなりませんのでね、すべての子の親代わりになって、始終じゃれ合っておりますよ」

　一村はその言葉を聞き、この人物の途轍もないやさしさを感じ取った。〝普通であること〟、そしてやさしくあること。それが小笠原の信条であり、それを如何なる政情下でも貫き通すことができるのなら、それこそ強靭な精神力である。

　彼の官舎の間取りは、玄関脇に四畳半、その奥に六畳と三畳、料理を作って食する部屋も四畳ほどの広さがある。濡れ縁に立てば、亜熱帯植物に覆われた山の斜面が目の前に迫っている。部屋は整然と片付けられ、最低限の家具しか置かれていないので、一人暮らしを持て余している感がある。三畳の部屋を書斎にしているようで、机の上に書きかけの原稿が積み上げられていた。

「私は、漢方の本を執筆しておるのです。昨年から医学誌に連載していた論文を纏め、それに加筆して、出版しようと思っております」

「先生は、京都帝国大学で、西洋医学を修められたのではありませんか？」

「京大の皮膚科特別研究室を任され、そこで癩の方々の外来治療をしておりました。患者さんが強制収容されないようカルテには診断名を書かず、怪しまれたときには迷走神経緊張症などと書きました。私も国立大学病院の医師なわけですから、それがぎりぎりでしたな。当時は癩の病理学的研究によって、金オルガノゾルという特効薬を開発し、患者の臀部筋肉に注射するような治療も試みておりました。それまでは、大風子油《だいふうしゆ》を精製したものを治療に使うのが一般的でしたが、私は効き目を疑問視しておったのです。しかし、今となっては私の金オルガノゾルも、若気の至りというしかありません」

「漢方へのご興味は、いつ頃からでございましょうか？」

「祖父も漢方医ですし、中国伝来の医学思想は、はじめから私のなかにあったのです。西洋医学の考え方が、病患部ばかりを注視し、明治六年にハンセン氏が癩菌を発見してからは、この病原菌が伝染する怖い原因菌だということになりました。

しかし、癩患者を診ていくうちに、私はその患者の生活環境から生じた体質を、総合的にみる必要があることに気付いたのです。皮膚に発疹ができたら、適当らしい軟膏を処方するのではなく、全身的なある病因の一症状ではないかと深く考えてみよと教えるのが、東洋医学です」

「なるほど……。私も若い時分から漢籍に親しみ、中国の絵師に私淑して基礎を積んできましたから、そのようなお考えはよくわかる気がします」

「まだまだ未熟な日本の医学が猛省すべきことは、疾病感受性の問題を見落としていることです。病気になりやすい体質が、生活環境や食事によってつくられ、癩菌への感受性を強くして初めて病に罹るのです。人を鐘に譬えるなら、人によって鳴り方はみな違うのです。人間の体質も不変ではなく、環境によって変わります。貧しい農村部で癩患者は増えやすい。ですから、私は昭和二年に、貧者も等しく医療を受けられる医業国営論を発表しておりますが、医学界では黙殺されました」

その時、玄関口で大きな声が聞こえた。小笠原はにやりと笑い、来客を迎えに行く。

「しぇんしぇい《（先生）》、お客ぬもうりゅんにゃ《（いらっしゃるのですか）》」

六畳間に入ってきた男は、一村を見て、慌てたようだった。一村はその男の顔をじっと見つめた。男は何かの表情をしたが、笑ったのか、顔をしかめたのか、それさえわからない。

「こちらは田中一村画伯。本土からいらっしゃったばかりの偉い絵かきさんです」

「小笠原先生、冗談はやめてください。初めまして。私はこの島の自然を描くために参りました、名もなき放浪画家でございます。島のことはまだ何もわかりませぬ故、何卒よろしくお願いいたします」

「きゅうがめーら《（今日、拝みます）》。吾んしゅうむに《（私ごときに）》挨拶おぼろだれん《（感謝です）》。吾《わ》んやくまぬ《（ここの）》園の自治会長しゅん仲道則《なかみちのり》です」

「〝ご丁寧な挨拶をありがとうございます〟と言っておられますよ。〝きゅ〟は〝今日〟〝うがめーら〟は拝むで、〝今日という日にあなたにお会いできました〟の挨拶になります。仲さんは、和光園の自治会長さんです」

島口《しまぐち》と呼ばれる奄美の方言だが、これまでに会った島人のものとも違って聞こえた。

「小笠原先生は赴任からまだ日が浅いのに、島の言葉がよくお解りになりますね」

「患者様の治療のために、最初の難関がそこでした。初めは意思疎通ができなくて、苦労いたしました」

　小笠原が台所で茶を点てている間、一村と仲はちゃぶ台を前にして向かい合って座っていた。一村には彼に訊きたいことがあったが、応えてくれても言葉がわからないと思い、黙っていた。すると仲が話し出した。

「うい《（あなた）》や、吾んがくとぅ恐《おと》ろしゃねぃや？」

「あなたは、私が怖くはないですかと、尋ねておられますよ」

　小笠原が台所から通訳する。

「まったく怖いことはございません。ご病気の後遺症で変わられたお顔や、手のことを気にしておっしゃっているのなら、お気遣いなさらぬようお願い致します」

　仲は、ほう、ほう、ほうと強張った口で、梟のように笑った。

「小笠原しぇんしぇい、くん画伯は、良い人《ちゅ》じゃや。くまぬ看護婦だか、吾《わ》んぬ前《めー》なてぃ白衣《はくぎん》剝がむねーむん《（脱がないもの）》」

「田中さんは人間ができていると、お褒めにあずかりましたよ。確かに、園の看護婦は患者の前で白衣を脱ぎません。私の往診に付きそうときは、患者の前で手を消毒することも許しませんがね。

しかし、仲さん、時代は少しずつ変わっているのです。皆が皆、差別的な心を持っているわけではありませんよ。仲さんが前に聞かせてくれたあの話のようなことは、今日では起こりません」

　小笠原が盆に三つの茶碗を載せて運んで来た。抹茶の良い香りが、和室に漂った。作法は無手勝流ながら、各自恭しく茶碗を回し、抹茶を啜る。手首が曲がり、指に欠損のある仲も、器用に椀を支えている。この官舎で度々茶をご馳走になっているらしい。

「あの話というのは、どのようなことでございますか?」

「仲さん、教えてもよいですか?」

「たーよ。あらむあらんだ《（本当のことだ）》」

「仲さんは、徳之島のお生まれで、昭和二十二年に郷里から名瀬に来て、和光園に入ったのです。その道中で甚だ非人間的な扱いをされて、傷ついたということです。亀徳港から出航して、与論島、沖永良部島《おきのえらぶじま》でも患者を拾って、ぎゅう詰になった船室に閉じ込められて、部屋の四隅に一斗缶が置かれていたそうです」

「まさか、一斗缶はトイレではありますまい」

「うがしだ《（そうだ）》。女《うな》ぐ患者だかまーじん《（もいっしょ）》、いきゃししーよ《（どうしたらいい）》」

「女性患者も、一緒の船室に閉じ込められていたそうです」

「それはひどい話ですね」

「島ぬ牛だか、いいだかあちかいしゅうむ《（よくあつかうものを）》。当時や港ぅだか無《ね》ーし、沖ぬ船ち艀《はしけ》じ行きゅむ。身体ぬ言ゅんくとぅ聞きゃん、梯子《はしご》なちぃ、怪我しちぃぬいでぃてぃ。うり見ちゃん船員ぬ、うどぅんちＤＤＴかけーてぃ、吾んや頭《うっかん》から真っ白になたんちょ」

「徳之島の牛より扱いがひどいと怒ってらっしゃいます。艀で本船に乗り移るときに怪我をしたら、船員にＤＤＴを頭からかけられたそうです。その話は、私も初めて聞きましたな」

「あらむあらんだよ」

「本当のことでしょうが、それも三つの迷信が蔓延《はびこ》っておった時代のことです」

「しかし、しぇんしぇい。今《なま》ぬーま《（何も）》変わらんだ」

「そんなことは、ございませんよ。時代は少しずつ、確実に変わっております」

「仲さんは、いつからここにいらっしゃるのですか？」

「くまかちちゃーむや《（ここに来たのは）》、昭和二十二年三月十五日ちょ、なー《（もう）》十二年なるんだ。吾んや小学校のころに身体ぬあまんくま斑紋ぬいじてぃ。吾んやぬうちゅま思たんなかったが《（私は何とも思ってなかったんですが）》、鹿屋にある星塚敬愛園に入れられた。うまなてぃ《（そこで）》、うとぅるしゃ《（感染するし）》、不治の病やーてぃ、うがしゅん《（こんな）》病うちくでぃ《（かかって）》、もうりしらんば《（死ななければならないと）》思たんちょ。

うんうち《（そのうち）》戦争ぬ酷くなてぃ、島に長男だから帰えてぃ、船だか無《ね》ーごなてぃ、敬愛園に帰らんごなたんだ。うがしら《（それから）》終戦なてぃ、ヤマトと離りてぃ、くんどぅや、ヘイデンとラブリー軍政官の強制収容指令が出《い》じてぃ、ちゅんすぐ巡査ぬちー《（来て）》、和光園に入れと言《いや》ーたんちょ。うりが昭和二十二年の二月十五日で、北部南西諸島軍政令第五号の出《い》でぃてぃあちゃ《（翌日）》ぬくとぅだ」

「仲さんは、子供のころに鹿児島県の療養所に入ったのです。日本全国で、無癩県運動が熾烈を極めていったときです。戦後、奄美は本国から分離されてしまいましたが、米軍政下の奄美の統治は複雑で、北部南西諸島軍政下で独立していたり、琉球政府の傘下に組み込まれたりして、島民は振り回された。二十二年二月十日にヘイデン琉球列島司令長官名で〈米国軍政府特別布告十三号〉が沖縄地域に発令され、同月十四日に奄美の知事宛に、フレッド・M・ラブリー軍政官が指令を出したのが、いま仲さんのおっしゃられた、この島における〈強制収容法〉です」

小笠原は赴任して間もないのに、この島の暗黒の歴史をよく学んでいる。それも患者の境遇を理解するための努力なのだろう。

「うがしまちゃーむ《（そして来たけど）》、療養所の設備だかぬんましーねむ《（何にもない）》。最初、百四人の人《ちゅ》ぬ居《う》たんだ、吾きゃぬ来《ち》ゃんどぅきや、七十人増えたんちょ。うんちゅきくんどぅ《（その時今度は）》やきゃーじま《（喜界島）》、くんにゃ《（古仁屋）》から四十名ち。あただま《（突然）》二百名超える人《ちゅ》になてぃ、敷地に建っているのは事務本館と治療棟と、官舎が一《てぃ》つ《ちぃ》。倉庫が一《てぃ》つ《ちぃ》あてぃ、うまなんむうる《（そこに全員）》、患者の生活《しーでぃー》してうたんだ。今《なま》ぬ本館のあたりは、黍畑《うぎばた》あたんだ。吾きゃが行っちゃんどぅき《（時）》は、当時の職員や園長以下なー十名しか居《う》らんだ」

一村は通訳がなくても、ぞくぞく収容されて増える患者の収容環境の酷さを訴えていることは理解でき、言葉もなくかぶりを振った。

「うりぃ《（それ）》以来、吾ーやうまなてぃくむられてぃてぃんだー《（そこに押し込められていたんだー）》」

「それ以来、ここに閉じ込められているとおっしゃっていますが、仲さんは、もう完治しているのですよ」

小笠原が慈愛に満ちた表情で仲を見つめると、彼は睨むような表情を浮かべた。

「田中しゃん、くんしぇんしぇいや、やぶ医者ちょ。プロミン注射だか反対し、ずーとぅ減食療法し。夜《ゆ》るは林檎一つ《てぃちぃ》食《か》みちゃーてぃ、あまんくまやちょしゃーてぃ《（あちこち灸をして）》、最初はうむてぃしゃーむ、身体むたんだ《（効くと思ってしていたけど、からだがもたなかった）》。うりし《（それで）》プロミン注射とダイアゾン内服で、あたらんだ菌や居《う》らんなてぃ」

「そうでございますか。おめでとうございます。それでは近々、退園できるのですね？」

一村の問いに、仲はうつむいた。

「ご家族にも、色々事情がおありのようで、まだここを出ないと決めているようです」

「ヒゲしぇんしぇいもーてぃ《（いらして）》、くん園やなーり《（少し）》や豊《ゆたがぁ》なてぃ、あまりてぃ《（迷える）》患者は、吾ーがまとめたんちょ」

「仲さんも、若安さんのことを髭先生と呼んで大変慕っておるのです。それに応えて、迷える患者は仲さんがリーダーシップをとって、まとめていく覚悟だそうです」

一村にとっては、初めて身近に接した癩患者であったが、結節の後遺症のために獅子顔になった仲道則の心のうちに、複雑な感情が熱く脈打っていることを感じ取った。奄美に着いてまだ四日。初めてこの島で生まれた人間的交流であったが、小笠原博士の人となりといい、松原若安の立ち居振る舞いといい、この男性の心待ちといい、誠に清々しい。僥倖に導かれて足を踏み入れたこの地で、何か大きなものを得られる予感がする。

一村は、不思議なかたちに屈曲した仲の右手を亜熱帯の見知らぬ植物のように見つめながら、ここに住む人々の役に立てることはないかと考えていた。

＊

翌日、一村は早朝に下宿を出て、ふたたび和光園を訪《おとな》った。この日の夕刻、自分を歓迎する宴を催してくれるというのである。療養所への公式な来賓でもない自分に大それた歓迎会は似合わないとの思いに、何度か辞退を申し出たが、小笠原の官舎で身内だけで行う歌会のようなものだというので、親切を受けることにした。

空模様は悪く、今にも雨粒が落ちてきそうな重い雲が垂れ込めていた。それでも早朝に出かけたのは、和光園の植物を描くのが待ち遠しかったからである。この日、庶務課長の松原が一人の好青年を引き合わせてくれた。

「私はここでレントゲン技師をしている中村民郎《なかむらたみろう》と申します。今日は非番ですので、園内の案内役を務めさせていただきます」

中村は言って、一村が今日も首に下げているカメラに視線を止めた。

「とても良いカメラをお持ちですね」

「これは千葉の友人が、餞別にくれたものなのです。オリンパスフレックスI型、私の画業の良き相棒です」

「昨日、若安さんが教えてくれたのです。田中先生がよいカメラをお持ちだと……。私も放射線機器を扱う仕事柄、カメラというものが発売になった当初から大変興味を持ち、田中先生のものには叶いませんが、中古のヤシカフレックスを手に入れて使っております」

「中村様、先生呼ばわりは、止めてください。そんな呼び方をされると、ケツがこそばゆくて堪りません」

「それでは、中村様も止めてもらいます。まだ二十四歳の若輩に様付けでは〝烏《がらすぃ》ぬ鷹ば真似る〟ようになります。島が身の程知らずに、分不相応なことをしでかすという、くん島ぬ諺です」

中村は背は高くないが、首は太く、骨太ながっしりとした体軀の持ち主で、物腰は柔らかく表情も温和であるが、なかなか芯に強いものを持った青年のようだった。

「こんなことを申し上げたら失礼かもしれませんが、中村さんは殆どこの島の訛りがないのですね。昨日お会いした徳之島の方や、お年寄りの方の言葉は、大変聞き取りにくいですが」

「私は昭和九年の生まれですが、私たちの世代はヤマトの標準語で授業をする学校が多かったと思います。本土に働きに出る者も多かったですから、シマグチで差別されることを怖れるのです。うがしゃんば《（そうだけど）》、吾《わ》んや復帰運動ちだか参加しゃんかな、国ち陳情しゅんとぅきや、島口ば使ゆんわけやいかんだろう」

中村は最後のセリフを島口で言って、笑い声をあげた。

「さて、今日は、園のどの辺りを散策いたしますか？」

「昨日、小笠原先生に案内していただいた夫婦寮の奥の方に、鬱蒼とした山林が見えました。そこに行ってみたいと思います」

「有屋川の上流ですね。確かにその周辺は、島の植物の宝庫です。しかし……」

一村の出で立ちを見て、中村は首を傾げた。

「半袖シャツに短パンに草履では、無理がありますね」

中村は別室に行き、一村のために長袖シャツとゴム長靴を用意して戻って来た。

「園からすこし奥に行けば、もう密林のなかです。毒虫もおりますし、有毒な植物などもありますので、ご注意ください」

ふたりは事務棟を出て、和光園を囲む山の探索に出発した。一村は脇に抱えたスケッチブックの頁をいっぱいにして帰ろうと、意気込んでいた。

昨日は小笠原博士の話を聞きながら歩いたので見落としていたが、本館のすぐ裏手には、ガジュマルの巨木があった。地上に何本もの支柱根を張り巡らせた内側はがらんとした空洞で、薄暗い牢屋のようだ。その上で長い枝葉を思い切り全方位に広げている。千葉寺で穏やかな自然に接してきた一村にとって、強烈な太陽光と雨と繁茂を妨げない広々とした空間を得て、これほど無秩序に展開する植物は驚異であった。

「左手に見える建物は、カトリック和光園教会です。若安さんは、庶務課長になられる以前は、この教会で宣教をなさっておりました」

「松原様は、宣教師だったのですか。なるほど、お名前の若安は、聖書のヨハネから取ったのですね」

「若安さんのカトリック教徒としての情熱、持ち前のご人格、粘り腰で交渉に臨む事務処理能力があって成り立っているのが、この奄美和光園なのです」

「先日、小笠原先生も、そのようなことをおっしゃっていました」

「私は若安さんと同じ昭和二十七年に採用されたのですが、その当時、琉球中央政府が発足したことにより、独立行政を敷いていた奄美群島政府が解消し、琉球中央政府の出先機関として奄美地方庁がおかれたんです。そして突然、この園の職員の大幅な人員整理が行われ、てんてこ舞いの状況でした。そこから若安さんが庶務課長として手腕を発揮され、職員の増員や、かねてから要請していた癩専門医の園長の就任も決まりました」

「それが大西園長でございますね？」

「いいえ、大西園長はもう二代先で、昨年の着任です。小笠原先生の一カ月ほど前でした。当時の国立療養所人事としては反対もあったようで、大西園長の奄美行きは大きな波紋を呼んだようです」

「それは、どうしてですか？」

「大西さんは、以前は鹿児島県の鹿屋市《かのやし》にある星塚敬愛園の所長でしたから、ここに来るのは謂わば二階級降格の島流しのようにみえたのでしょう」

「なるほど……。そうまでして和光園をお選びになったのは何故ですか？」

「この園の環境が悪かったからだと思います。他人の窮状を見逃せずという人情のある方です。それと小笠原先生に先んじて来島して研究施設などを整えてさしあげ、同時に動向を見守るという意味もあったのかと……」

一村は中村の最後の言葉に怪訝な顔をして表情を覗ったが、意味は汲み取れなかった。

中村は歩きながら各施設を指さし、独女寮に、医局、自治会事務所、売店、重病棟、不自由寮、炊事場、独男寮……と説明していく。昨日は、この先の夫婦寮まで来た。

一棟長屋のような建物と、小さな家屋が十数軒密集している夫婦寮には、今朝は人々の姿があった。皆小柄で背の曲がった人々が多く、洗濯物を干したり、七輪で何かを焼いたり、掃除をしたり、粗末ながら住居の周囲には、男女の生活の息吹があった。

しばらく進むと、患者が運動をするグラウンドがあり、その山裾に建てられた建築は、礼拝堂だという。何かの臭気が鼻を突くので前方に目を凝らすと、牛舎と豚舎があった。その上方は緑に覆われた小高い丘で、その頂上に小笠原や松原庶務課長たちの官舎があるという位置関係だった。周囲はすでに、深い亜熱帯の森林の姿を見せている。

「あれは、二年前に完成した火葬場です」

中村は、大きな煙突の突き出た建物を指差した。

「惜しくも寮生活を終えた入所者は、ここまでリヤカーで運ばれ、僚友の手によって荼毘に付されます」

「ここで荼毘に付された後、お骨は遺族に引き取ってもらっているのですか?」

「そういう場合もありますが、なかなか事情が許さないご家族も多く、引き取り手のないお骨は講堂の舞台裏や、自治会室に保管しているのが現状です。それでは申し訳なかろうという意見もありまして、この山道の最深部に納骨堂を建設する予定がありますが、国から予算が下りないのです。そこで、大西園長が音頭を取って島の各地から浄財を募り、僚友の勤労奉仕による賃金も集め、建設費を積み立てているところです。まだ、数年はかかりそうな気配ですが……」

「しかし、納骨堂まで完備されたら、強制隔離されて、亡くなってお骨になっても、外には出られないということになりますね」

患者の置かれた状況の悲惨さに心を痛めたが、一村の興味はすでに小路の両側に迫りくる植物の有様に奪われていた。いったい何種類の植物が、この森の植生をかたちづくっているのだろうか。中心が空洞になったアコウの巨木が並んだ道の向かいには、これまた大きなイヌビワが青々した葉を茂らせている。

山の斜面を覆い尽くす緑は、恐らく熱帯雨林や沼地に繁殖する蔓植物だろう。イヌビワの幹に絡みつくその蔓は、しなやか且つ頑丈そうで、古来から刳り船などを曳航するのに使われると聞いたことがある。本土でも見慣れたポトスでさえ、艶々した緑葉を樹木の幹に螺旋状に巻きつかせ、塔のように聳え立っている。

人が隠れられるほど大きな緑葉を丸テーブルのように広げているのは、不喰芋《クワズイモ》だ。何かの幹にちゃっかり根付いて濃緑の葉を放射状に開いているのは、この地方特有の着生植物なのだろう。他にも見たこともない植物が生い茂り、亜熱帯の植生を形成している。名瀬に図書館があるか知らないが、すべての植物を早急に調べ尽くさなければならない。

「田中さん、これがヒカゲヘゴです」

中村が背を反らし、その植物を見上げた。一村もつられて見上げると、大きな楕円形の葉を広げた、巨大な日傘のような植物が視界に入った。高さは一〇メートルほどだろうか、葉は樹木のような太い幹から生えており、近づいて観察すると、その幹は奇妙な模様で覆われている。

「ヘゴとおっしゃるからには、これもシダ植物なのでしょうが、この太い幹は立派な樹木の仲間のようですね」

「その小判のような模様は、シダの葉が落葉した痕なのです。幹と見えるのは、細い根が多数絡み合ったもので、空気中から水分を吸収します。ここまで巨大に育つのは、この島が高温多湿であるからです。ヒカゲヘゴは、奄美大島から南の南西諸島や台湾、フィリピンに自生していますが、一億年前の姿を、そのまま現代に留めているといわれています」

　中村は、反対の小川の土手を指した。

「ここに群生しているのが、キダチチョウセンアサガオです。梅雨時になると、この辺り一帯に二、三〇センチもある漏斗状の真っ白な花がたわわにぶら下がり、強い芳香を放って噎《む》せ返るほどになります。非常に艶やかですが、強い毒性を持っているのでご注意ください」

　その説明が終わるや否や、一村は小川の土手を滑り下りて行った。中村が慌てて止めようとしたときにはもう遅かった。二メートル程あるその茂みに手を触れんばかりに接近し、葉の付き方や、蕾の部位を観察し、素早く素描を始めた。開花時期の様子を想像しているのか、恍惚とした表情を浮かべ、目を細めている。この植物も、一村が奄美大島で初めて出会ったものであった。

「はげーっ《（あらーっ）》田中さん、気ば付けてくださいよ。冬だから出ないとは思いますが、その辺りはハブの棲家ですよ。それとキダチチョウセンアサガオに触れたら、必ず手ば洗ってください」

「中村さん、この川上は、どこまで登っていけますか？」

「そうですねえ……。人が歩ける道が残っているとは思えませんが、昔の人はこの杣道《そまみち》を抜けて、名瀬まで歩いたそうです。患者が脱走するときも、ここを通ったらしいですよ」

　一村は浅瀬に立ち、じっと川上を見つめていたが、やがて土手を這い上がってきた。

「私は、もう少し上まで行ってみようと思います」

「いやあ、止めた方がよいと思いますが……。この川を渡って左手の土地が納骨堂建設の予定地ですが、そこより先に行った職員は誰もおりません。私は、安全を保証できません」

「なに、この島の自然を題材にするために、遥々やって来たのです。怖気付いていては、仕事になりませんよ。ご一緒してくれとは申しません。どうぞ、中村さんはお帰り下さい」

中村は不安そうな表情で一村を見つめていたが、大きなため息をついた。

「申し訳ないですね。私には、これ以上同行する勇気がありません。夕方の五時から、小笠原先生の官舎で、田中さんの歓迎会を始めますから、それまでにはお帰り下さい」

「参加されるのは、どなたになりますか?」

「小笠原先生、松原若安さん、私の三名です」

「大西園長は、参加なさらないのですか?」

「園長は、そういうプライベートな会には顔を出しません。小笠原先生に近づき過ぎないよう配慮もされているようです」

「それは、どういう意味でございましょうか?」

「その意味は、小笠原先生の口から直接お聞きになった方が良いでしょう」

一村は無言でうなずくと、中村に背を向けて鬱蒼とした山林の内部に分け入って行った。絵に夢中になると自分がどこにいるかも忘れてしまうような一村は、すでに亜熱帯の森林に夢中になっていた。

＊

夕方五時過ぎから、歓迎会が始まった。四人の男たちが小笠原の官舎の六畳間で、車座になって座っている。中央の座卓の上には、様々な料理が並んでいた。

「田中画伯ぬ口に合うかわかりませんが、奄美ぬ郷土料理、シマヌジュリ《（シマの料理）》ぬ代表的な品々です」

松原が言って、夫々を説明する。トビンニャと呼ばれる巻貝の塩茹で、ウヮンフネという豚の煮物、豚足、野草の天ぷら、パパイヤの漬物、アオサやモズクや島ラッキョウ。大皿に盛りつけてある細い麺は、油ぞうめんというらしい。

「今日は本当にありがとうございます。この御馳走は、どなたが料理なさったのですか？」

「漬物とぅトビンニャや吾《わ》ん妻《とぅじ》ぬ手料理ですが、他ぬむんや保育所ぬ保母らぬ差し入れですよぅ」

「保育所の女性の方々が本当によくやってくれて、独身の医師や職員の食事の世話をしてくれるのです。私は菜食主義なので、いつも山を歩いて持ち帰る野草を、天ぷらやお浸しにしてもらっています」

　小笠原が言って、野草の天ぷらを一村に勧める。彼は奄美の自然のなかで自生している野草に詳しかった。一村も天井画や襖絵の仕事で野草や薬草を研究してきたが、知らないものが多い。

「この牡丹の葉に似たのが、ボタンボウフウ。夏に可憐な白い花をつけるセリ科の植物ですが、別名〝長命草〟というくらい、薬効成分が豊富なのです。根は咳止め、鎮静作用があり、慢性気管支炎に効きます。葉は煮て食べると、滋養強壮になりますよ」

一村はスケッチブックを取り出し、天ぷらの衣の中に透けて見える葉の形を素描し、その脇に小笠原の解説を書き込んだ。

「これを食べてごらんなさい」

勧められるままに食してみると、「おや、これはタラの芽でございますね。本土のものより苦みが強いが、私はこの方が好きです」

それは、本土のタラノキの変種で、リュウキュウタラノキの芽だという。豚足と一緒に炊いたツバシャとはツワブキのことで、一村も知っている。ハンダマは、島の年寄りが昔から自給野菜として食べているそうで、鉄分が豊富とのことである。酢味噌和えにしてあり非常に美味なミングリとは、食感からしてキクラゲの一種であろう。

奄美大島に自生している食材の情報を学べたことは嬉しかった。この島に長く滞在するのであれば、出来得るかぎり自給自足に近い生活をして、食費を節約することが必須になる。明日以降、山に入ったら、自分も野草を摘んで自炊して食べようと決めていた。

「今日の収穫は、いかがでしたか？　あの後、どの辺りまで踏み込まれたのですか？」

中村の問いに、皆が興味深そうに一村を見つめた。納骨堂建設予定地の奥山まで、杣道を分け入って行ったことを中村から聞かされていたからだ。

問いに答える代わりに、一村はスケッチブックを開き、一枚ずつ頁を捲っていく。一同は嘆息して、亜熱帯の植生を描き出した素描に見入った。そして、ひとりの優れた芸術家のまなざしに捉えられた瞬間、普段の生活のなかでいつも見慣れている自然がまったく違う印象のものに変貌していることに驚いていた。この客人は、そこにおなじ自然があっても、自分たちとは異なる世界を見ているのだと認識した。しかも、鉛筆による素描であるのに、色彩が溢れている。

今まで、これほど混沌とした亜熱帯の自然に、美の秩序を適用しようとした者は皆無だったのである。

一枚の素描は、彼が密林の何処か、少しだけ拓けた場所に立ち、周囲の樹木を素描したもので、巨大なヒカゲヘゴが画面の前景と中景にそびえ立ち、その周囲を様々な樹木が所せましと埋め尽くし、その上方に少しだけ灰色の空が覗いている。そして何より、有屋川上流の森林内部であることから、樹枝から雨露が滴り落ちそうなほどの湿気が、全画面を覆い尽くしている。天蓋を厚い雨雲が覆った一日であったが、雨は降りだしていなかったはずである。

すべての影を奪ってしまうような快晴の一日ではなく、濃厚な湿気の漂う世界の微妙な階調を表現し得ていることに、彼ら島人は意外なほどのリアリティを感じたのであった。この画家は、すでに奄美の本質を知っている、と。多いときは一週間に八日雨が続くというくらい雨天の多いこの島の年間降水量は、三〇〇〇ミリ近いという。

雨の檻に閉じ込められるごとき梅雨時や、屋根も壁も根こそぎ奪い去ってしまうような奄美の台風の凶暴さを、一村が身に染みて体験するのは、これからのことではあるが——。

今夜の会を〝歌会〟のようなものと言っていた意味は、いつも職員たちが集まる会では、若き詩人であり、奄美民謡研究者である中村民郎が、場を盛り上げるからだった。彼自身は島の名産品、黒糖焼酎が好きで、仲間との歌の掛け合いのときには深酒をするらしいが、この席では誰も酒をやらないので、皆とおなじスモモジュースで盛り上がっている。

「島唄で最初に知ってほしいのは、この歌ですね。——きゅうぬほこらさや　いつよりもまさり　いつもこの如に　あらちたぼれ——」

中村が独特の節回しで唄い、蛇腹の三味線を爪弾いた。

「今日はなんという誇らしい日でしょうか。いつにもましてすばらしい。いつも今日のよき日のようにあってほしい、という意味の歌で、結婚式などでもよく歌われる奄美の代表歌です」

「奄美の島唄の歌詞は、独特のリズムでございますね」

「琉球歌謡の流れを汲んだ〝サンパチロク〟といわれ、上の句は八、八、下の句が八、六の四句三十音から成り立っていて、民謡というよりは和歌《わか》に近いのです。詠む歌と歌唱する唄とが岐れずに三味線音楽となり、八月踊りなどに歌われています」

中村は言って、嬉しそうに三味線を爪弾き、小気味よく胴を鳴らす。それを見て、一村は久し振りに姉のことを思い出した。この島に来て気が張っていたためか、滅多に喜美子の顔を思い浮かべることがなかった。ホームシックに罹る時期でもない。奄美の三味線は姉の持っている長唄三味線に比べ四寸ほど短く、蛇腹の存在感がエキゾチックであるし、音色もちがう。

喜美子は高等女学校を卒業した後、芸事では三味線と長唄、箏曲を習い、二十四歳のときには名取となり、山田流箏曲教授の看板を掲げて、田中家の家計を支えていた。その時のことを振り返り、姉が箏の襲名披露で弾いた音曲と彼女の地唄が耳に甦った。

「若安さん、どうです？　ヤマトからの客人もいることですし、あぶし並べでもやってみますか？」

中村が歌掛けの余興を誘いかけるが、松原は胸の前で手を振って、辞退の合図を送る。互いに歌の句を掛け合って、延々と交互に歌い続けていく遊びを、あぶし並べというらしい。

「民謡は凡そ四十曲です。歌詞は一千首以上あり、そのなかに島んちゅの受難も悲恋も喜びもすべて詰まっているのです」

「島の民間伝承がすべて歌に込められ、今に遺されてきたということですね」

中村はその通りという表情で首を振り、松原に言い迫る。

「はげーっ、若安さんだか奄美民謡ぬ盛んな浦上《うらがん》ぬ生まれじゃないですか。田中さん、若安さんの出身地、浦上はここから徒歩で三十分程の所なのです。輪内《わうち》地区というくくりでは、浦上《うらがん》、大熊《でくま》、有屋《ありや》、仲勝《なんがち》の四集落は一つの共同体です。八月踊りも盛んで〝おぼこれ〟〝あらしゃげ〟〝今の踊り〟〝しゅんかね〟〝大熊《でっくま》と浦上《うらがん》〟〝でっしょ〟など十四ほどの歌があるのです」

「〝八月踊り〟というのは、本土でいう盆踊りのようなものでございますか？」

一村の問いに答えたのは、松原だった。

「ヤマトでいう盆踊りや、旧暦ぬ七月十五日辺りにしゅん《（する）》仏教行事ぬ盂蘭盆会《うらぼんえ》が起源でしょう？」

「そうでしょうね」

「奄美ぬ八月踊りや、荒節《あらせつ》、芝挿《しばさし》、嫩芽《どぅんが》ちゅん三八月《みはちがつ》ぬ節句あんかな《（だから）》、旧暦ぬ八月や盛りです。先祖ぬ霊ば供養すちゅうより《（するというより）》、秋ぬ豊かな収穫ば神様とぅ先祖に感謝して、部落《シマ》とぅ家々ば浄めてぃ、くん幸福ば祈りゅん祭りです。厳しい天候ぬなか、春から夏にかけた労苦ば慰め合ってぃ、大いに飲んで歌って歓楽ぬかぎりば尽くそうちゅう意味もあります」

松原が詳しい知識を披露したが、郷里の古い風習を語るときはシマグチが強くなるようだ。中村は「ほらね」と言って、にやりとした。

「カトリック信徒だからといって、八月踊りをやらないということはないはずです」

「奄美ぬ部落《シマ》生まれあんかな、踊らんわけにゃなりましぇん。若い頃や浦上ぬトネヤで祝女《ノロ》ぬ祭りば最初にあってぃ、〝上《うゐ》んトネヤ〟で踊りはじめてぃ、部落《シマ》ぬ全戸ば二昼夜がかりで踊り巡ってぃ、最後に〝下《しゃ》んトネヤ〟で踊り収めたものですよぅ」

「祝女《ノロ》というのは、奄美の土着的な信仰だそうですね」

それを聞き、中村と松原が異議ありそうに顔を見合わせ、中村に解説が託された。

「祝女は、〝那覇世《なはんゆ》〟といって、奄美が琉球に統治されていた時代の神官です。琉球王国から任命され、この島の祭祀一切を取り仕切る権力を持っていた。昔は、政治と祭は一体で、その独特で神聖な儀式が今に遺されてきたのです」

「なるほど……。その政治の部分は薄れ、祭事の儀式性だけが遺されたということでございますか」

「そうとも言えますね。薩藩の奴隷のように黒糖作りに励んだ受難の時代〝薩摩世《さつまゆー》〟では、奴らは初め島んちゅを支配するために、祝女の制度を利用した。しかし、ヲナリ腹といって、祝女は代々兄妹の女系に嗣いでいく世襲制ですから、その家系に権力が集まり過ぎることになり、薩摩はこれを嫌って、終いには祝女を弾圧した。力を持った島んちゅが琉球文化への憧れをもって、琉球風の前帯着物を着て、簪《かんざし》をしていることにも腹を立てた。それで琉球との宗教的、精神的連携を断つために、琉球王に祝女を任命することを禁じ、従来の特権も取り上げてしまったのです」

「この島にはもう一つ、民間の神的存在としてユタがいます。イタコちいうか、一種の霊媒師ですが……」

「若安さん。私の故郷である大和村《やまとそん》の今里《いまざと》みたいな田舎の部落《シマ》では、ユタ信仰は今でも根強いですよ。うちの祖母など、私が水疱瘡になっても医者には頼らず、今里のユタを呼んで祈禱してもらっていましたからね。まあ、部落に医者はいないし、呼んでも来てくれるような所じゃなかったですけどね」

そこで、しばらく島人の話に黙って耳を傾けていた小笠原が口を開いた——。

「私は、来島以来、この島の集落に遺されている民間療法を調べてみたのです。ユタのまじないでは、生かせる人も死んでしまいますが、中には漢方の理に叶ったものもありました。この島の集落はほとんど浜の近くにあり、背を峻険な山に囲まれて閉ざされている。医者もいないから、お年寄りは薬草の知恵を持っている。治療に灸を使うことも、悪くないと思いますな」

座卓の料理はあらかたなくなっていた。菜食主義の小笠原と一村は肉類には手を付けず、この会で一人だけ二回り以上も若い中村は、食欲旺盛だった。ウヮンフネの最後の一欠片を美味そうに咀嚼している。一村の視線を感じた中村は、恥ずかしそうに笑って箸を置いた。

「この島でご馳走が食べられるのは、祭りや客人が遠方から来たときだけなんです。そういうときだけ、なけなしの豚や鶏をつぶすのです。昔から奄美の民はみな貧しく、飢饉や台風で唐芋も穫れなくなると、ソテツを食べました」

　中村の発言に、松原が同意の笑みを浮かべた。

「田中さんは、ソテツ地獄ちゅう言葉ばご存じですか？」

　松原が言って、一村を見遣って眼鏡の奥で眼を細める。

「いいえ、存じません」

「くまっち《（ここに）》来ゅん時、名瀬ら《（から）》有屋がりぬ《（までの）》山ぬ麓なんてぃ《（の所で）》、ソテツば沢山《がば》見られましたか？」

「そういえば、あまり見かけなかったような気がします」

「吾《わ》きゃぬ先祖や、食べ尽くしたからです。吾んや田中さんと同い年で、敗戦時にゃ三十七歳でしたが、家族に食べさせる食料ちいえば、薩摩芋《トン》とぅソテツしかありませんでしたよ」

「私も物心ついたころには、ソテツ粥ばかりでした。味噌もソテツから作るんですよ」

「ソテツは、下手をすると中毒死しますよ」

　唐突に小笠原が言ったので、一村は驚いて眼を見張った。

「島の人々が主食としているものが、毒なのでございますか？」

「私が京都帝国大学にいた頃に、徳之島でソテツの中毒で一家六名が亡くなったと報じた新聞記事を読んだ覚えがあります。ソテツ毒は、アゾキシ配糖体といって、悪心、嘔吐、下痢を引き起こし、酷い場合は、意識不明になり死に至ります」

　島人の二人はうなずいている。

「そんな毒性の高いものでも食べなければ、餓死してしまう。そこで我々の先祖は、ソテツの毒抜きの方法を見つけ出し、命を繋いできたのです。硬い皮を剝いて、白い芯を取り出し、それを水に晒し、細く砕いてさらに水に浸けると、水の底にでんぷんが沈殿してきます。それを集めて、団子状にし、天日干しで乾燥させるんです」

「徳之島の家族は、その毒抜きが充分じゃなかったのでしょう」

中村の説明に、小笠原が医師らしい註釈を入れた。

一村には、言葉がなかった。田中家も極貧で、米を買う金がなく、姉と一緒にすいとんで食欲を散らし、その洗い汁まで啜った時期もあったが、奄美大島ではさらに過酷な暮らしを、大多数の人々が強いられてきたのである。

「田中さんは、調所廣郷《ずしょひろさと》という人物をご存じですか?」

「知っておりますよ、私も幕末に近い生まれですから。調所笑左衛門廣郷、薩摩藩の財政改革を成し遂げた家老でございますね」

「ヤマトの方は、やはりその功績の方が印象強く残っているのですね」

中村がやや皮肉った口調で言う。彼はこの島の歴史を物の本で多く勉強しているらしく、やや頭が優っている分、若者らしい批判精神も強いのだろうと一村は分析した。

「確かに、成功でしょうね。当時の藩主、島津重豪《しまづしげひで》に財政改革を命じられたときには、薩藩は五百万両もの借金を抱え、藩政は一歩も立ち行かない状況だったのですからね。それを一転して、幕末の政変をリードする雄藩にまで持ち直したのですから。しかし、その収入の大元は、何であったと思いますか?」

「黒糖でございますね」

中村は深く頤《あご》を引いた。

「黒糖を作るために、どんどん砂糖黍を増やす。年貢が厳しいから、自分たちの唐芋を作る畑地にさえ砂糖黍を植えさせられた。食べ物は、ソテツしかなくなる」

「薩摩藩の搾取が厳しかったのですね」

「当時、奄美は薩藩の直轄地でしたから、薩藩から派遣された代官や附役を、与人《よひと》、横目《よこめ》、掟《おきて》、筆子《てっこ》という島役人に補佐させて、一握りの島んちゅに大多数の農民を管理させたのです。終いには年貢米を全て黒糖で代納させ、農民の手元に残った僅かな黒糖さえ総買入する制度を布いたので、島んちゅは生活必需品を藩から黒糖の対価として支給されることになった。一度凶作にでもなれば、年貢を払えない。仕方なくその分を豪農から借りる形で年季を決めて身売りする。それがこの島の屈辱の歴史に名を残す家人《ヤンチュ》という農奴です」

「確か、いちばん酷いときにゃ、奄美全土ぬ農民ぬ三割や家人ち身ば落としゃんち言われてますな。貧しい部落《シマ》なんてぃや全員ぬ家人になり、廃村になるシマぬ相次ぎました。その一方で、家人ば二、三百人も抱えた豪農ぬ生まれ、薩摩ぬ代官とぅ結託し、搾取と不正ば繰り返していったといいます」

松原が付言した。一村はヤンチュということを聞いたことがなかった。江戸時代から貧しい農村地帯で年貢を払えず没落していく農民の悲劇は耳にするが、中村の話はむしろかつて愛読していたアサヒグラフで読んだ、アメリカ南部の黒人奴隷の話を連想させた。

「申し訳ありません。お客様の前で、奄美の恥部を曝け出してしまいました」

「タミローさん、ヤマトんちゅや、くん島ぬ差別ぬ歴史ば知ちもらゆうんや、悪《わっ》さんことでんありませんよ。吾《わ》きゃやヤマトら分離され、ヤマトぬ中央ら忘れ去られた民族なんですから。田中さん、タミローさんの話ば、ご存じでしたでしょか?」

「恥ずかしながら、全く存じませんでした。ここは奄美大学でございますね。来島してすぐ皆様にお会いできたのは、幸運でございました」

「調所廣郷は、極悪非道な人間というわけではない。日本の未来を案じた君主島津重豪の意思を忠実に実行したに過ぎない。その大命のためには、人道に背くことをも厭わなかった。奄美に於いては、黒糖の生産力を徹底的に高める管理体制を敷き、一滴でも多く大阪商人の専売品にして相場の利ざやを稼ぐためには、この島の農民を人と思ってはいられなかったということです」

「吾んからだか一《も》つ《てぃちぃ》、島んちゅぬ立場ら鹿児島県ぬ行政ち文句ば言いたいことがある。田中さん、お聞きいただけますか?」

松原は眼鏡のつるの上から一村を窺った。

「明治二十一年ぬことですが、奄美大島群島や突然、大島々庁所管でありながら、鹿児島県ぬ財政から切り離され、独立経済ば強いられたのです。そん理由ば調べてみると、何やらおかしな理屈で、くん島嶼や絶海に点在し、県庁から二百里内外に渉り、風土、人情、生業や内地とぅ異なり、地方税経済上においてん、その他利害においてん、大きな隔たりがあるので、地方税制及び他ぬ経済ば分別するというもんでした。

鹿児島県はくん時期、いよいよ資本主義国家ぬ担い手になてぃいく最中で、大規模な土木事業や公共事業ば着手し、産業基盤ぬ整備ば進めていたのです。うがしあんば奄美群島に使える予算はないんで、地方税はいらんから、自分たちで独立して行政しなさいという、体ぬ良い切り捨てなんです。くんときぬ五カ年事業総工費約四十三万円に対し、明治二十二年度ぬ奄美財政総予算や四万二千円ですよぅ。

以来、基盤整備など出来るはずもなく、日本ぬ近代化などどこ吹く風、吾きゃんぬ奄美ぬ時間や止またんまま戦時体制ち突入していく。今度や沖縄とぅ同じ南部防衛ぬ前線拠点とされ、徳之島ち滑走路ば建設する際にゃ、成人男子や出兵して誰《たる》もうらんから、ご婦人や少年少女ば強制労働させられたのです」

「この園の独女寮には、そのときの疲労がたたって癩を発症したご婦人がおられますよ」

小笠原が付言した。

「奄美農民の黒糖収入で五百万両もの借金を賄っておきながら、稼げなくなったらもう要らないと捨てられる。私たちはどこまで差別されなくてはならないのでしょうね」

中村は言って、また三味線を手に取った。

「あだぬ世の中に　永らえておれば　朝夕血の涙　そでどしぼる」と、中村が歌うと、松原が歌掛けに入る。

「浦打ちちゅる波や　打ち重ね重ね　やまと殿様や　十みそ重ね」

「はげーっ、若安さん。良いですねえ。田中さん、わかりますか？　私のは翻訳要らないかな。若安さんの意味は、浦打つ波が重ね重ねる如く、薩庁の殿様は、十重も着物を重ねて着ているということです。島んちゅが着ているものといったら、冬の寒空の下でも糸芭蕉の繊維を織った着物でした。では、こんなのはどうです」

中村の蛇皮の音もいっそう哀調を増していく。

「――やまと船みればともまきぬ美しさ《きょらさ》　大島船みれば　荷積み美らさ――。薩庁の船みれば艫のかたちが素晴らしい。大島の船をみたら、荷積みや美しい。黒糖ぬ貢物がたっぷり詰まれとることや皮肉った歌です」

「うがしゃんば《（そうだけど）》夕ミローさん。奄美ぬ歌や恨み節ばかりじゃないよ。――十七八頃や　夜《ゆ》ぬ暮れど待ちゅる　いち《（いっ）》が夜《ゆ》ぬ暮れて　吾《わん》自由なりゅか――。これや昼の労働から解放される喜びとぅ青春ば生きる自由な時を求める心ば歌てぃます」

「――夜ぬ暮れとち《（つ）》れて　立ちゅる面影や　いのちハラハラと　切れる如に――。夕迫るにつれて立つ面影は、命も絶えなんばかりである。物の哀れを感ずる夕暮れ、日中は働き詰めで忘れていた思慕の情が、日暮れとともに耐え難いまでに募って、命も切れそうだという歌です」

「夕ざれば　物思いまさる　見し人の　言問うすがた　面影にして」

今度は、小笠原が詠んだ。

「万葉集にも、似た情緒のものがありました」

三人は顔を見合わせながら、楽しそうに笑った。受難の語り部にしては、とても幸福そうな笑顔だった。

一村は彼らの姿を見つめながら、ある不思議な感慨に浸っていた。その正体はよく摑めないが、何故か身が軽くなるような、解放された感覚を伴っていた。

自分はいま、北海道から本島、九州、そしてトカラ列島から続くこの奄美群島へと、大きな弓のごとく弧を描いた日本列島の末端にいる。そして、ここは漠然と捉えていた地理的辺境であるばかりでなく、薩摩藩による黒糖地獄に喘ぎ、近代史のなかでも差別による屈辱を嘗め、敗戦後はまるで本土の平和の代償のごとく切り捨てられ、日本国家から分離させられた、行政と文化的差別の辺境でもあった。

ましてや今夜の宴の地は、〝無癩県運動〟の掛け声のもとに郷土を追われ、人間の尊厳を奪われて強制隔離された者たちの住まいなのである。本土から遥けき遠く閉ざされし所、それが国立療養所奄美和光園であった。

一村はこの夜、奄美の人々の熱き血潮に触れ、日本列島の末端から、かつて己のいた地点を顧みていた。八紘一宇でも大東亜共栄でもよいが、明治の開国から大きな野心を増長させ、皇国の御旗を世界へ広げようとした大日本帝国は敗戦によって滅亡し、いまは占領国の鋳造した窮屈な鋳型に嵌め込まれている。それでも戦後十三年、国民は再建を果たすために躍起になり、その勤勉さゆえに人々は競い、よって立つ場所を奪い合っている。

思えば、日本画壇もおなじことなのだ。敗戦によって日本画は、それまで纏っていた国粋主義の化けの皮が剝がされ、その存在意義さえ疑問視された現在、生き残りを懸け、日本国家の再建と歩みをともにしている。ここ数年、自分は日展や院展で入選を目指し、その狭苦しい中央画壇という場所で、己の地歩を築こうとして足搔いていたのである。なんと、さもしいことか。

一村は、自分がこの島に来ることになった経緯について、多くは語らなかったし、彼らも尋ねなかった。恐らく何かに行き詰った人間が、新天地でやり直そうと渡来してくることも多いのだろう。そしてここの島人は、そんな人間の過去を暴こうとはせず、そっと受け容れてくれるのだ。

中村と松原のあぶし並べは続いている。小笠原は徳の高い僧侶のように微笑んで、彼らの歌に耳を傾けている。いつの間にか降り出した雨は、官舎の外のパパイヤやゴムの林やクロトンの茂みをしとど濡らし、亜熱帯の夜をやさしく包み込んでいた。

第三章　奄美の十二カ月

年が明けて、昭和三十四年一月七日――。

梅乃屋の下宿に、姉からの手紙が届いた。川村幾三や岡田医師、千葉寺の自宅を買ってくれた中島義貞、妹の房子には、来島後の近況を伝える手紙を書いたが、喜美子には手紙どころか葉書さえ送っていない。これまで献身的に尽くしてくれた姉に対して薄情であるとの思いはいつも脳裏を過っていたが、一村はしばらく姉に便りをするつもりはなかった。

その理由は、己にも説明をつけがたいが、姉弟二人だけの長い生活から解放された自由を、もう少しだけ享受していたいという思いがあったのは否めない。その一方で、一村と喜美子の間には、けっして距離を縮めることのできないまま微熱を帯びていく感情の溜まりが存在していたことを、離れてみて思い知ることになった。一流は妻を娶らぬ、などと嘯いていられたのは、姉が伴侶であり、後漢の故事に喩えるなら、糟糠《そうこう》の妻のごとき存在であったからだった。

喜美子の自分への思いの多寡は推し量りようもないが、僻遠の地へ行って住むことを二人で決めたあの夜、彼女の表情に込められていた気魄には、決意の重さが表れていた。彼女は涙を見せなかったが、心のなかでは号泣していたのだろう。長い間、生活だけでなく、美術の思想をも共有し、いつの間にか一卵性双生児のように結合した姉弟は、この時をして、ついに訣《わか》たれたのである。

いまだ切り裂かれた半身の痛みを感じているからこそ、おいそれと近況報告などできるはずもなかった。姉もその痛みを共有していると思うから、案の定、彼女自身の近況は冒頭でおざなりに告げるだけで、いちばん伝えたかったことが手紙の本文を占めていた。

〈――加藤榮三様が、芸術院賞を受賞されました。私は加藤様らしい大らかさの溢れた、素晴らしい作だと感じております。千葉寺の家にお越しになったときに、竹藪の中でデッサンをされていらっしゃいましたが、そのときも天を見上げた視点で自由気ままに流れる白い雲をお描きになっていました。今回の傑作は、そのお気持ちに通ずる所があるように思えて、私には一入《ひとしお》でございます。この作品が掲載された美術雑誌の切り抜きと、新聞記事を同封いたします〉

手紙はそう結ばれていた。一村は、千葉寺の自宅を売って、ここに来てしまった後の姉の去就を心配していたが、そこは数行でさらりと流されていた。曰く、やはり愛子様は売れっ子芸者だけあって、築地の自宅は、人の出入りが活発でございます。一部屋を低い賃料でお貸し頂いている身としては、我慢すべきことと存じております。しかしながら、朝方に黒塗りの車でご帰宅なさり、その後の騒動に安眠を妨げられることには、些か閉口しております――。

奄美に出発する前の目論見通り、親戚の菊池愛子の自宅の一室に住まわせてもらう計画は実行に移したようであるが、手紙の内容からみても忍耐強い姉の一言であるだけに、菊池宅に下宿していられるのも、そう長くはないと心配せざるをえなかった。

愛子は父、彌吉（稲邨）方の親戚であり、一村が十代の頃、彼女の実家が栃木県佐野市で営む料亭〈丹波屋〉の大広間で、県の名士に向けた席画会を催したことがあった。愛子は上京して芸姑になり、今では首相の吉田茂を客筋にもつほど売れっ子になっているらしかった。

一村は、同封されていた加藤榮三の作品図版を手に取って眺めた。雑誌の切り抜きであるが、茶紙の小包封筒のなかに厚紙の台紙を添えて同封してあったので、折り目もなく、カラー印刷の発色もよい。題名は、《空》という。

この丁寧な梱包の仕方から、喜美子が一度だけ千葉寺の自宅で榮三と邂逅した時間がいかに楽しく、淋しさを慰められたかということが伝わってくる。姉はあれ以来、榮三のことを実の弟のように感じているのだろう。

《空》は、青空ではないが、陽の光が穏やかに広がる天空に、たくさんのウミネコが飛翔している作である。絵の真ん中には黄味を帯びた雲があるだけで、総計十二羽のウミネコは、何やら下界の一点を気にして周囲を乱舞している。

榮三がこの絵に寄せて書いた文章の記事が同封されていた。

〈題材というのは自分でつかむものであると同時に、また与えられるものだ。私は以前から野鳥の生態に興味を持ち一度、空を飛ぶ鳥を描いてみたかった。宮城県の知人をたよって大指海岸の鞍掛島に写生の旅にでた。荒波にもまれる岸壁によじのぼり、岩の上に仰臥していると人を怖れないウミネコが悠々と低く飛び、下から見ていると翼が太陽の光の中で実に美しい。足元に今にも波にさらわれそうな雛が一羽いるので安全な場所に拾いあげてやる。するといまゝで無心に飛んでいた沢山のウミネコがけたゝましく声をあげて覆いかぶさるように私の頭上で乱舞はじめる。そのときの

強烈な印象が〝空〟の構図を決定させた〉

一村は榮三の文章を読み、あらためて《空》をみつめた。たしかに、ウミネコたちが雛を護ろうと緊張を高めた瞬間の動静が表現され、大空の雄大さと鳥たちの生態が見事なハーモニーとして定着されている。

——榮三、すごいな。これほど描きたい対象に肉薄し、純粋無垢な絵心を昇華できた傑作が、日展などという伏魔殿で芸術院賞と認められたのは、奇跡というしかないぞ。

一村は心のなかで、つぶやいた。

加藤榮三の受賞作は、一六二センチ×二二七・三センチの横物の紙本著色画であり、昨年十一月の〈第一回新日展〉に出品されていたが、一村にとっては奄美行きが決まり、千葉寺での生活を清算している時期であり、他人事に注意を払っていられる状態ではなかった。

戦後の第一回展から日本芸術院が主催し、運営実務を日展運営委員会が行うという体制で継続されてきた日展であったが、昨年から日本芸術院を離れ、社団法人として完全に民営化されたことにより、〈第一回新日展〉がここからスタートしたのである。

その改革のきっかけとなったのは、一昨年の第二十六回国会の衆議院文教委員会において、日本芸術院と日展の問題が大きく取り上げられたことである。国会答弁の内容は新聞や雑誌でも報道されたが、目新しい醜聞というほどのこともなく、相も変わらぬ審査員と師弟の情実審査問題や、芸術院会員の定員補充選挙時に巨額の資金を使った選挙運動が常態化していることに関して、日本芸術院長らの証人喚問が行われた。その結果が、日展の民営化であったが、それによって従来の体質が変わるものでもない。

昭和元年に一村が東京美術学校に入学したときの同窓生の中で、加藤榮三は一村が尊敬できる唯一人の親友だった。同期にはもう一人、気の合った学友の山田申吾がいた。榮三は申吾の妹を嫁にもらったことから、申吾とは義弟の関係になっていた。この学年には、他に東山魁夷、橋本明治がいて、彼らはともに昭和六年に美校を卒業したことから、巷では〝花の六年組〟と称されるほど活躍していた。

加藤榮三はこの第一回新日展において評議員にも任命され、画壇における地位をまた一歩確かなものにした。彼の出品作《空》は、多くの有識者が注目し、監視している状況のなかで、審査の公正さが求められた第一回新日展だったからこそ、その純粋な芸術的価値が正当に評価されたのかもしれなかった。いずれにせよ榮三は、この受賞によって、芸術院会員への階段を一歩踏み出すことになったのである。

——それに比べて、この自分は……。美校を二カ月で退学した自分と、中央画壇で花形画家となっていく学友たちを、そうせぬよう努めてきたものの、どうしても比較しないわけにはいかなかった。その絶望感から、一村は一方的な絶縁状を榮三に送り付け、親友の縁を切り、絶交していたのである。いちばん心を許し合った者に嚙み付くのは、一村の悪い癖だった。

一村は姉から送られてきた一切を元の茶封筒にまとめ、二度と見ることはないと思いながら、部屋の隅に積まれた書物の下に挿し入れた。

そして、スケッチブックを開き、思いついた一句を書き入れる――。

〈縁絶えし　友の僥倖　胸に染む　吾僻遠の　露となりぬる〉

縁側の引き戸の向こうから、滑稽な鳥の声が聞こえてきた。時々、この下宿屋の裏山でデーデポッポポポーと啼くこの鳥は、山鳩の雄である。正式な名は、琉球雉鳩《リュウキュウキジバト》といい鳩の仲間であるが、背と翼が黒く、赤褐色と灰色の羽縁が雉に似ている。

渡り鳥ではないからこの声は梅乃屋ではお馴染みで、女将の笠畑さんが以前何かの雑誌に載せた広告に〈山鳩の聲も優雅な、雅趣満点の家―料亭・梅乃屋〉と謳っているのを見つけた。ここが料亭だったときの広告である。鳥を愛する一村にとって、自身の住まいにちょっとした愛着を持てる発見であった。

ふと気付くと、山鳩の声に交じり、濡れ縁に出る引き戸に、小石の当たる音が聞こえていた。一村は口の片端を歪めて苦い表情をした。また、あの男か――。

梅乃屋には様々な人種が住んでおり、一村は薄い壁を隔てて聞こえてくる彼らの暮らし振りに好奇心を持つこともなく、我関せずと距離を置いていた。それでも一つ屋根の下のこと、挨拶を交わす以上の係わりを持たざるをえない事態も生まれる。そっと引き戸を開けると、琉球松で覆われた裏山が、いつの間にか夕暮れの気配を漂わせている。

「田中しんしー《（先生）》、ちゅーう《（今日）》やうがみ《（拝み）》やびらぁ」と男は言った。

先生などと呼ぶことを誰にも禁じ、沖縄からの流れ者らしいバカの見本のようなこのヤクザ者にも一、二度言った覚えがあるが、今は面倒なので聞き流している。

「比嘉《ひが》さん、今日はなんですか？　揉め事はこりごりですよ」

「いいん。くねーだー《（先日は）》、くぶりさびたんやぁ《（申し訳なかったです）》。くぬ詫びぬ印やいびん《（です）》」

比嘉は新聞紙に包まれたものを差し出した。

「山《む》んてぃ採《とぅ》てぃちゃさん物しゃいびぃん。しんしーかい《（先生に）》食《か》びぃふっさぐぅとぅ思《うむ》てぃ、う持ちちゃーびたん」

山菜でも採って来たのかと思い、包みを開いてみると、巨大なワラビのような植物が入っている。それはあのヒカゲヘゴの新芽の部分だった。小笠原先生からこの新芽が食用になることと、調理法も教わっていた。

「比嘉さん、ありがとうございます。これは助かります。喜んでご馳走になりますよ」

彼は、「へへへ」とだらしなく笑い、上目遣いでこちらを見上げた。

この男と初めて会ったのは、昨年十二月三十日の夜だった。今日と同様、ガラス戸に小石が当たる音がするので戸を開けると、彼がいきなり土足のまま部屋に飛び込んできた。酒臭い息を吐き、興奮した様子で顔を赤らめ、こちらを睨みつけてくる。一村は、屋仁川《ヤンゴ》通りの盛り場で飲んだくれた客が、酔った勢いで強盗に押し入ったのかと思った。

与論島へのスケッチ旅行から帰ってきたあくる日のことで、沖永良部島、徳之島を経て古仁屋《こにや》港に戻ったのであるが、その翌日に古仁屋の町が大火に見舞われ、風速一五メートルの強風に煽られて全焼するという大事件があり、奄美本島は本土復帰五周年の祝賀気分も一遍にふっとぶ惨憺たる有様だった。

そこに現れた強盗であるから、島人の気分は荒廃しているのだな等と一人合点しつつも身を守るため、「ここには、金目のものなど何もないぞ」と雷のような大声で男を怒鳴りつけ、右手の拳を振り上げた。すると六尺近い上背のある一村に威嚇された小男は無言で後退ると、身を翻して逃げ去った。一村はほっと息をつき、後ろ手に握っていた胡椒の瓶をちゃぶ台に置いた。男が襲いかかってきたら、目潰しを食らわせようと咄嗟に手にしていたのだった。

翌朝、二階に住んでいる稲亀トヨ子が一村の部屋に来て言うには、昨夜の男は彼女の最近の交際相手であり、新しく住人になった一階の一村のことを「お侍様みたいな精悍な男」と評したことに嫉妬して、事に及んだとのことだった。

「悪《わっ》さん男《いんが》あらんばん、いっき《(すぐに)》頭《かまち》っきゅんバカどぅ。ちゃんと謝りち行かしょんかな、吾《わ》んに免じて許しくんそれ」

トヨ子は言い、婀娜《あだ》っぽい笑顔をみせた。

彼女は普段は女給をしているが、化粧が濃く身なりも派手で、斡旋が入れば娼婦の仕事もしているらしかった。比嘉は謂わばヒモのようなものだが、チンピラを気取った小心者だった。

「先日のことは何とも思っておりません。それではこれで……」

一村が戸を閉めようとすると、彼は慌てて濡れ縁に身を乗り出した。

「田中しんしー、う願《にげ》ーさーびらん《(でございます)》」

比嘉が言って、濡れ縁に摺りつけるほど頭を下げた。うちなーぐち（沖縄方言）がきつくてよく理解できないのであるが、よくよく話に耳を傾けると、この一件でトヨ子と仲違いをしたということらしい。それで、何とか復縁したいので、手紙を代筆してくれというのであった。一村はやれやれとかぶりを振ったが、ヘゴの芽をもらった返礼はしなければなるまいと諦め、男の思いの丈を聞き出し、恋文にしてやった。

一村の体調は、ようやく回復しつつあった。実は昨年暮れの奄美への移住に続き、すぐに与論島へ三日間のスケッチ旅行を敢行したせいもあり、かなりの疲労が溜まっていたようで、正月二日には喉を害して寝込んでいたのだ。故郷から遠い地での病は流石にこたえ、支援者の岡田医師には、やや弱音を吐いた手紙を寝床で認めた。

それというのも、この島の物価は驚くほど高く、月々千七百円の家賃の外に電気代と水道代も取られるので、結局一月に二千円近くかかる。ざっと見積もって、栄養価のある美味な食生活をするには六千五百円、副食費をそこから千円落とすとなると、永田橋市場で鮮度の落ちた売れ残りの魚や、萎びた野菜を買うしかない。

千葉寺の家を売って作ったなけなしの移住資金から、汽車や船賃、世帯道具の購入等諸雑費に使った残額は七万八千円であり、預金してあった。この先、本格的な制作が始まれば、画材購入の出費がいちばん大きい。絵絹や麻紙も無駄が出ないよう絵のサイズを調整し、絵の顔料も〇・五ミリグラム単位で谷中の得應軒に注文しているが、岩絵具の質を落とすことなどできない。

もし、亜熱帯の自然の方から、その姿を絵絹に表すのに純金泥を要求してくるのなら、どんなに生活に困窮していても、惜しみなく使う覚悟が必要だった。画材の他にも、写生旅行のために、本島から船を使って近海の小島に行けば、六千円、一万二千円と金が飛んでいく。

先日、千葉寺の自宅を購入してくれた中島義貞に送った手紙は、与論島で取材した画題を色紙にして送るから援助を懇請するという内容だったが、岡田医師にも協力を請わざるを得なかった。当地に出発する前は、寒冷地に行くのと異なり、温暖な南の島に行けば何とかなるような甘い観測をもっていたが、ここに来て二週間にして早くも現実の厳しさに直面していた。亜熱帯の植生を前にして、制作意欲は弥が上にも高まっていく。そこに立ち塞がるのは、千葉寺時代と変わらぬ生活の壁だった。

単なる旅人であるのなら、懐が寒くなれば帰郷すればよい。しかし、姉の待つ家はもう存在しないのだ。そう思うと、奄美行きという人生最後の決断に、今更ながら身のすくむ思いであった。

＊

天井から吊り下がった裸電球の明かりでは照度が足りないが、仕方がなかった。暫くのあいだはこの部屋が、今風の言葉でいえば我がアトリエなのだ。自分の身体が手元に影を落とさぬよう部屋の端に寄り、一村は色紙に色を付けていた。

絵の中に浮かび上がる農家の情景を見ていると、耳元に彼女たちの歌声と、ソテツの実を搗《つ》く杵のリズムが甦る。眠たくなるように繰り返される潮騒が、流れる時のゆるやかさを助長する。麗らかな日差しのなかで写生させてもらったあの一時はこの世のことではなく、自分はまるで三千年前の太古の島から帰還したとさえ思えてくる。

奄美に出発する以前から、島嶼の内で探勝可能な最南端である与論島を検分することは決めていたが、奄美本島と外の島のあいだにこれほどの違いがあるとは、想像もしていなかった。与論島には別種の文化があり、本島とは違う時間が流れていた。

集落をつくる農家は珊瑚を積み上げた石垣で囲い込まれ、その上にガジュマルを茂らせて根塊でがっちり石垣を摑ませているのは、台風に備えた生活の知恵と思われる。更にその内側に、フクギという防風用の常緑樹を植えて万全を期していた。茅葺の円錐形の屋敷は、その奥にひっそりと隠れるように建っていた。

規則的な杵の音と、複数の女たちの歌声に誘われて歩みを進めると、ガジュマルの葉蔭で牛が寝そべり、庭には赤いソテツの実が乾してある。屋敷の前で、老婆と家の主婦と思われるふたりの女性が杵を搗《つ》いている。杵の形は柄のない縦型のもので、木臼も変わっている。

図々しく見学を申し出ると、こちらの心を蕩《とろ》かすような笑顔を浮かべ、縁側に招かれて、茶と南瓜の煮物でもてなされた。隣には二十前の孫娘がふたり坐り、長女はパーマの髪に赤いチェックのスカートという現代的な出で立ちなれど、四人一緒に口ずさむ拍子唄には上古の韻律があり、歌詞の意味を尋ねると下の娘は知らないというが、上の娘が紙に一節だけ記してくれた——。

はじみてぃえしがヨ　サーサアあおさ　あおさりがしゃびら

ニゾヨイ　カナヨイ　サーサイヤサノサ
きばてぃひきみそりヨ　サーサあわち
ニゾヨイ　カナヨイ　サーサイヤサノサ

和光園で中村の歌っていたものに比べると、やや沖縄的な影響があるのを感じる。沖縄は島影の見える指呼の間にあり、与論島では沖縄文化と奄美文化が融合しているようだった。一村は俄か民俗学者になったように彼らに様々な質問を投げかけるが、老婆の答えることは美しき呪文のようで、それを娘たちが通訳してくれる。

縦杵で搗いているのはソテツの実の糀《こうじ》と大豆で、これに塩を加えて搗くとナリ味噌ができる。縦杵はシマアージン、臼はチキウシという。逞しい主婦は片手搗き、老婆は両手で支えて搗くが、歌の拍子が仕事のようである。

昨今はモーターを使った搗き機がこの島にも導入され、この古風な製法も来年からは見られぬだろうとは老婆の言だが、長女の通訳の前に、彼女の淋しさは感じ取れた。老婆が何処から来たのかと問うので千葉だと答えると、千葉は知らぬが、その部落《シマ》ではどんな歌を歌って味噌を搗くのかと訊くので、「歌は歌わぬ」と答えると、「それでは黙って搗くのか。面白くなかろう」と言って笑われる。

この島では家のことを〝ヤー〟といい、彼らの住んでいる茅葺円錐形の屋敷を〝チンチブトゥヤー〟と呼ぶが、その由来は三角形のチンチブトゥヤーという貝の名で、茅葺屋根の先っぽの形が似ているからという。茅葺屋根のことは、ギシキャーといい、島を歩いてみて殆どの家はギシキャーであったが、ほんの数軒だけ瓦屋根のヤーがあった。

この家のギシキャーは〝模合《ムェー》〟で建てたと言うのでその意味を問うと、ムェーとは、三十戸位の家々で作る共同扶助の組合のようなものらしい。茅葺をするには大量の茅や縄が必要なので、お互いが助け合ってチンチブトゥヤーを建てるのだった。そこには親戚や近親者ばかりでなく、それまで知己のなかった人も加わり、その後は皆が〝家造り親戚《ヤーチクイパラジ》〟になるという。

堅固にみえた石垣も、家を建てた後に、海や山からの帰りに一つひとつ運び、何年もかけて積み上げるので、ガジュマルが大きく育って家を護れるようになるまで、何度も台風で崩されるのだった。それでも諦めずに、また一つひとつ珊瑚を積んでいく。こうして、島の人々は自然と闘いながら、助け合って生きてきたのである。

与論島に初上陸を果たした真夜中、一村の眼前には、月影に照らし出された砂糖黍畑が無限にひろがっていた。歩けども歩けども風景は変わらず、白い珊瑚の路が一直線に延びていた。山はなく、砂糖黍とソテツで覆われた帆立貝のような形の島である。

遥か悠久の時を経て、珊瑚礁が隆起してできたこの島には川は無く、雨は珊瑚礁を溶かして地下水の流れをつくる。この赤崎集落の外れにも一つ、島人の命を繋ぐ〝あまんじょうの井戸〟があり、その名は〝あまんの門〟を意味するという。

「大昔ね、この島には、毎日が天国のように幸せな時代があったの。それを祖母ちゃんたちは〝奄美世《あまんゆ》〟と呼んで懐かしむんだよ」と、パーマ髪の長女は言った。

荒波の海上で木の葉の如く揺れるあけぼの丸では、腸がちぎれるほどの思いをした。真っ暗な沖合で海を跨ぎ越し、本船から艀へ乗り移るのは、泳げない者にとって肝を冷やすどころの騒ぎではなかったが、それでも与論島への写生旅行の収穫は大きかった。

チンチブトゥヤーの中で、大島紬《おおしまつむぎ》を織る女をスケッチできたし、早朝に板付け船から上がったばかりの熱帯魚をもらい、夢中で何枚もデッサンをした。目新しい風俗としては、頭上に荷物を載せて歩く女性たちを写真に撮った。この習慣は本島では見たことがなく、茶花漁港《ちゃばなぎょこう》の通りでは、よく肥えた女性が大魚を入れた籠や木桶を頭に載せ、薪を背負った年老いた男たちと行き交っていた。

ここから発想したのは、《漁樵對問《ぎょしょうたいもん》》である。古来から多くの絵師に好まれてきた題材であり、近年では富岡鐵斎や横山大観も描いている。漁師と樵の問答の形式で、天地万物、陰陽化育、生命道徳の哲理を論述した北宋儒家の著作が原典ともいわれ、一村はその問答の一端を漢籍で読んだことがあった。いにしえの時代に紛れ込んだような与論島の空気は、こんな古典的題材を想起するのに相応しかった。

しかし、一村はゆったりと流れている暮らしのなかにも、明らかな変化の兆しがあることを敏感に感じ取っていた。古式ゆかしい風俗も、ここ一、二年で消えていくものもあるようで、恐らく日本への返還後、急速に新しい時代の風が吹き込んでいるのだ。停止しているように見える自然や文化も、よく観察すれば急速な変化を来しているのが、この昭和三十年代という時代なのである。

大島本島の植生でさえ、日々変化を来しているという。これは和光園の松原から聞いたことであるが、本島中央部の鬱蒼とした原生林を形成していたイタジイ、イジュ、ミヤマシロバイなどの常緑広葉樹は伐採され、ここ数年で六分の一に減り、代わりに近年の木材需要を見込んだ琉球松が植林されているらしい。かつて島中に咲き乱れていたウケユリは盗採や獣の食害に遭い、今では見ることが少ないという。

今、画家として己に課すことは、この島の自然を観察し尽くすことである。芸術上の要請よりも、まずはこの島の植生を精確に描くことを心掛けながら、一点一点の作品を仕上げていこうと思う。

*

奄美来島当時は冬のない島と感じていたが、千葉寺で百姓をしていたこともあり、気象には敏感で、住み始めてみると、この島特有の不意をつく天気の変化も次第にわかってきた。今月の初めには〝二月風もさ〟、沖縄では〝二月風廻り《ニングヮチカジマーイ》〟と呼ばれる季節風が吹き、寒冷前線が名瀬市の気温を十五度以下まで下げた。一村は中央通りの〈ニューいぶすき洋品店〉で買った半纏《はんてん》を羽織って、絵に向かっていた。

一村は奄美大島に来て初めて、大型の〝連作〟構想を温めていた。亜熱帯の自然のなかに四季といえるものを発見して〈奄美十二カ月〉と名付け、その特徴を情緒溢れる十二枚の絵として描き分ける野心的な試みである。

来島した十二月から始めて、一月と二月まで三枚の下図はすでに目途が立ち、絹本に起こす準備を始めている。それ故、以後の連作の題材を求めて精力的に各地を探勝して回り、スケッチをし、写真を撮影する必要が生じていた。

これが来島以来の大きな問題で、徒歩圏内の渉猟だけでは、奄美大島を描き尽くすことにはならない。島の地理に不案内な上に、離島の交通網は甚だ未整備なのである。梅乃屋の女将に尋ねてみたが、「みんなポンポン船し、部落《シマ》ら部落《シマ》ち渡りゅんど。名瀬ら恩勝《おんがち》がり一時間半もありば着きゅっと」と簡単にいう。

一村は、曖昧にうなずいたが、納得がいかなかった。実のところ、彼はカナヅチであり、川村家に千葉の海に誘われても一度も同行したことがない。四方を海に囲まれたこの離島にいても、一村は陸の民であり、むしろ山に憧憬があった。与論島に渡ったときに〝殺人艀〟で恐怖の体験をした記憶も生々しい。

「私は、脚には自信がございます。千葉にいた頃も、大抵の所へはこの自慢の脚で歩きました。大和村という所に、よい浜辺があると聞いたのですが、そこに向かう山越えの陸路はございましょう?」

女将に食い下がると、彼女は瞼で塞がれたような小さな目を最大限に見開いた。

「うまぬ《（そこの）》裏山なん、狭《いば》さん道ぬあろが」

確かにまだ分け入ったことはないが、梅乃屋の裏山に人がすれ違えないほどの杣道の入り口があることには気付いていた。

「うまば《（そこを）》ずっと登ってぃ行きば、ヤンゴビラちゅん峠《ちじ》ぬあってぃ、うまば越えりば里《さと》ぬシマち出《い》じゅるん。うん先なん知名瀬《きなじょ》ぬ田袋《たぶくろ》ぬあてぃ、ちょうど知名瀬川ぬ上流あんば、橋やねん。服ば脱いじ頭《かまち》なん縛り付け、一本ぬロープば頼てぃ、あん岸ち渡りゅうんどぅ。うっ《(そこ)》からまた山ば越えてぃ、うんまま《(そのまま)》曲がたん山道ば行きば、宇野釜《うのがま》と宇穴張《あざあなばり》ぬ先なんオッコジビラちゅん峠《ちじ》ち出《い》じゅる。うま《(そこ)》が名瀬とぅ大和村とぅぬ境《さけ》どぅ。戦争ちぬ出兵者とぅ、ヤマトち旅立ちゅん人《ちゅ》ば見送り、松明ば持っちゃん家族ぬ集てぃ、別れば惜しむん場所あたん。うまら《(そこから)》湯湾釜《ゆわんがま》がり下《う》りりば、うん先《(その)》や国直《くんにゅり》どぅ」

会話によく出てくる〝ビラ〟とは〝坂〟の意味だという。聞いていると急坂、しかもほとんど崖登りに違いない。〝川の上流に出るが、橋はない〟と平気な顔で女将がいうところをみると、少し前まではそれが普通のことだったのだろう。

「ここを出て、どの位の時間がかかりますか?」

「うまば《(そこを)》出《いじ》りば脚《はぎ》ぬ強《ちゅう》さん人《ちゅ》あてん、四、五時間やかかりゅっと。うまら海岸ち行きゅば大和浜かち着《ち》きゅり。群倉《ぼれくら》ちゅん高倉ぬあんかな、絵ば描きば良《い》っちゃんかも」

一村は情景を思い浮かべながら、考えていた。

――幾ら自分が健脚だからといって、崖のような山道や川を渡って風光明媚な村にたどり着いても、絵を描ける気力と体力が残されているだろうか? 来年になればバスが通るらしいから、それを待つしかないのだろうか? しかし、一村は来島以来ずっと、寸暇を惜しんで画業に邁進せねばならないという切迫感に突き上げられていた。来年などという悠長なことをいってはいられなかった。

昭和三十年に三方村《みかたそん》を編入した名瀬市は、名瀬湾のある東シナ海から太平洋側の小湊漁港まで縦断し、本島の凡そ二割弱の面積を占めるほど大きな行政区である。名瀬市街地からのバス路線は二系統しかなく、一つは本島最北端の岬に向かう笠利町行き、もう一つは昨年末に与論島に行った帰りに本島最南端の古仁屋港で下船し、そこからの帰路に使った名瀬市街地―古仁屋間を往復するバスで、山道を五時間も揺られながら下宿に帰ってきた。古仁屋の大火があったのは、その翌日である。

一月の下旬に、一村は本島最北端の笠利町まで、初めての大遠征を試みていた。バスで揺られること三時間半。古仁屋からの道行きとは異なり、深い山中を越えることは少なく、概ねバスは龍郷湾や、隕石が落ちてできたという赤尾木湾に沿って走り、また峠を越えてまた次の入江に出るということを繰り返しつつ、リアス式地形の終点の岬に着いた。

名瀬の中心地付近の名瀬湾や長浜、朝仁《あさに》海岸といった穏やかでいくぶん母性的ともいえる海岸しか見てこなかった一村にとって、笠利の岬周辺の海はもう少し雄々しく見えた。アダンの群生やソテツの原生林、すさまじく繁茂したビロウ樹など亜熱帯の植生は、どこも変わらぬ迫力である。

二時間ほど海岸や丘陵の奥に腰を据えて笠利周辺のスケッチを果たしてから、今度は徒歩で〈あやまる岬〉まで足を延ばした。笠利町北東部に位置し、こんもりとした丸い地形が綾を織りなす〝毬《まり》〟に似ていることからその名がついたという岬は、太平洋に突き出し、東の水平線には、喜界島の島影がみえた。眼下ではソテツの原生林が山肌を覆い、珊瑚礁に囲い込まれた外礁《イノー》が引き潮で地形を露わにしていた。

しかし、一村にとって主題にしたい自然は、こうした名勝ではなかった。鷹の眼ではなく、むしろできることなら天然記念物のアマミノクロウサギになって、森の葉蔭から水平線を望みたかった。

一村にとって奄美大島北東部の笠利へのスケッチ旅行は、もう一つ、腑に落ちずに終わった。

そうした経緯もあり、大和村へ行きたい気持ちは募っていたが、焼き玉船を利用する気にはなれず、本島南西への探勝は諦めかけていた。

ところが、先日、一村は梅乃屋に住んでいる日雇い人夫元締めの親方からある情報を仕入れた。その男の話によると、昭和二十九年に名瀬から大和村方面への県道整備が始まり、未だに工事中であるという。来年早々、恩勝《おんがち》と大和浜間を流れる大和川に三九メートルの大和橋が完成するので、夏頃にはバスが大和浜まで乗り入れるという。そこまでは知っていたが、親方は意外なことを言い出した——。

「戦後すぐつながったのは、名瀬と小宿《こしゅく》のあいだ。復帰時点で、知名瀬《きなじょ》まで延びた。来年の完成を目指して工事しとんのが、根瀬部《ねすぃぶ》と国直《くんにゅり》の間だな。ここが工事中やから、重機は船で運んで陸揚げした。ここさえ開通すりゃ、大和村役場で先に工事を進めている湯湾釜と恩勝間は通れっから、大和橋の完成を待って、ようやっと名瀬から大和村までバスが乗り入れる。とはいえ、県道とは名ばかりの山の尾根を削った急カーブばかりの道で、雨が降ればどろどろの泥濘でタイヤは空回りするは、土砂崩れは起こるはで、大変な道だがよ」

「貴方様は、大変よく御存じでらっしゃいますね」

「そりゃあ知ってるわな。俺たち土方がつくってきた道だからな」言って、右腕の力瘤を見せた。

「やはり、大和村に行くには、来年のバス路線の開通を待つしかなさそうですね？」

親方はもっともらしく、大きくうなずいた。

「俺の知り合いの兄弟が、少し前から米軍払い下げのジープで、客の輸送を始めたんだ。名瀬市街地から、里《さと》までだけどよ。ここも赤土の埃だらけの酷い道だけんど、ヤンゴビラをガチで越えることを思えば天国だろう」

「里というのは、大和村への長旅のほんの手前の集落でございますね。そこで降ろされても、その先を徒歩では、一日がかりでございましょう」

一村が言うと、親方はにやりとして、狡そうな表情を浮かべた。

「ジープ輸送の兄弟に、俺から頼んでやろうか?」

「大和浜まで、行っていただけるということでしょうか?」

「ジープで行けるのは知名瀬までだな。その先は、湯湾釜の海岸から陸揚げした工事トラックや、ブルドーザーしか通れない。そこからは俺が国直まで行ってやるよ。毎日、工事で往復してっから、助手席に乗っけてやる。行きは荷台が空っぽでスイスイだが、帰りは赤土山盛りに積んどるで、命の保障はできねえがよ」

親方は言って、豪快に笑った。

「大和浜に行くのに、大和橋はまだ完成していないのでございますね?」

「工事用の艀がある。乗れるよう手配しといてやる」

大変親切な話であるが、一村は先回りして、親方の考えを読んでいた。

「お幾らくらいの手間賃でございますか?」

親方は思案顔で大袈裟に顔をしかめてみせたが、

「まあ、おなじ下宿で寝起きしている仲じゃねえか、悪いようにはしねえよ」と言った。

こうして、一村は親方の手配に従い、闇営業で資金を貯めて、奄美初のタクシー会社を起こそうとしているらしい若い兄弟のジープで出発した。この日だけは里から距離を延長し知名瀬まで行くというので定員オーバーの状態で、一村は老人たちと身体を寄せ合い、息苦しさに耐えていた。

その後は赤土の撥ね痕が乾いたままこびりつき、土建会社の名も見えなくなったオンボロトラックの助手席に便乗し、国直に向かった。千葉という都会で生活してきた者にとっては、いま走っている道を県道と呼ぶのが憚られるほど、雨で捏ね上げた粘土のような悪路を、親方のトラックはエンジンの悲鳴を上げながら走り抜いた。

途中、峠の水溜まりでタイヤをとられ、板切れを敷いて泥濘から脱出するのを手伝った。山肌を掠めるように尾根づたいに急カーブするトラックの窓から遠くを見遣れば、彼方に東シナ海の眺望が開けて我を忘れるが、下を見ればガードレールも柵もない絶壁の下に、今来た悪路が幾重にもうねって見えており、肝を冷やす。海路を使ったときの艀に乗り移る恐怖も記憶に新しいが、陸路の山越えもまた命懸けだった。


国直の集落に着いたときには、午前十一時を回っていた。雨は降らなそうだが、否、あの悪路がさらに雨でぬかることを思うと降らないことを祈るしかないが、空は厚い雲で覆われている。

親方は日が暮れてからあの崖の道を通るのは危険だから、午後五時に降車した場所で待っているという。大変親切な申し出ではあるが、来年から開通するバス料金は、名瀬市街地から恩勝の村役場まで百二十円の予定であるのに対し、兄弟のジープ乗車賃と合わせて往復七百円の料金だった。画業に精進するために活発に動けば、貯えはみるみるうちに減っていく。

国直の浜辺は、白く輝いていた。長い年月のあいだに波に洗われて砕けた珊瑚が敷き詰められているからだ。湾は遠浅で、沖の珊瑚礁が防波堤になるためか、午前中の陽の光を反射して、湖水のように穏やかな波を寄せては返している。

浜辺の土手をずらっと取り巻いているのは、アダンの群生林である。夏になればパイナップルのような大きな実をつけるはずだが、冬季の今は棘のある丈夫な披針形の葉を縦横に繁茂させている。どの樹も非常に密集しており、野放図にくねった太い枝を広げ、支柱根を張り巡らしてしっかり大地を摑み、来る台風に備えていた。

一村は群生する茂みの内側に入り、適当な高さの支柱根に腰を下ろして前方をみつめた。眼前に垂れた先の尖った長い葉と、くねった枝ぶりの向こうに、水平線がみえる。その構図でスケッチを数枚描きあげた。この絵に、アダンが大きな実をつけていれば、《奄美十二カ月》の夏の図の一つになるかもしれない。

その後、地形を把握するために、国直の県道から里道に入り、険しい山を上った。四時間ほど歩く気があれば、大島本島一の原生林が存在する金作原《きんさくばる》を目指す方向であるが、一時間ほどで歩みを止め、恩勝湾を見下ろせる湯湾釜の峠を見つけた。

左右両方向から迫りくる入江に囲まれた恩勝湾は水平線が隠されているので、巨大な湖水のようだ。波の寄せる海岸沿いから奥へと広がる平地には、整然と区画された畑地や田圃、島言葉でいう田袋が敷きつめられている。この風景を撮影し終えると、一村は急いで山を下り、初めから楽しみにしていた大和浜の群倉《ぼれぐら》へ向かった。

梅乃屋の女将が言っていた群倉とは、高倉と呼ばれるこの島特有の高床式倉庫が並び建った場所のことである。湿気から守るために四本の柱で茅葺屋根を高く造り、その屋根の内部に籾などの穀物を保存しておく。太い柱の素材には滑りやすいイジュなどを使うことで、鼠害も防げるという。大和浜集落の外れに九棟の高倉が並び建ち、その背後には小川が流れ、小笠原医師の官舎で咲き誇っているのとおなじカンヒザクラが、濃い桃色の花をつけていた。一村はいかにも南国的画題に出逢ったことに歓喜の表情を浮かべ、しっかり構図を決めてシャッターを切った。

しばらくスケッチをしていると、村人が前の道を行き交っていく。群倉に向かう女性は軽そうに空の籠を背負い、そこから戻って村に帰る女性は、籠の持ち手を額にかけ、前傾姿勢で中身の詰まった籠を重そうに運んでいく。一村は、すかさずシャッターを切った。

＊

奄美では三月終わりころの天気を〝三月赤山《ハーヤマ》〟というらしいが、山の裾野には赤ならぬ白い穂が一面についた。これはチガヤと呼ばれるイネ科の植物で、細い葉を立てて山裾一面に群生している光景は、春のススキの如くである。小笠原先生が、昔の人はこれを食べたというので、料理の腕をふるって試食してみるが、今のところ美味ならず。

一月に笠利町を探索した一村は、その途中にも数多くの景勝地をもつ龍郷町があることを知り、五月の初めにバスを途中下車し、長雲峠《ながくもとうげ》に登った。

気候はすでに初夏の入り口であり、気温も急上昇して、四月の最終週には小笠原高気圧の影響とかで、夏日を思わせる好天が五日も続いた。この日は雲が多いが、日差しはそれを貫くほど強烈だった。

頂上に着くまでの道行きは厳しく、この峠の峻険さは島の民謡にも唄われていると和光園の中村から聞いていた。確か、龍郷町に住む恋人のことを思えばこの杣道《そまみち》さえ平坦に思えてくるという詩だった。苦しみを歌に替えて乗り越えてきた島んちゅの心がわかる。

一村にとっては亜熱帯の植生の豊かさが道行きの原動力だった。

樹高二〇メートルもある常緑広葉樹スダジイやアコウの巨木が、五月の強烈な太陽を遮り、山道は日蔭になっていた。アコウはガジュマルとおなじく、気根を垂らして宿主を絞め殺すクワ科イチジク属の樹木であるが、葉がもっと大きく、小枝といい幹といい所かまわず実をつける。ちょうどシーズンなので、小さなイチジクのような実が鈴なりについていて、手に取って口に入れるが、果汁がなく美味くはない。

ツバキ科のイジュの高木には白い可憐な花が咲き、浅葱斑《アサギマダラ》と烏揚羽《カラスアゲハ》が花の周辺を飛翔する光景は幻想的だった。一村は小学生さながら昆虫網を持参していて、アサギマダラを捕獲することに成功した。

姿は見えないが、樹幹から赤髭《アカヒゲ》の涼やかな啼き声がしたかと思うと、「キョロロロロロ……」と末尾が消え入るような愛らしい声を初めて聴いた。これは、赤翡翠《アカショウビン》に違いない。この島の何処かの地方では、この鳥をクッキャールというらしく、「クッキャールルルー」と啼くと本に書かれていたが、自分にはそうは聞こえない。

ほどなくして、今度は、「タララララ……」というドラミングが響いてきた。これは、大赤啄木鳥《オオアカゲラ》である。

一時間ほど原生林のなかを登ると、ようやく視界がひらけ、今まで目にしたことのない絶佳が現れた。湿潤な大気にかすんだ眺望のはるか彼方まで、深い緑の山に覆われた岬がまるで臥竜のごとく海面に滑り出し、複雑に入り組んだ泊《とまり》をつくっている。その手前にあって空を映す蒼玉の海は、龍郷湾。彼方には笠利岬が遠望できる。

一村は胸のすくような風光に腕をひろげ、大きな深呼吸をした。そのとき前方で短いホイッスルのような啼き声が聞こえたかと思うと、一羽の鳥が龍郷湾の上空を輪をかいて飛んでいく。猛禽類の鷹のなかまサシバだった。本土では夏鳥に分類されるが、秋にこの島にやって来て越冬し、もうすぐ去っていくはずだから、今期最後の雄姿を見られたことになる。

ふと足元に視線を落とすと、可憐な植物が微風に揺れている。ひょろっとした長い茎に二枚葉をひろげ、先端に白い花を付けている。一村は地べたにしゃがみ込み、花に顔を近付けた。普通は薄紫色のものが多いはずだが、恐らくこれは琉球に多い白花野牡丹《シロバナノボタン》だろう。カメラのファインダーを覗き込むと、花から茎への姿態がシルエットになり、その遠景に薄墨で描いたような岬が重なりあっていた。

と、突然、何かが画面のなかを横切り、ふたたびフレームインしたかと思うと、緑の双葉にとまった。白地に黒い筋模様が複雑にはしる翅が美しく、休むときも吸蜜するときも翅を広げたままなのが特徴的なこの蝶の名は、石崖蝶《イシガケチョウ》である。一村は興奮に震え、そっとシャッターを切った。

いよいよ鳥たちが飛来する季節がやってきた。来島した冬季には鳥が少なく、この島の鶯が地味な声で啼くのを聞いたくらいだが、これからは数々の野鳥がみられるはずだ。早いときは五月半ばから梅雨に入るらしいが、今年はまだ初夏の延長といってもよい好天が続いている。しかし、雲は多く、湿気が急上昇しているのを感じる。

今朝、下宿の外の梢で、天然記念物の瑠璃懸巣《ルリカケス》の声を聞いた。こやつは、しわがれ声でジャーッと啼く。鮮やかな瑠璃色と赤褐色の羽はとても美しいが、啼き声はお世辞にも綺麗とはいえない。千葉寺では尾長鳥に対して「おまえは声が悪いといってみな描こうとしないから、私が美しく描いてあげたよ」と話しかけながら、デッサンをしたことを思い出す。

この日一村は、奄美の動植物を調べるために図書館に出かけた。これまで各地で題材を探して歩き、調べたいことが溜まっていた。鹿児島県立図書館奄美分館の存在を教えてくれたのは、梅乃屋の女将の息子、笠畑保《かさはたたもつ》だった。彼は名瀬市役所に勤めていて、母親曰く「昔から自分に似ず勉強好き」とのことで、この図書館をよく利用するらしい。

保の描いてくれた地図を頼りにするまでもなく、下宿屋の背後の山麓伝いに徒歩で十分ほど南下し、おがみ山や高千穂神社の杜の裾野まで歩くと、目当ての建物がすぐに見つかった。木造二階建てだが、東京で大正時代によく見かけたような白亜の洋館であり、二本のコンクリート柱で支えられた玄関ポーチが、本館正面から一間半程張り出している。豪華さはないが、くすんだ平屋建ての多い街並みのなかで、ひと際上品な佇まいをみせていた。

保の話によると、これはアメリカ軍政下に設立された〈大島文化情報会館〉から引き継がれた施設で、日本復帰後に〈奄美日米文化会館〉と改称され、昨年から図書館を併設されて今に至っているということである。梅乃屋とこんな至近距離に、充実した図書館が存在していたことは幸運だった。

受付には銀縁眼鏡をかけた若い女性が坐り、こちらに気付くと笑みを浮かべ、「すかまやうがみんしょうーらん《（朝拝みます／おはようございます）》」と言った。見つけたい図鑑や書籍の種類を告げると、彼女はさっと席を立ち、目的の図書がある棚を教えてくれた。

一村は、やはり鳥類の研究から始めた。あれから何度か和光園に行き、この島の動植物に関する彼らの知識に多くを学んでいるが、持ち前の性格から、より専門的な知識を必要とした。描く対象を本質的に知りぬくことから始める姿勢は、千葉時代から変わっていない。

先週、和光園の山中でアカヒゲの雄を発見し、写真に収めることができた。なかなか警戒心が強く、ゆっくり素描などしていられない。駒鳥くらいの大きさで、雄は頭から尻尾までオレンジ色の羽が美しく、嘴の上から喉、胸にかけて黒く、腹は白い。いたずらして墨がついてしまったような脇腹の模様が愛おしい。谷間の空気を震わせるソプラノの囀りが耳に清々しい。

そろそろつがいになる頃であり、今が繁殖期なので雌雄の活動が活発になる。発見したときには広葉樹の梢にいたが、シャッターを押した瞬間に飛び立ち、川辺の岩場に移動していった。現在進めている構想では、岩上で嘴を開けて雌を呼ぶアカヒゲを描きたいが、岩場にこの野鳥を配置してもあながち間違いでないことを確認できた。

そして夏鳥は、アカショウビンだ。ここに飛来するのは、琉球アカショウビンだろう。図鑑の写真によると、燃えるように赤い嘴は体の比率からみるとかなり大きく、黒曜石のようなつぶらな目が神秘的だ。鳴き声だけは長雲峠で聞くことができた。図鑑には、〈キョロロロロ……と最後はかそけき声で消え入る〉との記述有り。繁殖期は梅雨時で、雨が降りそうなときに鳴くので、雨乞い鳥、水乞い鳥とも呼ばれる。悪いことをして水を飲めない罰を受け、喉が渇いて雨を求めているのだとも、カワセミが火事にあい、水がなくて体が焼けて赤くなったとも言い伝えられているとの由。この鳥は、カワセミの一種なのだ。

また、《奄美十二カ月》の構想に彩りを添えて欲しいのが、オオアカゲラである。長雲峠でタラララ……というドラミングを聞いたが、雄が営巣にいそしむ姿をみてみたい。しかし、千葉寺の六畳間で鳥籠に入れて、数々の小鳥を飼育していたときのようにはいかない。皆、天然記念物指定の鳥たちなのだ……。せめて写真に収め、デッサンに起こしたい。

奄美の野鳥たちの姿に熱い視線を送りながら、図鑑の頁を捲っていたその時、部屋の奥の方で、男性の声が聞こえた。受付の女性が席を立ち、その声の主の方に向かうと、一番奥のドアが開き、四十代位の男性が姿を現した。

黒い癖毛を広い額に掻き上げ、眼鏡をかけた理知的な風貌が一村の興味を惹いた。柔らかそうな生地の半袖開襟シャツを着て、その腕に十数冊もの本を抱えている。

「龍郷町への巡回用に、これも加えてください。稀覯本《きこうぼん》だとしても、書庫に眠らせていたら宝の持ち腐れですよ」

その男性が言った。館内はひと気がなく静かなので、男と受付の女性の会話はよく聞こえる。ふたりは何やら、この島の各地域への出張図書サービスの話をしているらしい。なるほど、こんな充実した図書館は名瀬にしかないだろうから、移動図書館が巡回してくれたら島人は嬉しいだろう。この男は、ここの館長なのだろう。一村はそう納得し、ふたたび野鳥の研究に没頭していった。

一村は閉館の時間まで粘り、奄美の動植物に関して多くの知識を得て、満足して図書館を後にした。戸外には夕闇が迫り、名瀬湾の上空は茜色に染まっている。明日は良い天気に恵まれそうだ。

一村はのんびり夕餉の仕度のことなどを思いながら、今朝ここに来た道を帰り始めて、ふと歩みを止めた。保との約束を思い出したのである。図書館の所在地を教えてくれたときに、保はこう言った。

「奄美分館でお仕事を済ませた後に、お時間が許せば、隣の名瀬小学校に立ち寄ってもらえませんか?」

「図書館の隣に、小学校があるのですか?」

「そうです。そこが私の青春の場所でした――」

保は控えめな口調ながら、心に仕舞ってあった思い出を訥々と語り始めた。

今から八年前の昭和二十六年、彼はまだ大島高校の三年生だった。その年の二月に〈奄美大島日本復帰協議会〉が結成され、保は議長になった泉芳朗《いずみほうろう》を敬愛し、青年団の一員として祖国への復帰運動に参加したのだという。

次第に熱を帯びていく話を聞きながら、一村は一介の画家に過ぎない自分に、奄美復帰運動の話は身に余ると感じていた。画業に専念するために、奄美大島の余計なことに首を突っ込まない方針でもあった。

しかし、思えば祖国復帰からまだ六年足らずなのだ。彼らの心に燻る想いに耳を傾けることは、ここに住み始めた余所者の礼儀かもしれないと思い返し、耳を傾けていた。それにしても、この島の若者たちには、何処か共通する熱さがある。

「奄美和光園にも、保さんのように、奄美大島の歴史を熱く語ってくれる若い職員がいますよ」

「民郎でしょう」

「おや、ご存じでしたか?」

「民郎も大島高校の生徒でした。歳も二歳しか違いません。私たちは青年団の同志として一緒に闘い、全島から協議会事務所に続々と届く署名嘆願書の集計などの仕事を手伝いました。民郎は、うちにもよく来ましたよ」

「うちというのは、梅乃屋のことでございますか?」

「私は当時、青年団の機関誌を発行していて、いつも軍政府の情報官《CIC》の監視がついていたんです。それで隠れ家として梅乃屋を使い、皆で集まって会議をやりました。ちょうど田中さんの部屋のあたりの小部屋でした。時々、中居さんが気を利かせて、二階の宴会客の食べ残したご馳走を運んできてくれるので、皆飢えている同志ばかりでしたから大喜びで、夢中でがっついた。民郎の食べっぷりは、いつも最高でした――」

なるほど中村民郎の熱っぽい語り口も、保同様、奄美復帰運動に参加していた青年闘士だったからなのだろうと、納得した。

一村は保との約束通り、名瀬小学校の校庭を突っ切り、鉄筋二階建ての校舎の前まで歩いて行く。幾つかの窓に、先ほど明かりが灯ったのをみると、日曜日だが教職員か誰かはいるようだ。本校舎のすぐ裏には、おがみ山が迫っている。その右手の山中には、高千穂神社がある。

保は、ここで泉芳朗委員長たちと断食祈願をした。返還のための示威行動にみえると軍政府に弾圧されるので、あくまで宗教行為の体をとっていた。彼らにつづいて、三方村、さらに宇検《うけん》、住用《すみよう》、西方《にしかた》、古仁屋《こにや》、鎮西《ちんぜい》、実久《さねく》、喜界島《きかいじま》、徳之島《とくのしま》、沖永良部島《おきのえらぶじま》、与論島《よろんとう》の全群島が断食に入り、断食実行時刻を、各地から名瀬の本部に電報で報せる徹底ぶりだったという。

昭和二十六年七月十三日、復帰協議会主催の名瀬市民総決起大会が、この校庭で開かれたときも笠畑保と、中村民郎はそこにいた。亜熱帯の太陽が容赦なく照り付ける午後二時、二万人の奄美群民が集結しており、児童生徒だけでも五千人を超えていた。

保は襷《たすき》をかけ、メガホンを持って行進した。民郎は、ブラスバンドで、ラッパを吹いた。九月に行われるサンフランシスコ講和条約の第三条、沖縄と奄美を合衆国の信託統治下に置くという噂が乱れ飛び、島民は暗澹たる気持ちで闘っていた。〈信託統治絶対反対〉〈日本人は日本へ還せ〉というプラカードを作成したのは、大島高校の生徒だったそうだ。そこに軍政官が、怒りの形相で乗り込んできた。

軍政官は大会主催者を教室に呼び付け、大会の即刻中止を命じるが、泉芳朗も知事も応じない。「全群島民の血の叫びを弾圧したら、その瞬間から、彼らは全員反米になりますよ。それでも良いのですか?」と泉は言ったという。保と民郎は軍政官に一歩も引かないリーダーの姿を、窓から覗いていた。

「――結局、プラカードは廃棄する。小学生は退場させるという条件で、軍政官が折れた。折角作ったプラカードが無駄になって残念でしたけど、総決起大会は大成功でした。それで解散になったときに大島高校自治会で話し合い、私たちはその破けたプラカードを持ち帰るという名目で、高々と掲げたまま屋仁川《ヤンゴ》通りから海岸に出て、名瀬漁港を右に曲がり、古見本《こみほん》通りから永田橋を渡って、郵便局を左折し、新川の安勝橋を渡り、大島高校までたどり着いたのです。沿道では皆が拍手声援を送ってくれて、ちらっとうちの母親の顔をみかけたときには、涙が出ましたね」

保は一村に言い、頬を紅潮させた。

この日を含め、名瀬小学校の校庭では二十七回を超える大会が開かれ、そのたびに一万人以上の人々で狭い校庭は溢れかえった。保はこの運動に参加し、若き青春の日々を燃やし尽くしたのだが、普段は控えめな人柄の彼がこの日、一村に想いを語り掛けたのには理由があった。

「あの頃の熱気は、ヤマトの人には想像できないかもしれませんが、泉先生が本土に演説に行ったときに言ったことを思い出したんです。〝私たち切られた腕が痛がっているのだから、切り離された体の方ももっと痛んでほしい〟、と。田中さんとは、私たちの復帰運動のアジトだった梅乃屋で一緒に暮らすことになったのですから、ほんの少しでよいので、あの校庭の石段に立って、当時の息吹を感じてほしかったのです。先週の四月九日、泉先生が出張先の東京で、お亡くなりになりました。ずっと結核を患っていたのに、私たちのために、命をかけて闘ってくれたのです」

一村は天然石を切り出して作られた古い石段を七段上りきると、身をひるがえして校庭を見下ろした。さほど広くもない、何の変哲もないグラウンドの向こうには家々の樹木がそびえ、名瀬の町並みは見晴らせないが、右手の低い景色のなかで名瀬測候所の二本の塔がシルエットになっていた。すっかり夜の帳が下りている。

一村は画家の想像力を働かせ、祖国復帰に燃え上がる群衆をそこに描き出そうとしてみたが、何処まで保の意に沿えたかはわからない。

*

奄美群島は日本列島の尾っぽのようで、僻遠の地ではあるが、文化果つるところではなかった。古くは日本書紀に〈阿麻弥人〉と記されているのが〈あまみじん〉のことであり、奄美は上古の時代から大和朝廷と交流があった。

この島の老人たちの言葉に感じていた、どこか奥ゆかしく上品な韻律のある島口は、島嶼という環境に閉ざされたまま、日本書紀や古事記の時代の言語がそのまま遺ったもので、万葉の世と共通の単語が数多く現存して使われているからだと、中村民郎が教えてくれた。島んちゅの会話によく出てくる〝ビラ、ヒラ〟も万葉の言葉で〝坂〟の意味であるが、中村の郷里、大和村には〝ヒミビラ〟という難所があり、〝ヒ〟はこれもまた上古の言葉で女性性器を意味し、つまり昔の女性の衣装はお腰なので、先に行く女性のヒがみえてしまうほどの登る滝のような坂なのだと民郎は言っていた。

一村は絵の制作に集中し、むやみに島人と交流することを好まなかったが、奄美和光園の友人たちや、下宿の保らから様々な情報が入っていた。

不条理な支配に痛めつけられてきた民であったからか、戦前から法曹界や財界にも多くの人材を輩出していた。閉ざされた軍政下にあってさえ、島のリーダーが詩人であったことも影響してか、若者たちは〝あかつち文化〟という文化復興の運動を起こし、演劇や詩作の隆盛をみた時代もあったらしい。

和光園の大西園長は、いまだ納骨堂建設のための資金を積み立てているが、その建築を依頼するデザイナーは既に、奄美大島名瀬市出身の彫刻家、基俊太郎《もといしゅんたろう》に決めているという。基は昭和十八年に東京美術学校彫刻科彫塑部予科に入学し、昭和二十四年に再興第三十四回院展で入選、翌年に東京美術学校を卒業していた。一村より十六歳後輩の美校出身者だった。また、名瀬市龍郷町の戸口集落には、明治二十年に生れ、大正時代にアジアや合衆国を放浪しながら絵を描いた、保忠蔵《たもつちゅうぞう》という絵描きがいたことを知った。

そんな奄美の歴史を学ぶ上で一村を驚かせたのは、鹿児島県立図書館奄美分館の館長の存在だった。あれから何度か調べものに出かけ、気心の知れた受付の女性には、自分が画家であることを告げていた。するとある日、彼女から「館長をご紹介しましょうか?」と誘いがあった。彼女は、奄美文化会館と図書館の館長は、島尾敏雄という文学者であると言った。

その瞬間、一村は、己の迂闊さを思い知った。初めて彼を見かけたとき、何処かで見たことがあるような感覚に捉えられていたのである。島尾は一村より九歳若いが、戦前から庄野潤三や三島由紀夫らと同人誌を創刊し、若手文学者として既に頭角を現していた。図書館職員の女性に告げられ、一村は初めて彼の存在を認識した。

もし、この時、田中一村と島尾敏雄が出逢い、一村の漢文学の深い教養と、ロシア文学に通暁した島尾の深い文学的才能を互いに称え合うような場が生まれていたとしたら、この先に出来《しゅったい》する運命は幾分違っていたかもしれない。もしかしたら、奄美の祖国復帰後の第二ルネサンスが、彼らふたりの共鳴から外へと広がっていったかもしれない。

しかし、一村はそうした未来を、当然のことの如く拒否した。

受付の女性には、こう言った――。

「いいえ。とんでもないです。私などはしがない放浪画家、ここにはもう長くなく、早晩屋久島に移るつもりでございます。御親切だけ、ありがたく頂戴いたします」

奄美和光園の庶務課長松原は、患者の夫婦のあいだに生まれた赤子の養育に尽力したゼローム・ルカゼフスキー神父を通して、島尾のことをよく聞いていた。

島尾はカトリック信徒であったミホ夫人の親族の誘いで、三年前の十二月にカトリックの洗礼を受けていたから、昭和二十七年に奄美諸島宣教地区総代理に就任したゼローム神父と親交があった。

一村は、島尾がこの島に来て暮らしはじめた経緯や、戦時中に加計呂麻島で特攻隊の隊長として連合軍への出撃を待ちながら、終戦を迎えた事情を、松原の口から初めて聞かされた。そして更に、中村民郎も詩人の立場で島尾と親交を持っていた。

もし、田中一村が望めば、松原や中村を通じて、島尾と親交を結ぶことは容易いことだった。しかし、この時、一村の心に走り抜けたのは、かつて南画の巨匠・小室翠雲や、川端龍子、あるいは速水御舟という巨星に接近したときと似た感情であった。まるで己を引きつけようとする大きなものには磁石の同極のように反発の力を生じ、身を引くことが奄美に於いても変わらぬ一村の性向であった。

一村は己が一流であるという矜持だけを精神の拠り所として、ここ奄美に於いても己を追い込んでいった。この世で成功することを姉に約束しながら、その行動は益々自らを孤立に向かわせるのが、田中一村という画家であった。彼はその後、自身の下宿と指呼の間にあった図書館に通うことを止めた。

一村は千葉寺の支援者の一人、中島義貞宛てに一通の長い手紙を認めた。

〈――中島さん、今私は実に楽しく絵をかいて居ます。絵が楽しくなると正反対に私の言動は狂人に近くなります。この私の致し方ない性格をよく承知して共に苦しみ協力してくれたのは姉一人です〉

この書き出しは、初めから一村の内面の混乱を露わにしていた。

〈和蘭のゴッホも、フランスのセザンヌも、執筆中の夏目漱石も、画室に於ける横山大観先生も狂人同様であったことを想起して下さい〉と綴りながら、若い頃に朝日新聞の記事で読んだ夏目漱石の文展批判の評を、まざまざと心に呼覚ましていた。それは奄美大島に来て、芸術への純粋な昂まりが弥が上にも増していくのと反比例するように、生活苦が眼前に立ちはだかっていくからであり、青年時代に座右の銘とした夏目漱石の芸術論に縋りつく必要を感じていたからであった。

大正元年、漱石は文部省主催の文展を訪れ、そこで湧き起こった嫌悪の情を後に自己分析し、『文展と芸術』というタイトルで東京朝日新聞に連載した。当時、一村はまだ五歳だったが、後にこの記事を美術雑誌のなかに見つけ、切り抜いて所持していた。

漱石曰く――芸術とは自己の表現に始まって、自己の表現に終わるものである。

ただ、こう言っただけでは、黙っていたときよりも、好んで誤解を買うだろうとして、次のように換言する。

〈芸術の最初最終の大目的は他人とは没交渉であるという意味である。親子兄弟は無論の事、広い社会や世間とも独立した、全く個人的のめいめいだけの作用と努力に外ならんというのである。他人を目的にして書いたり塗ったりするのではなくって、書いたり塗ったりしたいわが気分が、表現の行為で満足を得るのである。そこに芸術が存在していると主張するのである。従って、純粋の意味からいうと、わが作物《さくぶつ》の他人に及ぼす影響については、道義的にあれ、美的にあれ、芸術家は顧慮し得ないはずなのである。それを顧慮する時、彼等はたとい一面に於て芸術家以外の資格を得るにせよ、芸術家としては既に不純の地位に堕在して仕舞ったと自覚しなければならないのである――〉

一村が中島に送った手紙は、この前にもう一通あり、そこでは少しだけ溜まった作品を買ってくれる人を探してもらうことを、懇請していたのである。若い頃から座右の銘としていた漱石の芸術論を思い出したかのように、その行動を恥じ、この手紙はそれを全否定することが一つの目的だった。

〈この大島に来てからもすんでに外道に転落するところでした。先日の御手紙の中に不景気の文字を拝見したときに、あ、そうだった、この不景気に千葉に絵を買う余裕のある御仁などある筈のないことに気付き、今更自分のウカツさに呆れて居ます。

中島さん、私の絵を世話して下さる御骨折は全然やめていただくことにします。いくら中島さんが骨折ったとて、絵を眺める余裕のある人など居る筈がありませんもの。中島さんの御気持だけを有難く感謝して居ります。中島さんに御骨折りかけるとすればどうしても成るべく素人にわかり易い、妥協した絵をかくことになります。これは退歩で怠けたことです。（しかし、世間一般の見方というものはその逆で）私が勉強して素人にわからない高水準の絵をかけば怠けたと思われ、怠けて素人に妥協すれば、勉強したと喜ばれる。妙な話ですね。今下図の素人にわかりやすくと思って造ったところを残らず訂正して、難解の高水準の純芸術に近いものにしたいと努力して居ります。喜んでください、真の勉強をして居りますから〉

そして、自分の全神経が絵に向かっていることを宣言し、過去の己の研鑽がいま開花しつつある歓びを打ち明ける――、

〈私は二十三歳のとき自分の将来行くべき画道をはっきり自覚し、その本道と信ずる絵をかいて支

持する皆様に見せましたところ、一人の賛成者もなくその当時の支持者と全部絶縁し、アルバイトによって家族病人を養うことになりました。そのときの作品の一つが今、川村宅にあり、《水辺にめだかと枯蓮と蕗の薹》の図です。今はこの絵をほめる人も大部ありますが、その時、折角心に芽ばえた真実の絵の芽を涙をのんで自らふみにじりました。その後真実の芽はついに出ず、それがやっと最近六カ年の苦闘によって再び芽ぶき、昨年の秋頃から私の軌道もはっきりして来ました。その苦しい生活に姉でなくて誰がついて来られるでせうか。私は絵かきとして一つの大成功をして居るのです。この軌道を進むことは絶対に素人の趣味なんかに妥協せず、自分の良心が満足するまで練りぬくことです〉

しかし、奄美大島で初めて芸術だけと向き合う生活を始めたのも束の間、一村の胸中には、生活の不安から押し寄せる負の感情がぶつかり合っていた。創作のために精神的な窮地に追い込んでいるのは自分自身であるが、霞を食べては生きていけないことを、呪詛の如く吐き出すのである。

〈──皆皆様が私に頑張れの、勉強せよの、成功を期待するのと言ふて下さるのは有難いことですが、一体それは何の意味ですか。私は中学生の頃から今まで怠けた覚えはありません。私の最近六カ年の苦闘は姉だけが知つて居ます。三日間喀血が止まらず、岡田先生から川村が監督不行届として厳重警告されたことも御聞き及びのことでせう。成功を期待下さるとは、成功とはどんな事を指していらつしゃるのでせうか。私がこの南の島でどんな秀作をかいたとて、国家から年金が出るわけでもなし、パトロンの付くあてもなし、世間に認められる手を打つ資金が入るわけでなし、漠然と修行鍛錬された人間になつて、立派な作品と適当の衣服と、かなりの財産を造つて堂々と千葉へ帰ってくると、夢のような期待をかけられたら実に迷惑千万なことです。可愛い子に旅をさせろ位の気持ちで眺めて居られてはやりきれませんね。私が千葉へ帰るときは必ず乞食ですよ。乞食で帰つても受け入れてくれるのは姉一人だけです〉

いちばんの理解者に食ってかかるのもまた、変わらぬ一村の性向だった。

〈――中島さん、あなた様はじめ皆々様は、私が一人ならば何かと絵を売ってこの南の島で生活して行くだろうと簡単に考えていらっしゃる様ですが、未知の風景、植物、動物を調査し写生し、絵に構成し、それを名画の水準にまで高めた上に、更に自分で売る程の精力の余裕が私にあると思召されて居るのでせうか。私には猿回しや旅芸人のような生活力はありません。或知人は、えかきはパトロンがなければ絶対にだめだと決めて居ます。東京で地位を獲得して居る画家は、皆資産家の子弟か優れた外交手段の所有者です。絵の実力だけでは決して世間の地位は得られません。学閥と金と外交手段です。私にはその何れもありません。絵の実力だけです〉

奄美に来て凡そ四カ月、田中一村の漲るような創作の意欲と、生活の喘ぎが綯い交ぜになった、真実の手紙であった。送られた中島も、彼から手渡され、これを読んだ川村幾三も岡田医師も困惑した。

ただし、菊池愛子との間に感情的なトラブルを引きずり、すでに築地の菊池宅を出て、寒川の乾物屋に住み込みで働き始めた喜美子だけは、この手紙を読み、正確に弟の気持ちを理解していた。というより、そこに表れている熱情と分裂と矛盾が、馴染みのものであったというに過ぎないが――。

＊

篠突く雨が降り続いている。今日で十二日間連続の降雨であった。

心の何処かで期待していた亜熱帯地方の梅雨であるが、一村は自分の想像が甘かったことを思い知らされた。千葉寺では雨上がりに、瑞々しく勢いを増す緑の木々や、久々に顔を覗かせる陽光を反射する銀色の水田風景に、嬉々として筆を走らせたものであった。しかし、奄美大島の雨はそんな気分を、灰色の斜線で隈なく塗り潰していく勢いのものだった。

大和村へのスケッチ旅行で世話になった日雇い人夫元締めの親方は、この集中豪雨で道路損壊二百カ所、十八の橋が流出した、雨が止めば仕事が増えるが、止むまえに日雇いは、全員飢え死にするとボヤいている。

下宿の女将は、親子ラジオのニュースで床上浸水一万三千戸と聞いたというし、名瀬測候所は二六七ミリの降水量を記録したと伝えたらしい。因みに親子ラジオというのは、米軍政下で設営された加入制のラジオの有線放送システムだという。

梅乃屋は屋仁川《ヤンゴ》通りを上った山裾だから浸水の心配はないが、雨の牢屋に閉じ込められた如く、おいそれと買い物にさえ行けず、今夜は常備してあった野草のツルソバとセリの一種ツボクサを湯がいて食し、月桃《ゲットウ》（ショウガ科の多年草）をお茶の代わりにして、黒砂糖を入れて飲んだ。

ここ暫く外出もできないから、スケッチブックの素描を元に、色紙を数点ものにした。この島に来てはや半年を閲《けみ》した。今までの人生に於いて、これほど集中して毎日絵を描けたことはなかった。画題を求めて各地を渉猟して回り、描き溜めた素描から、来島してから初めての絹本画も完成していた。垂らし込みの技法で表現した、岩上で雌をもとめて啼くアカヒゲの作で、自分でも傑作と自負している。二尺にも満たない絹絵だが、シンプルゆえに空間が広がり、葉蔭の美しい洞忍《ホラシノブ》を右隅に配し、〈一村画於奄美〉と署名し、落款を押したときには、大きな満足を得た。奄美の自然が〈墨画の近代化〉という目的と無理なく調和した最初の作品である。

これを〈奄美十二カ月〉の六月とするか思案中だが、そもそも一年の各月を主題にするより、植生と鳥や蝶たちの組み合わせの妙に固有の名をつけた連作に、意識を切り変えようと考えている。やはり亜熱帯気候の植生を、十二カ月に区切るのは無理がある。

一村は梅雨で閉じ込められている間に、千葉から持参した西洋画家の画集を眺め、自分の鑑識眼が田舎臭くなっていないかを検証した。来島直前に贅沢品とは思いつつ、ピカソの画集を五千八百円で購入していた。ページを開くと、西洋近代美術というものが成し遂げてきた美の進化に対し、背筋が伸びる思いがした。

モデルを写生するのではなく、そのフォルムを魂の中心にまで取り込み、その上で好き勝手な線を引くということをピカソは成し遂げていた。この好き勝手こそが、漱石のいう芸術表現なのである。女性の顔の鼻梁に引かれた大胆な黒い線――こんな線を自分も絵絹の上に墨で引いてみたいと思うのだった。

どんな僻遠の地に行こうとも、日本を超えた世界水準の絵を描くのだという気概は燃え盛っていた。一村に刺激を与えた西洋の芸術家にはピカソの他にも、ミロ、ルオー、ブラック、マティス、クレー、ゴーギャン、ロートレック、セザンヌ、デュフィー、シャガール、モディリアーニがいた。こうした最も好きな西洋の絵描きの画集や絵の切り抜きを千葉寺から持参しており、一村は奄美大島の地に於いても彼らから霊感を得ていた。

雨は二週間続いたが、翌日は一転して真っ青な晴れ間が覗き、気温は三十度を超えた。この日、奄美和光園から電報が届いていた。送り主は仲道則、患者自治会の会長である。電報の内容は、相談があるので園に来たら面会を請う、というものだった。小笠原先生の官舎で抹茶を飲みながら会話をしたときのことを思い出し、一村は口元を緩めた。彼には好感を持っていた。

早速、一村は和光園を訪った。たっぷりと雨に濡れそぼった木立朝鮮朝顔《キダチチヨウセンアサガオ》の花が咲き誇っているはずで、その光景を思うと胸が高鳴った。

一村は待ちきれず、事務本館を通り抜け、真っ直ぐに小川を遡り、その群生地に向かった。果たして、真っ白な大きな花房が無数に垂れ下がり、頭上の高木から滴る雨露に打たれるたびに重そうな花房が揺れる様が楽器の演奏のようで面白い。

長靴を履いたまま小川に滑り降りると、水嵩が増えていて足を掬われそうになるが、なんとか体勢を持ち直し、スケッチを始めた。〝その辺りやハブの棲家ですよ〟と、中村の声が脳裏に浮かんだが、そんなことを構っちゃいられない。目にも鮮やかな葉の緑、ラッパの先っぽのように広がる大振りの花の白、この二色だけでも成立しそうな本画が今から目に浮かぶ。その画面にあとどんな色気を加えたものか？　花鳥画としたら、緑の補色の赤い鳥を配したい。そう思った瞬間、目の前を掠めていくものがいた。

　しばらく耳を澄ませていると、あの啼き声が森の奥から聞こえてきた。おしまいの方が消え入るような涼やかな美声——アカショウビンだった。

　その日の午後、一村は松原に用件を伝え、仲道則との面会を申し込んだ。場所は本館の裏手にある木造平屋建ての自治会室に設定された。ふたりが現れると、仲は手を挙げて入り口まで歩み寄り、一村に手を差し出した。一度しか会ったことがないが、彼との間にはどこか気脈を通じたような感情が芽生えていた。一村は彼の手を固く握った。

「一村さん、もーりしょれ」と、仲が言った。ようこそおいで下さった、という島口だろう。気心が知れると、不思議なことになんとなく〝島ゆむた〟もわかるようになる。

「電報などもらいまして、大変驚きました。私などに、どんな御用でございますか？」

　彼らは自治会室の平土間に据えられた木製の机に着き、一村と仲が向かい合って腰かける。その横に通訳を兼ねて坐った松原は微笑んでいるから、仲の用向きを聞かされているようだ。

「ちゃーじゅらい言《や》うが、一村さんに絵を描ちもろいたい」

　一村は怪訝な表情で首を傾げ、話の先を待った。

「くまぬ園生で、やすゑちゅう七十歳の婆ーばうたんちょ。不自由棟の人《ちゅ》なてぃ、具合だか良《い》っちゃんねー、うんめぇ《（この前）》や一村さんが園内で絵を描いちぃんどを見ちゃんだ。うりし《（それで）》、やすゑ婆ーば、吾んをちーしゅんやあの絵描きさまに、どぅーぬ死じゃんあじゃあまぬ《（自分の死んだ両親の）》肖像画を描ちぃ貰えたしゃことを言ちゃんちょ。やすゑ婆ーば昭和二十年にくまに入《ほ》っちゃんまま、誰《た》んが面会に来んだ。くまなちゃんとぅき《（ここに来たとき）》持《む》ちゃんあじゃあま《（両親）》の写真があん、婆のうりだか《（それも）》消えーるん言ち、一村さんに肖像画にしー貰いたしゃ、冥土の土産にしちゃさんちゅう《（したいという）》ことっちょ」

「仲さん、喜んでやらせていただきます」

一村は、即座に回答した。若安の通訳はいらなかった。やすゑ婆という老人の願いが、心に沁みた。奄美和光園の人々には世話になり、大きく感謝している。写真から肖像画を起こすなど、お安い御用というものだ。

「うりゃあ、誇《ほこ》らしゃ。吾んややすゑ婆ーばに言《い》ちゃんだ。うい《（あなた）》の気持ちゃ言《い》うしが、あん人《ちゅ》やヤマトからちゃん偉い画伯だから、似顔絵にしゅうむ仕事はしゃーらんだろ」

一村はそれを聞きながら考えていた。——自分は偉い画伯などではないが、手間賃はもらうことにしよう。こうした境遇の人に無料では、施しのようで却って失礼になる。

「仲さん、私は本土では誰も知らない程度の偉い画伯ですが、一枚千円で描かせていただきます。それでどうか、お尋ねくださいますか？」

「おお、いっちゃりよ《（いいですよ）》、うがしゃん値段し？　大熊《でっくま》の紬工場の賃めぇが四百円ちゅうむ。芸術家に肖像画を描ちもらてぃ、三日分の職人の賃めぇ《（代）》以下じゃ、安《や》ーさんありょんな《（ないですか）》？　吾んや手数料はねーむん《（ないけど）》、婆ーばは結構小金《くーじん》あんがね」

「いいえ。千円で結構でございます。どんな薄れた写真であっても、特徴をお訊きできれば、手抜きなく、立派な肖像画を描いて御覧にいれます」

この日から、一村のささやかなアルバイトが始まった。しかし、一村にとって予想外だったのは、笠やすゑが十四年前に別れたきりという両親の肖像画が、和光園内で大きな反響を呼んだことだった。

彼女が宝物のようにしていた写真は、父は紋付袴、母は艶やかな着物姿であり、昭和四年の結婚時に当時のガラス乾板技術で撮影したものだったから、茶色に変色し、画像も随分薄れていた。それが大層立派な肖像画として仕上がったので、やすゑは滂沱の涙を流し、不自由棟の軒先で一村を抱きしめた。

爾来、患者ばかりでなく、和光園の職員からも注文が殺到し、癩療養所という世界であるが、一村は生まれて初めて人気作家の地位を獲得した。決して手を抜いたりしない一村は、肖像画の制作にかなりの時間を費やすことになったが、秋が近付く頃には五十枚以上の肖像画を描き上げ、その臨時収入は殆どすべて得應軒への画材の発注に充てられた。奄美和光園の患者や職員たちからの潤筆料に支えられ、一村は絹本の本画に取り組んでいった。

＊

奄美大島は日本を襲う台風の最前線である。

南方に発生した台風が、このあたりで漸く成長し、そのエネルギーのもっとも大きな場所となる。日本や中国を襲う台風は、殆どといってよい程ここを通過するので、その回数も極めて多い。過去三十五年の統計のなかでも、昭和三十一年の台風は過去最多で、年間に五回襲来し、そのうち九月の台風十五号は最大瞬間風速四二・八メートル、総雨量一五〇ミリで、保が語っていた復帰運動の拠点の一つ、大島高校の講堂が倒壊するという被害に遭ったらしい。

今年の六月には、仲道則の郷里徳之島で竜巻が発生し、住居の全半壊十戸、家畜小屋など非居住家屋の全半壊二十六戸の被害に遭った。一村にとって来島して以来、初めての災害の季節が到来していた。

八月六日、フィリピン海上で発生した熱帯性低気圧は、台風六号に成長して沖永良部島を直撃、雨台風で奄美本島にも三七二ミリの豪雨が降った。六月には二度目の集中豪雨があり、それも三六〇ミリの降雨量だったから、一村は六月から八月にかけて、亜熱帯を襲う自然の猛威を連続して味わうことになった。

強風を伴う豪雨は最悪で、梅乃屋の雨戸を閉め切って、室内は茹だるような暑さである。それでも裏山を嬲《なぶ》って吹き抜ける風雨は、大きな石の礫をぶつけられているかのようで、本土から来た人間の魂を凍りつかせるような雄叫びを轟かせ、間歇的に襲ってくる。絵に集中しようとしても儘ならず、畳に突っ伏したまま、通り過ぎるのを待つしかなく、一人でいるのは耐えられないほどの寂寥感に襲われた。

台風六号は奄美群島を抜けると、トカラ列島北の東シナ海で直角に進路を変え、八日には九州、四国南端をかすめ、各地で水害を招いていった。

こうした自然の猛威の洗礼を受けたことがきっかけではないが、一村は九月中旬の好天の日を待ち、梅乃屋を出て、奄美和光園の小笠原登の官舎に引っ越した。この決断に際して、一村の心のうちには、大きな逡巡があった。人の世話になることを極端に嫌う一村は、随分以前から一緒に住むことを誘われていたのだが、回答を先伸ばしにしてきたのである。

質素な生活を旨とする小笠原にしてみれば、三部屋と食堂のある官舎を広過ぎると感じていたから、部屋を提供することには何の問題もなかった。一村が患者たちの家族の肖像画を描くようになって以来、頻繁に来園するようになっていたし、たとえ四、五キロの距離とはいえ、徒歩での往復は容易ではないだろうと慮っていた。暑くなってきたから、山中の夜道はハブの危険もあった。

互いに菜食主義者、似たような気質の持ち主であり、堅実な暮らしぶりが偲ばれる。一緒に住んで問題が起こるようなことは思い浮かばなかった。一つだけあるとすれば、国立療養所の官舎に職員でもない者を逗留させる規則違反であるが、自分が決めたことに対して大西園長は逆らわないだろうと、小笠原は判断していた。

一村は最低限の家財道具と画材を運び終えると、秋晴れの下で嬉々として和光園周囲の自然をスケッチし、そこから本画を起こす準備を開始した。

小笠原から提供された部屋は、玄関脇の四畳半で、日当たりは良好だが、絹本著色画の制作にはやや狭かった。それを見ていた松原若安は自分の官舎に誘い、山側の八畳間で仕事をすることを許してくれた。

人から恩義を受けることに慎重な一村であるが、松原家の八畳の外には、豊かな亜熱帯の植生が溢れ、まるで絵の題材のなかで生活しているような夢見心地を味わうことができた。爾来、たびたび松原の八人家族の官舎に訪って、一部屋を占有し、濡れ縁の向こうに野鳥が飛来するのを観察しながら本画を描くことが多くなった。

人に絵を描くところを見られるのを嫌う一村でありながら、時折、襖を開けて様子をみる者の姿に気付くようになった。松原家の三男の千秋《ちあき》、六歳である。若安は小声で息子を叱って、絵かきさんの邪魔をするなというが、ある時、千秋は部屋に入り込み、傍らに立って一村が絵を描くのをじっと見ていた。そのうち一村が胡坐をかいて絵の出来栄えを眺めていると、千秋が彼の膝の上にどっかと腰を下ろしてしまった。

それを見た若安が慌てて息子を引き取ろうとすると、一村は「大丈夫です。お気になさらずに、千秋君に好きにさせてあげなさい。私は駄目なときには駄目と、赤子にでも子供にでも大人にでも言いますから――」と言った。

三人の弟を結核で亡くし、母セイと生まれたばかりの名もなき童女もやはり結核で喪うという愛別離苦を嫌というほど味わってきた一村にとって、松原家の大家族には心癒やされる思いがあった。松原家の方でも一村を家族のようにもてなし、千秋の兄、千里は一村がよくスケッチをしているキダチチョウセンアサガオの群生地に、握り飯を届けに行った。尤もその目的は、「一村さんがハブにやられていないか」安否を確認することを、中村民郎に命じられてのことだった。

奄美の十月には〝新北風《ミーニシ》〟が吹き始める。それまで吹いていた南東季節風からがらっと変わり、大陸の高気圧から吹き寄せる乾いた北東季節風のことである。寒くはないが、島人はそれまで高温多湿だった大気が一気に変わったことで、大きな季節の変わり目をそこにみる。サシバはこの風に乗って、奄美大島へ南下してくる。

この頃から気温は急速に下降していくが、それも十二月に入ると緩やかになる。湿度は一年中でもっとも低いらしく、この時期の天気を〝霜月《しったり》〟と呼ぶと小笠原から教わった。陰鬱な天気が増える季節であるが、まだ完全に冬型の気象に変わったわけでもなく、先週は好晴の日が一週間も続いた。

十二月も半ばに差し掛かったある日、小笠原の官舎にいつものメンバーが集まっていた。但し、この日は一人だけ新たな人物として、名瀬市大島寺の住職、福田恵照が参加していた。カトリック信徒の多い和光園にあって、彼は小笠原とおなじ真宗大谷派の僧侶であるが、布教をしたり、檀家を得る野心は零、もっぱら生け花の道楽に邁進し、その蘊蓄を語ることを園での楽しみとしていた。

一村はかつて、梅乃屋の玄関に、野趣のある生け花が飾られているのを見つけて興味を持った。女将に誰が活けたのかを訊いた処、福田恵照の指導のもとで、彼女自身が活けたものだと知った。

生けられていたのは縁に棘のある長く尖った葉三枚、あのアダンの葉であり、二枚はぴかぴかの濃緑の葉で剣のように天を突き、もう一枚は折れ曲がって水平を向いている。折れた一枚は明らかに台風の後に傷んだものを見つけて、素材にしたものだった。

アダンを描く花鳥画家が自分以外存在しないように、その葉で生け花を創作する華道家も他にいないだろう。それ以来、一村は恵照に興味を持っており、この日初めての対面となったのである。

「ご住職の生け花は、奄美の自然をそのまま切り取ったような野性味がございますね。私の周囲にも華道をやる者が多く、父は〈南宗瓶華《なんそうへいか》〉教授の免状を持っておりまして〝投げ入れ〟を得意としておりました。ご住職の華道にも、自然の姿をそのままに生かす素晴らしい感性がございますな」

一村が言うと、恵照は相好を崩し、歓喜の声を上げた。

「誠にありがとう存じます。田中一村様のお噂は、園の皆様から伺っております。そんな大芸術家の方からお褒めに与るとは、拙僧最高の喜びでございます」

会の初めから二人は、華道における空間構成と、日本画の構図の決め方の類似性について語り出し、小笠原は微笑みをもって新しい同居人の姿を見つめていた。

今日は中村民郎は三味線を持参しておらず、歌会のつもりはないらしい。若安は白髭を撫でながら口を挟む機会を窺っていたが、話題が大和村のことになったところで出番が回ってきた。

「私の実家は大和村の今里ですが、若安さんの奥様のご実家も大和村でしたよね？」

一村が大和村にスケッチ旅行をした話から、民郎が若安に話題を振った。

「戸円《とえん》ちゅう百世帯ほどぬ小さな部落《シマ》です。戦前、吾《わ》んや戸円小学校ぬ代用教員ばしておりました」

「カトリックの宣教師には、まだなっていなかったのですか？」

一村が訊くと、若安はすこし顔を曇らせてうなずいた。

「昭和九年ぬことですから、吾《わ》んはまだ二十六歳でしたよぅ」

郷土史に詳しい民郎は当時の状況を知っているらしく、若安をいたわるような表情をみせ、「その頃の奄美は、カトリック排撃がいちばん激しかったのです」と言った。

若安は、無言でうなずいた。

「キリスト教への迫害は、本土でも昭和八年頃から起こって、段々ひどくなっていきましたよ。私は浄土真宗の立場ですが、憂慮しながらみておりました」

小笠原が付言した。

「私はまだ修行の身で、真宗大谷派の福岡地区におりましたが、奄美でカトリック信徒が苦難の目に遭われていることは、聞こえてきましたな」

福田恵照までがおなじ話題を引っ張ったので、若安は漸く重そうな口を開いた。

「くぬ島では、陸軍ぬ奄美要塞司令部ぬ中心となってカトリックば攻撃し、四千人もいた信者ば根こそぎ改宗させようちしとりました。吾んぬ父や奄美に最初にやって来たフランス人神父に随行して来た通詞（通訳）で、長崎教区ぬ伝道師でした。それで浦上で母と結婚して私が生まれた。幼児洗礼を受けましたから、若安やクリスチャンネームで本名です。そんな一家でん、カトリック排撃ば酷くなたんとき、吾んや小学校ぬ校長から追い出されたんにし、教師ば辞めて、台湾に逃げたのです。台湾ぬ農学校で教師ぬ職やありつきましたが、子供たちと妻を置いていったから、そりゃあ淋しくて毎日泣いておりました」

「若安さんは、敗戦になってから、引き揚げて来られたのですか？」

「そうです。奄美は米軍政下になっとりましたが、引き揚げ者だけは受け入れてぃくれた。そんで名瀬港で家族と対面したぬですが、子供たちやみな幼い時に別れたんままあたんから、私ぬ顔を殆ど覚えていないんです。それから十二年かけて、自分や本当ぬ親父だと、子供たちに覚えさせている最中ですな」

この冗談にみなが笑うと、若安の顔にも笑顔が戻っていた。そんな過去があっても、今の若安は六人の子供たちに囲まれて暮らし、いちばん幸せな時なのだろう。

「小笠原先生、一つお尋ねしてもよろしいでしょうか？」

一村は話題を変え、前から気になっていたことを尋ねることにした。

「はい。何でもお尋ねください。一村さんとは生まれも年齢も違いながら、何故か竹馬の友のような気がしておりますからな。前世で兄弟だったのかも知れませんな」

「それはありがたいご感想ですね。この家に住まわせていただいてからというもの、私も尊敬できる長兄ができたようで、大変心強く感じております」

「でも、一村さん、保育園の女性たちや、女性職員たちが何と噂しているかご存じですか？」

民郎が茶化したように言う。

「いいえ。存じませんが。何か噂が立っておりますか？」

「――あん二人は、酒《せぇ》も飲まんばん、夜《ゆ》な夜《ゆ》な何《ぬっ》ぬ話しばし盛り上がとぅかい？　一休さんと和尚さんち成り代わってぃ、毎晩禅問答でもやっておるんじゃないじゃろかってね。夜中に大笑いしているのが、保育所の当直の保母さんたちにも聞こえているそうですよ」

「うむ。間違いではないいな」

「どちらかというと、哲学的な話でございますな」

「うむ。この世のすべての物は常に変化を続けておって、大宇宙にも不変なる物など何も存在せぬ……とか、そんな話じゃな」

「先日は、小笠原先生が夜中に縁側で大笑いしておりましたので、先生、何が可笑しいのですかと尋ねると……」

一村は答えを促すように、小笠原を見やった。

「ああ、あの時は、ソテツの林の上に、大きな満月が顔を出しおったんじゃよ。それが可笑しゅうて可笑しゅうて」

「園の年寄りたちは、あの二人や稀人《まれびと》だっちゃ言うとりますよ」

民郎が言うと、一村が興味深そうに目を細めた。

「まれびととは、どういう意味でございますか?」

「この島に何か幸福をもたらす余所者の意味でしょうかね。奄美には古来より、海の彼方からやってくる来訪者を歓迎し、もてなす文化があります。交通や文化の要衝であったこの島には外来者が多かった。島流しになって来る人も、言ってみりゃその時代の思想犯で、いちばん進歩的な人々です。彼らが島んちゅに学問を授けたり、新しい文化を伝えたりしてきたことから、外部から福がやってくるという考えが根付いたのかと思います」

「タミローさんやドライに言うなぁ。那覇なんてぃや、海ぬ彼方にネリヤカナヤちゅん理想郷ぬあるんち信じられてぃ、うまーら《（そこから）》神様ぬ渡てぃ来ゅんち信じちゅんど。稀人ちいうんや、神様だろや」

「民俗学者の折口信夫も常世《とこよ》の国から来る稀人という概念を使っておりますな。ところで一村さん、先ほどのご質問はなんですか？」

「あっ、はい。先生が以前、ご自分の信念を癩学会で〝封殺〟されたとおっしゃっていたことが、ずっと気になっておりました」

小笠原はゆっくりとうなずき、微笑みともいえないほど薄い表情で一村を見つめた。

「その当時の、先生の闘いの歴史を知りとうございます」

その言葉を聞くと、小笠原は過去を遠望するような表情を浮かべた。

「人間というのは、いかなる状況下で、普通ということから遠ざかっていくのでしょうな」言って、自分自身を納得させるように、ゆっくり頤《あご》を引くと、ぽつりぽつりと語り始めた——。

「一つの大なる要素は、戦争でございましょう。戦争は勝たねばなりません。勝つためには強くあらねばならず、強いためには健康でなければならない。健康であるには、病に冒されてはならぬと考えます。しかし、これは間違いでありまして、人間に限らず動物は陰と陽の面を持ち、健やかなることと病めることは本質的に一つのものであり、仏教の教えでも死と生は初めから身体のなかにあります。その相互作用によって絶えなる変化が生じ、体質なるものも絶えず変動していく。まさに万物流転であります。そうであるのに、健康の状態だけを善とすることに傾斜していくのが、戦争を起こす者たちの考え方です。優性思想なるものもここから生じてきます。同盟国だったドイツは医学に於いても工業、化学に於いても実に優秀な国ですが、ファシズムが台頭すると、殊更己の優秀さを誇示しようとして、貶める対象を探す。大日本帝国も負けず劣らず優秀な国だったと思いますが、やはり軍国主義の世になると社会的弱者を探し出し、彼らを排除することに躍起になった……」

小笠原は座卓のうえの湯呑を手に取り、喉を湿らせてまた語り出す。

「私は結核の持病がございました。それでも何とか自力で克服して生き永らえておりますが、私が結核を患っているとき、私の両親も兄もやさしく愛情をもって接してくれました。そのときに受けた愛情を、私も人々に返さなければならぬと思っております。一村さん、あなたも結核を患ってご苦労をされてきたと思いますが、周囲の方に、そのことによって冷たい仕打ちをされたことはおありですか？」

「いいえ。そんなことは一切ございませんでした。姉も画業の支援者の皆様からも、温かく励ましていただきました」

「そうでしょうな。それに対して、癩患者は厳しい差別に曝されてまいりました。大日本帝国は一等国であり、癩患者が存在してはならぬとして、昭和五年、内務省衛生局が癩の根絶に動き出します。岡山県長島に開園した最初の国立療養所長島愛生園の園長に光田健輔《みつだけんすけ》を迎え、癩患者の隔離収容が開始されます。それまでの〈癩予防ニ関スル件〉は〈癩予防法〉に改正され、〈国家の対面上より、本病予防の徹底を期す〉として、絶対隔離に対応する法となりました。内務省衛生局長は〈対外関係から見ましても、国家の対面の上からこの病気の徹底的予防、根絶を致すということは、愈々《いよいよ》緊切なことである〉と言っています」

小笠原の語りはゆったりとして、時々、少数ながら園内にもいる浄土真宗の信者に対して行う法話のようだった。

「しかし、第五十九回帝国議会に於いて、結核患者は隔離しないのに癩患者はなぜ隔離するのかと問われると、この内務省衛生局長は、癩患者が結核患者に比べて数が少ないこと、結核は全治する場合もあるが癩は不治であることのほか、〈癩に一旦罹かった際、その個人なり或いはその周囲の者の受くるところの打撃と申しますか、悲惨な程度は今日結核に冒された者に比較致しまして、雲泥の差がある〉ことを挙げておる。まさに、患者や家族が差別されるから隔離するという説明です。雲泥の差というのは、見た目のことも含んだ謂いだろうと思いますが、医学的な根拠はどこにも示されず、一等国である大日本帝国に癩患者はいてはならぬ、根絶するのが文明国なのだということです。内務省は我が国に一万五千人の癩者がいると推計していますが、浮浪癩とよばれる人々が、私の実家の寺の周囲にも大勢いたのです。その者たちを取り締まり、国立療養所に隔離するということですが、それは療養とは名ばかりの根絶のための政策です。癩予防とは、普通に社会で生きている健康な人に伝染させない予防であって、内務省の役人は、隔離された患者はどんどん死んで、十年毎にどのくらい亡くなり、何年で零になる計算ですとやっている。しかも、伝染するという医学的根拠は何も示されていない。これは予防という名の民族浄化であって、ナチスと何ら変わらない」

すこしの間があった。一村は食い入るように、小笠原をみつめている。その全存在を我がものとするかのように。一村が知りたいのは彼の歴史というより、己に欠けているその穏やかなる強靭さだった。

「こうした考えに対して、私の祖父は癩に罹った気の毒な方々を寺に上げて、漢方で治療して差上げようという、仏の道に照らして正しく、やさしい行為を続けておったわけです。人間はいつからこうした普通のやさしさを失ってしまったのでしょうか？　私のことを何方かが、政府の強制隔離政策に抵抗して闘ってきたと言っておりましたが、私は京都帝国大学という国家機関の医師でしたから、国家に対して抵抗などできるはずがございません。私は運動家ではなく、一人の医師として癩患者の方に祖父とおなじように接してきただけでありまして、医学的に隔離の正当な根拠もないのに、怖い伝染病のように主張して、隔離政策を正当化しようとした癩学会のなかで、癩の三つの迷信を主張してきただけです。真実に裏打ちされた一人の人間の信念というものは、国家がどう言おうと、変わるものではございませんでしょう」

「はげー、初めに隔離政策ありきで、医学的真実ば曲げて、国家ぬ政策ば医師ぬ立場から支えたのが癩学会だったわけでしょう」。若安が声を荒げる。

「そうです。彼らも馬鹿じゃありませんから、癩がコレラのような伝染病だとは考えていない。私が長年唱えてきた体質説もちゃんと考慮に入れ、研究をしているのです」

小笠原は一度語を切り、濡れ縁の外に視線を遊ばせた。戸外には奄美の冬の夕暮れが迫っている。

「あれは昭和十六（一九四一）年十一月十五日、大阪帝国大学微生物研究所で開催された、第十五回癩学会二日目のことでした。私は少し遅刻して会場に入りました。するとその前の時間に、欠席裁判の如く私の学説への非難、反論が繰り広げられていたようで、座長が私に問いかけました。〈貴下は癩を伝染病なりと認むるや〉と。私はこれまで通り、医師として正確に定義することを心がけ、広義な意味では伝染病であるけれども、コレラのようなものではなく、微弱な感染力を持つ癩菌が、栄養や生活環境の劣悪さによって弱った体質の者にだけ発病を促すと説明しようとしたのですが、癩は伝染病かそうでないかと繰り返し迫るので、伝染病には違いないが……、そう言った途端、会場全体に巨大な鬼の咆哮のような声が響きわたり、〈負けだ、負けだぁ。小笠原、貴様の負けだぁ〉と怒号を浴びせられました。座長は振鈴を鳴らして学会の終了を宣言してしまいました。翌日の朝日新聞には、このときの状況が都合よく編集されて掲載されました。私が下を向いて、言葉に窮しているように見える写真を掲載し、以前私の学説を紹介した記事の訂正を図ったのです。

この日は、日本の医学会が、ファシズムに屈した日として記憶に留めるべきです。まさに医学会も、新聞メディアもファシズムの号砲を打ち上げ、学会終了の二日後に東条新首相の施政方針演説がラジオで放送され、ハル米国国務長官は日米交渉の決裂は必至であるとして開戦を覚悟する報告書を大統領に上げ、我が帝国陸海軍は十二月八日未明、真珠湾の奇襲を敢行しました――」

官舎に集まった全員が、小笠原の話にうなずいている。

「これまでに造られていた公立施設も国立療養所に格上げになり、患者を隔離する施設の増床が進行していきます。医師の立場でその音頭を取り、今でも療養所派の医師から崇敬されているのが光田健輔《みつだけんすけ》です。光田の娘婿が、この奄美和光園の所長です」

一村は驚きの表情で小笠原を見遣ったが、同時に色んなことが腑に落ちていた。初めて小笠原を訪ねてこの園に来て、若安に大西園長を紹介されたときも小笠原は同席せず、廊下で待っていたことを思い出した。それにしても隔離政策の立役者を岳父に持つ療養所所長と、医学的信念に基づいて隔離の不要性を訴え続けた者が、おなじ療養所で相見えるというのも皮肉な状況である。

「小笠原先生、そのお話はまことに驚きですが、大西園長の立場を、どのようにお考えなのですか?」

一村は躊躇せず、核心に切り出した。

「どうとも思っておりませんよ。光田健輔は昭和二十六年に癩研究による功績で、文化勲章も受章されている社会的権威でございますから、その方を岳父に持つということには、所長ご自身にも様々な思いと葛藤があると推察しております」

民郎は、皮肉な笑みを浮かべた。彼の批評精神にはそぐわない発言だったのか。

「隔離政策というものは、一方では警察権力も導入して、犯罪者のように癩患者を囲い込む。もう一方では、貞明皇后を救癩のシンボルとして、閉じ込められた世界の中で慈愛を注ぎ込み、癩に罹ったら、積極的に隔離療養所に入って、皇后さまの慈悲におすがりするのがお国のためだと信じ込ませる二重の機構でございました。

大西園長も後者の役割を担う博愛の精神をお持ちだと存じております。時代の要請として、強制隔離が真っ盛りだったときから、社会の変化に合わせて隔離の実態も急激に変化しております。そういえば、今年から全患協（全国国立ハンセン氏病療養所患者協議会）は癩の呼称を〈ハンセン氏病〉に変えましたな。厚生省は未だ〈らい〉と平仮名にして使っておりますよ。まあ、呼称を変えたところで、厚生省がやってきたことが変わるわけではございませんが、私も国立療養所の医師でございますから、通達があるまでは〈らい病〉と呼ばせて頂きますが、そもそも私のような医学大学派の跳ねっ返りに、国立療養所の職を与えられたのも、光田健輔氏が学会を引退し、その後光にも陰りが差し始めた頃だったからでしょう。大西園長は内憂外患の諸々を調整なさっているお立場で、一部から漏れ聞こえ始めた岳父の患者への心無い発言に対し、緩衝材の役割を認識しておられるのだと思います。それはまた、気苦労の多いことと存じますな。この園で、私を大変厚遇していただいていることも、そのお気持ちの表れかと思います」

「小笠原先生、時代や先生ぬ貫き通した方向に、確実に流れちょりますどぅ」

若安が言うと、小笠原は懐かしそうに口許を緩ませた。

「私は癩学会で信念を封殺された後も変わらず、京大特別研究室で〝らい病〟の方々の外来通院治療をしておりました。あれは昭和十八年の九月でございましたか、特研の開館五周年祝賀会を嵯峨野の料亭で開催したときのことでしたな。皆で色紙に寄せ書きをして、私は〈忍狂〉の雅号で〈不動智〉と記しました。いちばん書きたいことは書かぬことにして、その言葉は胸のなかで呟いておりました――やがて私の時代が来る、とね」

一村はその言葉に打たれたように、思わずびくんと身を引いた。

――やがて私の時代が来る、か。

口の中でつぶやき、小さく頤を引いた。

第四章　刺し違える思慕

「今だから言いますが、初めて会《おう》たんときゃ、またうとまらしゃん《（おかしな）》客人が現れたなと思ったんですよぅ。くん島にゃ、色んな人種ぬ来《し》っち、ありもしらん成功話ばうそぶいて、島んちゅを煙に巻く詐欺師紛いぬ人間だか大勢やって来ゅんど」

「ははは。本土で大成功した芸術家とでも名乗ればよかったのでございますか？」

「がし《（そう）》言われても信じららんたんだろう。半袖、短パン、首なん《（に）》カメラばぶら下げた人《ちゅ》が、凄い画伯にゃ見やらんたん」

「そのとおりです。しかし、今はしがない放浪の画人ですが、私が死んだあとは、誰もが知る今世紀の大芸術家になると思いますよ」

　若安はその発言を冗談として聞いたらよいのか迷い、眼鏡の奥で目を細めて曖昧な笑みを浮かべた。

「うがしあんば《（そうですけど）》、くん絵や、凄い価値ぬあん贈物ちなりよっか、幾《きゃしゃ》らくらいぬ値段でしょうか？」

「そうですなあ……。まあ、軽く見積もっても、この新居が三軒か四軒は買える値段じゃないでしょうか」

一村は言って、若安の顔を斜から見て、にやりと笑った。若安は自分の新しい住居に関して言われたことを快く思わなかったが、微笑みは絶やさず黙っていた。

先週、三月下旬のことであるが、若安は奄美和光園の官舎を出て、浦上に持っていた家を大家族に見合った間取りのものに改築し、引っ越したばかりであった。一村は彼の官舎で絵を制作させてもらった感謝のしるしとして、以前に松原の官舎で描いた作品を贈呈したのだった。

絵巾尺四絹丈五尺弱（四三センチ×一四八・五センチ）という縦長の画面に、殆ど墨色だけでパパイヤとゴムの木が描かれた絹本画である。ゴムの木は最前景にあって濃墨のシルエットになり、絵の主役であるパパイヤも手前に伸びる枝葉ほど濃い墨で描かれ、墨の濃淡だけで空間の奥行が表現されている。

樹木の背景には、水干絵具を施して絹地の美しさを生かした空間がひろがり、パパイヤの果実の背後にだけ弱い西陽の赤茶色が透けている。湿気の多いこの島の環境でも、見事に絵絹を使いこなせたことに満足を覚えた会心作であった。

いつの間にか、一村の隣に、松原家三男の千秋が立っていた。千秋は若安が奄美に帰ってきてから儲けた六人兄妹の末っ子だから一番の甘えっこで、大抵の人は初見の印象を「怖い」という一村にもまったく物怖じせず甘えてくるので、一村も可愛くて仕方がないようだった。

千秋は一村のズボンの裾を摑み、松原家に贈呈された絵を指さした。

「千秋、くん絵や一村小父ちゃんぬ、引っ越し祝いにくれたんどぅ。凄いだろう。松原家ぬ家宝になりゅっと」

「小父ちゃん、この絵は、どこで描いたの？」

「うん？　これは前に住んでいた官舎で、八畳間を借りて描いたんだ。千秋も小父ちゃんが描いていたところを、よく見に来ていたじゃないか」

「ふーん」千秋は鼻を鳴らした。

「だけどさ、前のお家の庭から、海なんか見えなかったよ」

確かに、《パパイヤとゴムの木》と名付けたこの絵には、樹木の奥に、茅葺屋根の高倉と、その向こうに淡墨の入江に囲まれた海が描き込まれていて、逆光の光源もその辺りから発せられていた。若安の官舎から実際に見えていたパパイヤの背後の風景は、和光園の豚舎であった。

「ふーむ」と一村も鼻を鳴らし、五歳の子供への説明を考えた。

「ねえ、どうして、どうして？　前のお家から海が見えたの？」

「それはね、芸術家のイマジネーションというものだ」

「いまじねしょん？　何、それ？」千秋が食い下がる。

「言い換えれば、想像力かな？」

「そうぞうりょく？」

「そうだ。小父さんの頭のなかには、そこに実際に海がなくても、むかし行ったところでみた海の記憶がある。その思い出を、この絵のなかに描いたんだ」

千秋はまた鼻を鳴らしたが、納得がいかないようである。

「千秋だって、実際に見ないで、想像で絵を描くこともあるだろう？」

「あるよ。この前、お母さんと行った名瀬天使園でね、ケンムンの絵を描いたよ」

「ケンムン?」

「一村さん、ケンムンちゅんや、くん島に伝わる妖怪ですね」

「そうか、千秋は想像力で、目に見えない島の妖怪を描けるじゃないか」

「だけど、ケンムンには時々会ってるけどね」

一村は若安の顔を見た。千秋の発言をどう捉えてよいか、困っていた。

「小父さんの言いたいことはわかったよ。前のお家の庭の向こうに海はなかったけど、小父さんはあったらいいなっち思ったんでしょ。そうしたら裸足ですぐ泳ぎにいけるもんね」

一村はホッとして首を縦に振った。子供に対して真面目に絵の説明をするのは、なかなか難しいものだった。


一村が奄美大島に来て、すでに一年半近くを閲していた。今年はもう昭和三十五年、西暦では一九六〇年代という新時代を迎え、後世に遺せる傑作を一枚でも多く生み出す決意を新たにしていた。そのなかで《パパイヤとゴムの木》と、昨年の《赤髭》は、千葉時代から研鑽してきた水墨画の技術が、奄美の植生や自然環境と見事に調和した作品だった。

この島特有の湿度の高い環境のなかで、絵絹を扱うことの難しさを感じていただけに、この二作の完成をみられたことは大きな成果だった。やはり永続的に残せる普遍的な作は、絹本著色画がふさわしい。

他にも絹絵の大作としては、和光園で何枚もスケッチを重ねてきたキダチチョウセンアサガオの白花とアカショウビンの構想図ができているが、本画制作に入るのはまだ先になるだろう。上等な絵絹と大量の緑青と胡粉にかなりの経費がかかるからである。

画材費の問題は、芸術への志向が純度を増すほどに、いつも立ちはだかってくる壁であった。肖像画制作の仕事も落ち着いてしまうと、画材の出費は忽ち僅かな貯えを直撃し始めた。奄美の方々を渉猟して残した素描の中から本画にしたいものは数多くの候補があるが、それを絹本著色画として完成させられる己の力量と、その構想にかかる材料費を慎重に考慮しなければならなかった。失敗することは厭わないが、画材を無駄にはしたくない。命を懸けて絵を描こうというのに、命の値段の算盤を細かく弾きながらでしか、絵を描けないことは、一村にとって大いなるフラストレーションになった。

小笠原の官舎に逗留して凡そ半年、無償で部屋を借りている心苦しさを紛らすために、一村はなるだけ食費を負担し、自生野草の採取にも励んでいた。小笠原はいつからかこの官舎を〈無縁病窟〉と名付けたらしく、見事な筆遣いでこの四文字を墨書し、玄関の壁に貼っていた。その意味を問うと、曰く――仏教で〝無縁〟とは、縁がないという意に非ず。〝縁〟とは〝条件〟であり、即ち〝無条件〟。相手が誰であろうと、差別することのない平等の心の謂いであり、その代表が〈無縁の大悲〉といわれる仏の慈悲である、と。

さすがに僧侶としての徳も高く、一緒に暮らし始めてから、朝夕の勤行《ごんぎょう》を欠かしたことがない。

患者の病棟への往診の合間には、入所者や職員を集めて仏教や親鸞聖人の教えを伝えている。

そこで一村は、今年の正月五日に、三尺五寸ほどの《釈尊大悟御像》を描き、日頃の感謝のしるしとして小笠原に贈呈した。小笠原は大いに喜び、以来、必ずこの作品を自分の背面に掛け、講話を行うようになった。

こうした努力にも拘らず、一村の奄美和光園に於ける居心地は、日増しに悪くなっていった。若安が引っ越ししたので、おなじ敷地内の官舎にいたときのようには行き来ができなくなり、絵を制作する場所は、また小笠原の官舎の四畳半になった。そんなことは工夫すればよいことであるが、居心地の悪さの一番の要因は、大西園長への気兼ねであった。

国立療養所に部外者が逗留し続けていることに対し、小笠原は自分には何も言わないが、九州管轄の厚生省から警告が出ているらしいことを、一村は肌で感じ取っていた。

――これ以上、ここに長くいたら、小笠原先生に迷惑がかかるだろう。そう思い、別に住むところを探そうと思うのであるが、銀行預金は殆ど底を突いている。他人に世話になり続けていながら、自分の経済状況ではどうにもならないジレンマに陥った一村は、時々、精神の恐慌を来すようになっていた。

*

この年もまた奄美群島では災害が続いた。三月に名瀬市の浜町で火事があり、十二棟が焼けた。

そして、五月二十四日早朝、突然、奄美大島に津波が襲来した。何の警報もなく、早朝六時前後、大きな引き潮から始まり、その後、ゴーッという音とともに名瀬湾は忽ち海ぶくれのような状態になり、川という川を海水が遡り、港町、伊津部町、入船町、金久町、末広町など、海岸から一キロメートル程内陸部まで家屋や商店、施設の床上浸水の被害を招いていった。

名瀬測候所の放送と、親子ラジオからの速報、また和光園に寄せられた電話報告などから、この津波は、日本到着の二十三時間前、チリ海溝で発生したマグニチュード九・五のプレート型地震の影響によるものだと判明した。

無論、奄美地方にとどまらず、後の資料によると北海道・青森・岩手・宮城・三重だけでも三百五十八億円の被害となった。

奄美和光園は山に囲まれた盆地であるため浸水の被害はなかったが、小笠原や松原、中村たちと一緒に名瀬市街地を視察に行き、一村は大きなショックを受けた。市街地を流れる河川のなかでも川幅の大きな新川では、河口に係留されていた中型級の船が、そこから一・五キロ上流の県立大島病院まで流され、ぽつねんと庭の真ん中に横たわっていた。

屋仁《ヤンゴ》川通りにもかなり山際まで津波が押し寄せ、かつて下宿していた梅乃屋の直前まで、流木や民家の家具、海藻、雑多な無数の塵が散乱して、無惨な光景を露わにしていた。

新聞によると、奄美大島では、名瀬市よりも北東部の笠利村の被害が大きく、浸水家屋一千九百二十五戸、島全体の被害額は五千六百万円と報じていた。津波の高さは、名瀬測候所の観測器で計測可能な潮位二・八メートルを超えており、推定四・四メートルと記録された。

名瀬港はそれほど甚大な被害は受けなかったが、鹿児島の錦江湾─名瀬港間の航路が再開するまでに数日を要した。一村はそれを待ちながら、奄美和光園で荷物をまとめていた。

チリ沖地震が一つの誘因であったのかわからないが、水嫌いな一村に、巨大な海の脅威が、何らかの精神的作用を及ぼした可能性はある。恐らくそれ以前に、経済的困窮状態にあったことが最大の理由であるのだが、一村はチリ沖地震の津波の数日後、千葉へ帰って行った。取るものも取りあえずの帰省であったから、将来のことをどのように考えての行動であったのか、実は一村自身にもよく理解できていなかっただろう。

いずれにせよ、千葉の支援者たちが、「もう帰って来たのか?」と驚くことは必至であるし、とりわけ姉の喜美子は軽蔑さえするかもしれないから、相手の様子を窺って、場合によっては「いや、津波の被害に遭ったので、復興するまで」と弁解できることは、見栄っ張りな一村にとって都合のよいタイミングではあった。

もうすぐ五十二歳になる人生に於いて、他人からは狷介孤高《けんかいここう》なる人物とみられるほど、ブレることなく己の信念を貫いてきた一村は、硬直な木が折れるときの如く、この時もっとも脆くなっていた。

＊

案の定、一村の真っ黒に日焼けした顔を最初に見た川村家の主婦、喜美はひどく驚き「えっ、どうしたの？　米邨《べいそん》さん、もう帰って来たの？」が第一声だった。

　昭和二十二年の第十九回青龍展に出品して入選を果たした《白い花》以来、八歳のときから使ってきた〈米邨〉の雅号を〈一村〉に変える宣言をしたのであるが、長年の支援者の口からは、咄嗟に馴染み深い米邨の呼称が出てしまう。

「大変、お久し振りでございます。川村家の皆様は、お変わりございませんか」と、一村は言って、相手の様子を窺った。末広町の川村家には叔母の喜美一人がいるだけで、幾三は仕事で出掛け、不昧《ふまい》もいなかった。一村にとって二従兄妹《ふたいとこ》にあたる不昧はもう二十六歳、元気にしているだろうか。不昧とは珍しい名であるが、禅宗に帰依している幾三は、〈不落因果、不昧因果〉の公案から〈因果は昧《くらま》さない〉の意を込めて長女の名をもらったと聞いたことがあった。

　新山家に嫁いだ次女房子は、義弟の潔君と仲良く暮らしているだろうか。甥の宏は？　彼は幾つになった？　もう高校は卒業したはずだ。

　一村はふと自分が奄美大島などへ行くとは夢にも思っていなかった数年前のクリスマスの夜、この川村家で皆で晩餐をしたときの情景を思い出した。美空ひばりが初出場する第五回紅白歌合戦のことが話題に上り、房子が「我が家にもそろそろテレビが欲しい」と言った。あの時、潔は岡田家でさえまだテレビ受像機など購入していないことを理由に、妻の言い分を却下した。財力の問題だけなら、水戸藩と土浦藩の士族の血を引く裕福な新山家に、テレビが買えないこともなかっただろうが……。

　その光景は、確か昭和二十九年、たった六年前のことに過ぎないのに、遥か昔、否、まるで前世の出来事の如く感じられた。それから数年の内に、急激に色んなことがこの身に起きたからだろうか。日展への二度の挑戦に失敗し、その後、能登の聖徳太子殿の天井画の仕事を得た。それから西日本各地へスケッチ旅行をして持ち帰った題材から、神々が天降った神話の里を描いた渾身の作《岩戸村》を第四十三回院展に出品したが、黙殺された。奄美へと気持ちが滑り出したのはその直後だった。そう、義弟の潔が、奄美大島が日本に返還されて二周年だという話題を持ち出したのも、あの夜のことだった――。

そこまで回想に耽ったところで、一村は姉、喜美子の存在に思い当たった。あの夜も、彼女は自分の隣に坐していた。いつものように。十年一日の如く、否、千葉寺で一緒に暮らした二十年、いつもそうであったように――。

「……それじゃあ、今夜は、お泊まりになる所は、決めてらっしゃるのかしら？」

いつから、何を問いかけられていたのか、喜美の声が耳に飛び込んできた。一村は、意味がわからず、聞き返した。喜美は呆れたように、ため息をついた。

「今回のお帰りは、一時的なものなのでしょう？」

漸く叔母が何を尋ねたいのかを理解したが、何処か不快なものが、心を過った。自分に気を使っているのだ。それもそのはずだ。あれだけ、一世一代の覚悟で、南の離島に骨を埋める覚悟で千葉を飛び出したのだから、たった一年半で故郷に舞い戻った甥にどう対処してよいかわからないのは無理もない。自分自身でも、この状況に於ける己の感情をうまく把握できていないのだから。

夜になり、幾三が仕事から帰って来た。運転手の中村も一緒に座敷に上がって来た。

「おや、一村さん。これはこれは大変お久しゅうございますなあ」

中村が素っ頓狂な声を出した。

中村は幾三の医薬品卸会社の社員で、叔父の運転手でもあるから、一村が公募展に作品を搬出入するときは、いつも彼が軽トラックを運転していた。

幾三が和服に着替えて、客間にやって来た。妻の喜美から一村が突然帰葉したことを電話で聞かされ、早めに引き上げて来たという風情である。禅宗に長いこと帰依し、座禅の会も主宰している幾三は人格ができているから、やたらなことを質問せずに、事実を事実として、鷹揚に受け止めていた。一村が着物の襟を整え、正座して幾三に相対すと、幾三も同様に甥に向き合った。

「只今、帰りました」と、一村は言い、畳に触れる程深々と頭を下げた。

「お帰りなさい」言って、幾三も頭を下げる。

ここ数年、一村は旅が多く、奥能登や、九州、四国、紀州路へのスケッチ旅行でも一カ月近く千葉寺を空け、帰葉すると必ずこうして末広町の叔父の家で、挨拶を交わしていた。旅のための餞別をもらったときには、必ずそれに見合った色紙や掛幅を返礼として渡していた。二人の光景は、その頃に時を遡ったかに見えた。しかしながら、大きく違うのは、一村にはもう二十年間住み慣れた千葉寺の家はないということだった。

――何処か遠い所に身を置いて、人生最後の絵を完成させるというあなたの覚悟が本気だというのなら、橋を焼いて、戻る場所を失くしてから、お出かけください。私もその決意で、あなたを送り出します。

あのときの姉の声が、耳元で甦った。

その夜は、一村の帰葉を祝う会にする意思は誰にもなかったが、喜美や不昧が方々に連絡したものだから、かつての支援者たちが駆け付けて来て、結果的にそのようなものになった。ただ一人、招かれなかったのは、喜美子だった。自分で報告するから姉に連絡するなと、一村が口止めしたのである。

一村は言葉少なに坐していたが、かつての支援者たち——座禅の集まりである〈樹徳会〉の面々はのん気なもので、一村の凱旋祝賀会の乗りで、当地のことを聞いてくる。

「南国の自然に触れて、画伯の絵もだいぶ変わったでしょう」

千葉医科大学の教授、児玉勝利《こだまかつとし》が訊いた。児玉は以前ここに集まった会のときには、まだ研究助手だったが、今では教授になっていた。甲高い声の調子は変わっていない。

「はい。千葉寺時代に、自然を徹底的に写生する精神を身につけて奄美に向かいましたから、描かれる自然が亜熱帯のものに変われば、亜熱帯の花鳥画になる道理でございます」

「作品は、かなり溜まりましたか」

岡田が言った。一村の筆頭支援者ともいえる国立千葉療養所の所長である。一村の主治医の立場でもある。

「奄美と一口にいえども、多くの島で成り立っており、各地の文化、風土の違いに驚いております。そうしたものは主に、色紙として記録しておりますので、かなりの種類ができました。吐噶喇列島にも行き、奇巌の露出した海岸や、体型が小振りで愛らしいトカラ馬も描きました」

「一村さん、お送りいただいた《平和な朝》という色紙は、どこで描かれたものですか?」

尋ねたのは、千葉寺で写真店を営んでいる高橋伊悦である。

「あれは、トカラ列島の宝島に取材したときのものです。二頭の馬の親子が草を食《は》んでいるところに、白鷺が飛んできて背中に止まったのです。その向こうに美しい海が見えておりました。誠に平和としかいいようのない光景でした」

「なるほど、タイトル通りの情景が目に浮かぶようですね。あれは役立っておりますか?」

「伊悦さんには、どれだけ感謝しても足りません。オリンパスフレックスは、私の画業には不可欠のものになっています。写真機は、今や私の目であり、絵筆でもあります。あんな高価なものを頂戴した恩は、生涯忘れませんよ」

「何をおっしゃいますか。田中一村画伯最後の千葉寺風景画は、我が高橋写真店の家宝ですよ。他の色紙も大切に保管しております。一村さんの大成功も間近でしょうから、直にカメラなど百台でも二百台でも買える値段になりますよ」

「一村さんは、個展とかのお考えはないのかしら」

不昧が言った。一村は一瞬面食らったように、目を瞬いた。画業に夢中で、発表のことを考えたことがなかったことに思い当たった。

「個展か。そういう手もあるかもな」

「そうだよ、一村さん。バーンと銀座辺りで、個展を開いて、中央画壇に殴り込みをかける勢いじゃなきゃな」

幾三が言ったが、その語調は些か軽率で、一村は眉をしかめた。

「ところで中島さん、あの家は、その後どうされているのですか？」

周囲の農家の人々に〝雀のお宿〟と呼ばれていた千葉寺の家を買ってくれたのは、町内で薬局を経営している叔父の友人、中島義貞だった。自宅の横に自生していた鬱蒼とした竹藪を思い出し、一村は懐かしさで胸が塞がれた。

「あれは貸家として使っております。新しい住人が入居しておりますよ」

「そうですか……」言って、一村は中島の顔を一瞥した。

この男は好人物ではあるが、芸術家の心を知らない。奄美に行くことを決めた後、岡田医師が移住の資金援助のために、自宅の襖絵を発注してくれたが、それを制作している最中に、地代の減額交渉を自分に持ち掛けてきたのだ。〝雀のお宿〟の地主は別にいたからだが、千葉での遺作を描くつもりで全神経を集中している最中に、そんな雑事に晒されるのは塗炭の苦しみだった。幾三は交渉から逃げてしまい、このときも間に立って実務を取り仕切ってくれたのは姉だった。

「友永先生は、お元気でしたか？」

児玉が訊いた。友永は樹徳会の中心メンバーだったが、千葉医科大学を退職し、故郷の長崎に戻って長崎大学の法医学教授の職を得たのである。奄美に来島する直前に大変お世話になった。

「法医学者ですから、ご自身の身体も病理学的に観察なさっているようです。健康には大変気を使われていて、ぴんぴんしてらっしゃいました」

「友永先生は、数年前に日本法医学会賞を受賞され、今や日本法医学会会長ですよ。故郷に戻られてから益々ご活躍で、大したものです」

「ああ、そうでしたか？　お会いしているときは昔と変わらず気さくな方で、そんなお偉くなっていたとは気づきませんでした……」

一村は言いながら、友永の紹介状の威力を改めて思い知った。

「やはり、故郷の水は合うのでしょうな。私も実家は岐阜ですから、いつかは友永先生のようなことも考えておりますよ」

「岐阜に帰られるということですか？」

「ええ、まあまだずっと先でしょうが……」

「ところで一村さん、ここを出発なさるときに描いていただいた襖絵ですが……」

「あっ、はい。その節は大変なご厚情を賜り、岡田先生には感謝の念でいっぱいでございます」

「こちらこそ、不朽の名作を我が家宝とできたことに感謝しています。そのことなのですが、家の長男の結婚が決まりましてね……」

「それはおめでとうございます。岡田家も益々ご繁栄でございますな。あの襖絵に描かせていただいた無数の白梅のように――」

「ありがとうございます。それで考えたのですが、あの襖絵『四季花譜図』の裏面と、『白梅図』のある上段の間に四枚の襖が空いていますよ。この帰省の機会を利用して、残りの八面を描いてみてはいかがでしょう？　奄美に帰られるご予定は、もう決まっていますか？」

「ああ、それは有難きお言葉ですな。是非、取り組ませていただきとう存じます」

「ああ、よかった。まだ結婚式の日取りまでは決まっておりませんが、あの襖絵の間で結納式ができたら、我が息子も果報者でございましょう」

こうしてまた支援者のお陰で、一村の精神を安定させる最高の仕事を得ることができたのである。岡田は襖絵の発注と同時に、一村の千葉での棲み処も提供してくれることになった。岡田は四街道の自宅の外に、千葉市に国立療養所の所長として官舎を与えられていたから、官舎の間取りのうちでも一番広い八畳間を一村の仕事場兼住居として提供してくれることになった。条件は、そこに逗留中に「月に一本、好きな絵を描いてもらう」ということで決まった。自分の事業が危うい状況を続けている幾三はそれを聞き、ホッとした顔を見せた。

何の当てもなく、千葉に舞い戻った一村は、岡田医師の厚情で生きる拠り所を見つけることができたが、それと同時に漠然と自分で思っていたよりも長い逗留をする結果となった。その状況は、自分に甘えているという不快な澱を心に積もらせることになったが、さりとて今すぐ奄美に戻っても、ふたたび生活の壁にぶち当たることは必至であり、岡田医師の温情にすがるしか他に仕様がなかった。

この夜の会には、最後に〈樹徳会〉の顧問的立場の和賀康躬《わがこうきゅう》老師も駆けつけた。

「ああ、老体に鞭打ってやって来た甲斐がありました。この機会に一村さんを拝顔できてよかった。いつぞやの色紙の御礼も、葉書だけで済ませておりましたのでな」

一村は以前、老師の興聖寺が戦禍に遭われたことに心を痛め、お見舞いに一枚の色紙を贈ったのであった。

「ご住職のお寺は、すっかり復興を遂げられたのでございましょう」

「はい、皆様のお力添えのお陰でございます。ところで一村さん、奄美の地はいかがでございましたか?」

「そうですね。すべて目にするものが新しく、絵の題材のなかに飛び込んで、作品を創造する歓びに浸っておる毎日でございます」

一村が言うと、老師は柔和な表情のまま鋭いまなざしを向けた。

「誠にお顔は赤銅色で不動明王もかくやという様子でございますが、お心がすこしばかり奪《やつ》れておるようですな」

「心が奪れて?」

「拙僧もこの歳でございまして、視力も定かでございませんのでね。気のせいかもしれませんがな……」

老師は言って、からからと乾いた声で笑った。

*

岡田医師の官舎に落ち着くと、一村は早速、岡田邸の大広間の襖絵に取り掛かった。老師にも見抜かれたように、何処となく己の精神がぶれていると感じている現在、奄美渡航前に制作した襖絵の裏面を描いて完結させるという仕事は、気力を盛り返すためには最適であった。

四街道の岡田邸の十畳間は二間続きで、玄関から入って最初の和室には、奄美に出発する前に制作した二種の花卉図《四季花譜図》が向かいあって飾られていた。

三十年来の写生を基に四十種の花草の描かれた襖絵は、まさに絢爛にして繊細、植物によっては葉に色を乗せずに薄墨だけで表されていた。上段の間の仕切り襖には、四面の襖を大胆に横断する白梅の巨木が描かれていた。

今回は、この上段の間の《白梅図》右横の襖四面と、次の間の襖の裏面に当たる玄関正面の四枚が制作の場となる。一村は直ちに幾三の会社の運転手中村に頼んで、四街道の襖を官舎に運び込み、馴染みの表具師を呼び、裏面の絵を傷つけぬよう慎重に制作面の襖紙を張替えさせた。

そして、呼吸を整え、筆をとった。最初、千葉寺時代の画業の集大成と自負した襖絵の裏面に恥じないものを残さねばならないプレッシャーを感じたが、そんな杞憂はあっという間に解消した。奄美での研鑽を経て、一村の筆の冴えはさらに増していたのである。

一筆、一筆から生まれる描線は、襖紙の上に描こうと意図した想いと寸分違わず、あっという間に形象が生まれていく。一村はその出来栄えをみながら、奄美で描こうとして果たせずにいる幾つもの構想を思い起こす余裕があった。この技術があれば、一本の線の狂いもなく、ソテツの葉や枇榔《ビロウ》の葉を、水干絵具を敷いて夕景の色を施した絵絹の上に描き上げていける。その思いは、大いなる自信になった。

最初に手掛けたのは、玄関正面を飾る《松図》である。敢て墨一色で描かれた老松は、岡田家を訪った客人に、品格の高さを納得させる表現になっていた。四面の襖の中央にやや赤みのある水干絵具で下地を刷き、松の巨木を全体に配す。上方から放射状に降る枝ぶりは精緻な墨画をなし、とくに松葉の一本一本を細筆で丹念に描き込む。手前ほど濃墨で、淡い墨で描かれた松葉が奥行をなす。古風なる水墨画の形式ながら、奄美で松原に贈った《パパイヤとゴムの木》にも通ずるものがあった。

もう一作、上段の間の襖には、《紅梅図》が描かれた。かつて制作した仕切り襖の《白梅図》と対になり、右から左へと襖を横断する白梅に対し、こちらは左から大胆に枝を伸ばしている。いずれも垂らし込みの技法で描かれた苔生す巨木から、剪定されずに奔放に分かれた枝の先端に花をつけた趣向で、この和室に通された者が、豪華というよりは可憐な紅白梅の開花を堪能できるという狙いである。まさに、岡田家の長男の未来を祝福する一村の心が表現されていた。この二作の襖絵を仕上げたときには、季節は盛夏。千葉に戻ってすでに三カ月が過ぎていた。

年が明けて、昭和三十六年二月。あるよく晴れた日の午後、一村は四街道の岡田邸を訪った。両腕に作品を挿《い》れた筒を持っているから、からっとした湿度のない日を選んでいた。

岡田医師の妻、清子に迎えられ、応接間に招かれた一村は、手にしていた作品を彼女に見せた。長押に吊るされた掛幅には、垂らし込みの技法で表現された大きな岩のてっ辺で、アカヒゲが啼く姿が描かれている。

「清子さん、ここのところお約束の作品を贈呈しておりませんでしたね。今月は、これをお納めします」

「あら、これは素敵な絵ですわね。一村さんのお作のなかでも、観たことのないタイプじゃないこと？」

「奄美で描いたスケッチを基にして、ここで仕上げたものです。この鳥は、コマドリの一種で、アカヒゲといいまして、美しい声で囀ります。画面の下で大きな葉を広げているのがクワズイモ、白い花はユリでございます。アカヒゲの右に描いたのは蒲桃《フトモモ》といい、薔薇のような芳香があって、食べられますよ。花弁の周りを綿毛のように、長いおしべが包み込んでいるのが可愛いでしょう」

「これが、一村さんが奄美に行かれた成果ですのね。千葉では、絶対に描けない絵ですもの」

「ありがとうございます。それともう一点……」

一村はもう一作を畳の上に広げた。これは珍しく横物である。

「この絵は《奄美の海に蘇鉄とアダン》と名付けました。絵絹に描いてありますから、お手数ですが表具師に頼んで、木枠に貼り、額装にしてください」

清子は先ほど以上に驚き、大きく目を見張って、その絵を見つめていた。横長の画面に繁茂するソテツの葉が見事な筆遣いで描かれ、ソテツの雌株が赤い実をつけている。右側にはこれまた墨で描かれたアダンの葉が画面いっぱいに乱舞し、パイナップルのような実をつけている。下方にほんの少しだけ水平線の覗く海には、大きな岩が突き出している。よくみるともう一種類、左上から白い大きな花房が垂れ下がっていた。

「まさに亜熱帯の植物の乱舞でございますわね」

「アダン、ソテツ、キダチチョウセンアサガオの花。私は亜熱帯の植物の魅力に取り憑かれております。水平線に突き出した岩は、奄美大島では〝立神《たちがみ》〟といって、海の彼方から神様がやって来るときの道標です。あちらで写生をしたものを構想のなかで組み合わせましたので、いささか観光色が強いですが、千葉の方々には、喜んでいただけると思いまして……。私が奄美で生きていた証拠の一品でございます」

一村は言って、清子の様子を覗う表情をした。

「清子さん……」

「はい。何でございますか?」

「これまでにお渡しした作品が、御宅にけっこう溜まっていると思いますが、それをすべて見せてください」

清子は座敷の奥に引っ込み、すぐに作品を運んできた。一村はそれらを一点ずつ見ながら、畳の上で選別していく。右側に分けられた作品が殆どで、左に振られた作品はあまりない。終いには、すべてを右に積み上げてしまった。

「申し訳ないのですが、こちらの作品はすべて引き取らせていただきます」言って、右に選別した作品を指さした。

「その代わり、これをお納めください」

一村は二種の絹絵を差し出した。どちらも五〇センチ四方程の大きさで、丹頂鶴に紅梅、もう一作は黄色の鮮やかな鳥に白梅をあしらったものだった。

「この鳥は、高麗鶯《こうらいうぐいす》でございます。昔、千葉寺に越してきた当時に飼っておりましたが、間もなく病気になり、死んでしまいました。私の千葉寺の思い出のなかにいたものを、岡田家のために絵に致しました」

「ありがとうございます。どちらのお作も、一村さんの鳥への愛情が溢れておりますわね。そちらのお引き取りいただくお作は、どうなさいますの？」

「これは改めて見直すと、しっかり気持ちの入っていないものになっておりました。お詫びいたします。これらは、すべて焼却致します」

「あらまあ、勿体ない」

「私もこの歳でございますので、身辺を整理して、駄作を世に遺さないようにしなければなりませんので、ご容赦ください」


その夜、清子は夫に一村の来訪があったことを告げ、懸念と感じたことを相談しようと決めていた。

「一村さんが、この二点と交換に、他のお作をすべて引き揚げてしまいました。焼却したいそうですわ」

「そうかい。一村さんの完全主義も相変わらずだな」

清子はしばらく思案顔であらぬ方向を見つめていたが、つと夫に向き直った。

「一村さんは、そろそろ奄美に戻ろうとしているんじゃないかしら。それで、身辺の整理をしようとなさって、お気に召さない作を焼却しようというのじゃないかしら?」

「ああ、それはあり得るな」

「あの方を、また奄美に戻していいのかしら? 理由はおっしゃらないけど、どうにもあちらでは生活できなくなって、帰って来たのじゃない?」

「うむ、私もそう睨んでいるよ」

「だったら、今回、お渡しできた襖絵の潤筆料くらいでは、またすぐ行き詰ってしまうのじゃなくって?」

岡田は妻への同意のしるしに、重々しくうなずいた。

「私の考えを申し上げてもよろしいかしら?」

「うん、言ってごらん」

「この際だから、一村さんに身を固めてもらったらどうかしら?」

「えっ、身を固めるって……結婚のことかい?」

「そうですわよ。あの方だって、普通の男性でしょう。結婚したって、全然不思議じゃないわ」

「だけどなあ……」

「あら、あなたは、何か引っ掛かることがおありですか?」

「うーむ、引っ掛かりってわけでもないが、喜美子さんがどう思うかな? あの二人は二十年間も一緒に暮らしてきて、姉弟ではあるけれど、一心同体みたいなところがあったじゃないか。喜美子さんだって結婚の機会はいくらでもあったろうに、そうせずに一村さんの芸術家としての成功を願って、今まで尽くしてきたのだろう」

「だけどあなた、あの二人は夫婦じゃなくってよ。姉弟なのよ。お姉さまには、弟の成功を願って自分を犠牲にしたっていう気持ちがおありかしら？　弟が身を固めて、新たな人生を堅実に歩んでくれたら、逆にホッとするのじゃない？　結婚したら、絵が描けなくなるわけじゃあるまいし。喜美に戻って乞食みたいになって絵を描くより、よほど建設的じゃないこと？」

岡田にも、妻の意見はもっともなような気がした。

「それで、どうする？　誰か、心当たりでもあるのか？」

「私ね、ちょっと心当たりがあるのよ。任せて下さる？」

「ああ、いいよ。しかし、相手があることだし、やはり喜美子さんのことも気になるし、慎重にやってくれよ」

清子はパッと顔を輝かせて、うなずいた。

こういう前向きな話に対しては、清子は動きが速かった。一村の結婚相手として彼女が白羽の矢を立てたのは、女学校の時代の後輩で、由緒ある神社の宮司の娘だった。先方に事情を話すと、お受けしたいという。才気と教養のある女性で、ピアノも習い、芸術にも明るかった。実家である神社は習志野にあり、姓は尋神《ひろがみ》、名は法子《のりこ》といった。

一村の縁談話は、岡田家のお膳立てのもとで、川村家に報告された。幾三も妻の喜美も初めは驚いたが、両家で話し合っているうちに、〝一村さんに、そういうことがあっても、おかしなことではない〟という意見に纏まっていった。「一村さんも、人の子だからな」と、幾三も最後に相槌をうった。

岡田家から川村家に引き継がれ、彼らから一村に縁談の話をすることになった。その夜、川村の家に食事に呼ばれた一村は、食後の団欒の中、幾三が切り出した話に耳を傾けていた。

「一村さん、あなたも七月で五十三歳だ。この辺で、身を固めてみてはどうかな?」

一村は、キョトンとした顔で、幾三をみただけで何も言わなかった。

「いや、実は、岡田家から来た話なんだが……」

幾三は話の経緯を説明した。喜美は隣で、不安そうな表情で一村の姿をみつめている。

「まあ、すぐに答えを出さなくてもよいが、岡田先生にはこれだけお世話になっているのだから、無碍にはできないだろう。一度、本気で考えてみませんか?」

一村がずっと黙ったままなので、幾三も少し焦ってきた。やはり、この男に常識は通用しないか、そう思い始めていた。

縁談の話を聞いて真っ先に一村の脳裏を過ったのは、姉、喜美子のことだった。もし、いまだに千葉寺の家で二人で暮らしていたとしたら、こんな申し入れを一笑に付したことは間違いない。一村は姉と一緒に暮らし、ある意味に於いて、愛情生活は自足していたのだった。姉を追い出して、別の女性を伴侶として娶るなどということは、考えたことすらなかった。

しかし、奄美に行くと姉に告げた夜、一つになりかけていた姉弟の魂は初めて岐たれたのだ。否、自分から望んで、引き裂いたのだった。姉はもう自分のものではないし、自分も姉のものではない。

「叔父上、そのお話を、進めていただけますか」

一村は極めて冷静な口調で言った。

喜美は逆に驚きをもって、その回答を迎えていた。普通の家庭を持つ主婦にとって、身近な者の縁談が纏まるということには、家族繁栄の本能から嬉しく思うものであるが、長い間苦労をしてきた甥が片付いてくれるという喜びと同時に、やはり喜美子のことを慮っていた。

一村が東京駅のホームから汽車で旅立った時、喜美子に同行し、一緒に見送ったのは喜美だった。その直後の、彼女の悲痛なまでの慟哭を知っているが故の躊躇だった。

「一村さん、本当にいいの?」と、喜美は言った。何故か、喜美子に声をかけた気がした。あの時、弟の旅立ちを見送る喜美子にも、おなじことを言ったのを、喜美は思い出した。

——本当に、これでいいの、と。

一村は、しっかりとうなずいた。


こうして、田中一村と尋神法子の縁談は進んでいった。清子は、自分の女学校時代の後輩を一村に世話できたことを、純粋に喜んでいた。内気な面があってかやや婚期が遅れたが、性格は素直で、芯の強さもある。器量だって、大輪の花とは言わないが、山野草の可憐さはある。それに相手は今年で満五十三歳を迎える男性なのだ。初婚の四十歳なら上出来でしょうよ——。

先方の女性とも会い、断る理由は見つからなかった。自分の優柔不断さを感じていたが、こういう人生の結末もあるのかと思い始めていた一村は、いよいよこの決断を姉に話さなければならなかった。さすがに、事後承諾というわけにもいかない。

もし、姉が望んでくれるなら、何処かに新居を構えた折に、同居してもらおうとも考えていた。その方が、寒川の乾物屋の二階で住み込みの女中をしている今よりは幸せなはずだ。あのおとなしく控えめな法子なら、小姑ともうまくやってくれるだろう。岡田先生は、千葉市役所の文化的事業のポストを見つけてくれるという。

その夜、岡田家から寒川の乾物屋の主人に電話をして、喜美子を呼び出してもらった。暫く時間を要したが、姉の懐かしい声が電話口から聞こえてきた。

「もしもし……、田中です。田中喜美子ですが、どなたですか」と、姉が言った。乾物屋の主人には、姉の喜美子をお願いします。私は弟の田中孝と申します、とはっきり言ったが、姉にはうまく伝わっていなかったようだ。

「私です、孝ですよ」と、一村は言った。

暫くの間があったが、息遣いは聞こえていた。一村は凡そ二年ぶりとなる姉の次の声が早く聞きたくて、ずっと待ち続けていた。

「一村さん」と、姉の声が聞こえた。

「はい」と、一村は嬉しそうに答えた。実際、嬉しかった。姉がこの雅号で自分を呼んでくれたのは、これが初めてだったからである。《白い花》を完成させ、雅号を〈一村〉とすると宣言した後も、姉は〈米邨〉の号で呼び続けていた。今、漸く姉に、一流の画家と認められた気がした。それに勇気を得て、「帰って来ました」というと、「何故です?」と烈しい口調の声が上がった。叱責の語調だった。

——やはり、姉は怒っている。自分が立派な絵描きになるためなら、どんな環境にも甘んじてくれた姉。奄美で乞食になっても、迎えてくれるのは姉だけだ。そう思っていたが、彼女は乞食になる前から、早々と帰郷したことをやはり怒っている。しかし、このまま奄美にいても、自分はどうしても生活苦に押し戻されてしまう。

「喜美さん、電話では話せない計画があるんです。明日にでも、末広町の叔父上の家に来られませんか」

喜美子は何か弟の重大事と捉えたようで、仕事を休めるか乾物屋の主人に確認に行った。暫くして戻って来た喜美子は、「午後六時に、伺います」言って、電話を切った。

翌日午後六時すこし前、喜美子は一村が奄美に行って以来、初めて川村家を訪っていた。姉弟ともに家族付き合いをしていた川村の家と姉も没交渉だったことに驚いたが、彼女の気性を思えば、それもわからないでもない。弟がすべてを捨てて離島に行ったのなら、自分もということなのだ。

何処かで買った菓子折りを喜美に渡し、正座をして挨拶し、沙汰のなかった無礼を詫びると、一村の方に向き直った。言葉は発しなくとも、目顔が多くを語っている。

——あなたは、どんな計画がおありだと言うのですか? 一度は捨てたはずの千葉に帰って来るほどの理由がおありというのなら、早く教えてください、と。

客間には幾三と一村が向き合って坐り、一村の隣に喜美子がいて、姉は弟が何を言い出すのか、訝しげな表情でその横顔を凝視している。不昧は少し離れて端座し、その様子を息を殺して見守っていた。

「一村さん、言いにくかったら、私から説明しようか？」

幾三が言った。一村はそれを合図のように、姉に向き直り、真っ直ぐ瞳を見つめた。

「喜美さん、私は結婚しようと思います」

一村が言った瞬間、喜美子は見えない壁に顔面を強打したように、びくんと仰け反り、身体を硬直させた。しかし、微笑みを見せるのは早かった。

「ああ、そうなの」と喜美子は言った。

「もったいぶるから、どんな話があるのかと思ったら、そんなこと？」

姉は頬を歪ませ、殆ど笑い出しそうな表情をした。川村幾三と不昧はほっとして、小さな息を吐いた。不昧が片膝を立て、お茶を淹れてきますと言って、立ち上がろうとしたときだった。

「不昧ちゃん」

喜美子が大声を出した。あまりの声の大きさに驚き、不昧は座卓の前で固まった。

「お茶なんかいらないわ。私はもう帰りますから。それより訊きたいがことがあるんだけど、千葉市には、結婚相談所があったわよね？」

「えっ？　あっ、はい。中央町にあったと思いますけど……」

「私も御嫁にいこうと思うので、場所を教えてくださいますかしら」

喜美子は薄ら笑いを浮かべて言ったが、その場の全員を凍りつかせるのに十分な怒りが籠っていた。不昧は父の顔をみて息を呑んだ。幾三も蒼褪めた表情で唾を呑んでいた。一村は凍り付いたまま身動きもできず、墓石のような顔で、幾三の背後の床間に掛かった掛幅を見つめていた。そこには、あの《白衣観音図》が掛かっていた。

不昧は居た堪れなくなり、部屋を出て台所に向かった。

喜美子が先に席を立ち、幾三に丁寧に頭を下げると玄関に向かった。一村はそれを見て、慌てて姉の後を追った。

その夜、一村と喜美子は、岡田医師の官舎の一室で向かい合って坐っていた。畳の傍らには、二枚の絵と交換に回収した作品が無造作に積み置かれ、喜美子はぼんやりとその絵を見つめている。二枚の絵は、弟が千葉に帰って来てから、岡田医師への謝礼として、この部屋で描き上げたものだと聞かされた。弟が帰葉していて、この部屋に逗留していたとは思いもしなかった。

一村は、自分を避けていたのだろう。あれだけの決意をして奄美に渡っておきながら、二年もせずに帰って来るのだから、会わせる顔がないと思うのは当然だと、喜美子は思った。弟とは二度と会うことはないと思っていたし、帰って来るときは、弟が挫折し、誰もが認める画家として世に送り出すという田中家の一大事業が、失敗したときと認識していたのである。

確かに、今がその最大の危機だった。弟が自分から結婚を希望したわけではないだろうし、恐らく川村家か岡田家の取り計らった縁談なのだろうが、それを真に受けて結婚の寸前まで事を進めた弟の気持ちが、理解できなかった。何と恥知らずな！　そう言われても仕方ないはずだ。これまで姉弟で追い求めた夢はなんだったのか。

喜美子は座卓の向こうで正座し、黙ってうつむいている弟を見つめた。これほど腑抜けた弟を、姉は一度も見たことがなかった。

「一村さん」と、喜美子は言った。

「何ですか、喜美さん」と、一村は言って、姉の瞳の奥を覗き込んだ。

「私が言いたいことは、おわかりですね？」

それから二人はずっと見つめ合ったまま、何も話さなかった。しかし、多くの会話が、目顔で語られていた。

——一村さん、あなたは、私がまだ二十七歳で、良縁があって縁談を進めていたときに、私にこうおっしゃいましたわね。〈喜美さん、あんたは犠牲になってくれ、頼むから。それでなきゃ、私は母さんだの喜美さんだのが言うような絵描きになれない〉と。あなたの希望の通り、私は結婚を諦め、あなたが一流の画家として世に認められるまで、自分の人生を犠牲にして尽くすことを決めました。それなのに、この醜態はなんですか？

——喜美さん、あの時、あなたに嫁に行かれていたら、私はもう絵が描けなくなっていた。父は病に倒れ、自分も結核が再発し、喜美さんが箏の名取として弟子を取り、家計を支えてくれていたのだから。あの時、私は勝手に縁談をお断りする手紙を認め、房子に投函させました。しかし、私は酷いことをしたのでしょうか？

――いいえ。私はその後、あなたを恨んだことなど一度もありませんことよ。私はあれ以来、女の人生の歓びを諦め、あなたに尽くすことを生甲斐に据えたのですわ。あなたと生きた千葉寺の日々は幸せでした。そして、今、人生最悪の時を迎えています。あなたが奄美に発った日に、私は死んだのですよ。あなたは、私に、二度死ねとおっしゃるのですか？

――あなたの怒りはわかっています。私の生涯初めての出来心でした。今は後悔しています。

――それなら、さっさと奄美にお戻りになり、画業に精進してください。

「わかっています」と、一村は初めて声にして、下を向いた。

喜美子は、無言でうなずいた。

「もう遅いので、私は寒川に帰ります。乾物屋のご夫婦もよい人たちで、子供たちも私になついてくれていますから、私が不在で淋しがっているでしょう」

喜美子は言って、幸の薄そうな笑みを浮かべ、立ち上がった。

「喜美さん」

一村は下を向いたまま、大きな声を出し、自分でもその声に驚いたというように顔を上げ、姉をみた。

「なんでしょうか？　まだ、何か未練がおありですか？」

喜美子の声は、底冷えのするほど冷たかった。

「未練はありません。私は明日、荷物を纏めて奄美に帰ります」

「そうなさってください。あなたがこの世で成功するまで、私は二度とあなたとお会いしません。

さようなら」

「ちょっと待ってください」

喜美子は軽蔑の笑みを浮かべ、弟を見据えた。

「最後に一つだけ、私の願いを聞いていただけないでしょうか？」

彼女はちいさく首を傾げた。

「岡田先生のこの部屋に来ることも、二度とないと思います。十カ月、ここで絵を描きました。最後に、もう一枚だけを、絵を描きたいのです」

「どういう意味でしょうか？」

「喜美さん、あなたの肖像画を描かせてくれませんか？」

姉は弟の申し出が意外だったので、たじろいで無意識に身を引いた。それから小さくかぶりを振り、自分に答えを出した。

――姉弟愛の最後の情け。あるいは成れの果てかしら。

「わかりました。どのようにしたらよいですか。それにしても、あなたが肖像を描きたいと言い出すとはね。私はむかし、明ちゃんのモデルにはなったことがあってよ」

結核で十九歳で死んだ四男明は絵の才能があり、肖像画を得意としていた。

一村は襖を開けて一度部屋を出ると、暫くして椅子を抱えて戻って来た。黒いフレームで座面に紫色のビロードが張られたピアノ用の椅子である。

「これに坐ってください。鉛筆でデッサンをします」

喜美子は椅子に坐った。一村は蛍光灯の明かりを確かめ、画帳を手に取った。喜美子は緊張していた。動悸が走るのを感じ、身を固くした。すると囁くような弟の声が聞こえた。

「えっ、なあに?」

彼女が訊き直すと、一村はもう一度、か細い声で言った。

「喜美さん、その着物を脱いでいただけませんか?」

喜美子は驚いて、弟の目を見据えた。

「今度こそ、私は飢えて死ぬ覚悟で、奄美に帰ります。閻魔大王への土産になる絵を仕上げてきます。姉上とは生きてお会いすることはないでしょうから、その覚悟のための護符にしたいのです」

第五章　大島紬染色工

　奄美に戻った一村は、帰りの汽車のなかで熟考し、決意したことを実行し始めた。まず、奄美和光園の官舎を出るために、住む家を探すことである。これ以上、小笠原先生の好意に甘えることはできなかった。

　家賃が安く、環境のよい家作が見つかるまでに時間を要したが、たまたま名瀬市大島寺の住職、福田恵照が懇意にしている浄土真宗の檀家で和光園の職員、泉武次が、有屋に物件を持っているという話を聞きつけ、松栄を伴って現地に向かった。昭和三十六年も押し詰まった暮れのことである。

　検分してみると、実際それは貸家と呼べるのか怪しいもので、トタン葺きの一軒家ではあるが、板壁は所々腐って隙間が空き、玄関の戸も開きにくい陋屋《ろうおく》で、泉も最初は貸すことを渋っていた。間取りは六畳と四畳半に、猫の額ほどの台所があるだけで、大昔には人が住んでいたことはあったが、今は物置小屋にしていたからである。

　しかし、一村は気に入った。見た瞬間、この家で画家としての最終を飾る絵を描く己の姿を脳裏に浮かび上がらせていた。何よりも自然環境に感激した。家の背後には、鬱蒼とした山が迫り、家の周囲にもパパイヤやゴムの木が自生し、亜熱帯性の様々な低木が所狭しと存在を主張している。

そして家屋のまえに、何坪か庭がある。

長年、農業で自給して暮らしていた千葉寺の生活を思い出す。あれほどの広さはないが、繁茂する雑草を抜いて、手を掛けて耕せば、この土地で野菜を収穫できるはずだ。一村は泉に頭を下げて頼み込み、ここを借りることを納得してもらった。

そうと決まれば、家の修繕はお手のもの。早速、雨漏りしそうなトタン屋根や、壁の隙間に板を打ちつけて塞ぎ、ガタピシする玄関の引き戸も、太い梁を加えて傾いていた軒を上げ、一日のうちに家主も驚くほど最高の住まいに仕上げてしまった。

尤も、最高といっても、今の一村の基準に於いてのことであるのは言うまでもない。戦後、国の復興予算によって、〝戦前の本土並み〟まで引き上げようとしている最中のシマンチュの生活水準とくらべても、かなり見劣りのするものであることは間違いない。それでも千葉で姉と語り合い、この島で結果を残すことを誓った一村にとって、新たな理想の火を燃やすには充分だった。

一村が次に取った行動は、生活の糧を得るために、仕事を探すことだった。この貧しい島で、絵を売って暮らすことは考えられない。千葉の支援者に頼ろうとすれば、どうしても純粋芸術に向かう志の妨げとなる。残された方法は、この島で何かの定職につくしかないのである。

さりとて、梅乃屋で知り合った親方の世話になり、道路や隧道《すいどう》建設の仕事や、名瀬港でよく募集広告を見かける沖仲仕で身を立てる訳にもいくまい。以前にもそんな考えが頭を過ったことがあったが、二十代の初めに、結核の身で羽田で鶴嘴を握ったことを思い出して悲しくなった。

思案に暮れていた一村がたどり着いたのは、意外なことにというべきか、或いはある意味必然的な成り行きと見做すべきなのか、奄美大島の地場産業、大島紬であった。

奄美大島の紬産業は、明治時代に商業的基盤を確立し、日露戦争によって弾みのついた本土の好景気が引き金になり、明治三十八年から大正八年までに最初のピークを迎えるに至った。その当時は、東京の織物卸問屋や百貨店の買い付け商人が大島本島に押しかけ、屋仁川《ヤンゴ》通りの料亭では紬業者による宴会が酣《たけなわ》で、ビールで足を洗うほどの景気だったと伝えられている。

しかし、高級品、贅沢品であるが故に、売れ行きは本土の景気と直結し、経済恐慌などの煽りも受け、盛衰を繰り返してきた。戦時中は、企業整理令によって壊滅状態になり、戦後は米軍政下で本土との貿易が途絶し、原料の生糸も尽きて、死滅する寸前までいった。この危機を救い、現在の第二次好景気へと復活を遂げられたのは、大島紬への熱い情熱を失わず信念を貫き通した、当地の紬師たちの努力の賜物だった。

一村が暮らし始めた有屋という集落は、奄美における紬産業の中心地、大熊のお膝元だった。有屋、浦上、中勝、大熊の四集落は、輪内地区の共同体だと、以前和光園の民郎から聞かされていた。大熊の二大産業は、大島紬と鰹漁であり、亭主が漁に出ている間、主婦や娘たちが機織《はたお》りで稼ぐ。勘のよい器用な娘なら一、二年で機織技術を習得し、月に一、二万円は稼ぎ出すらしいから、好景気の本土から需要がある現在、輪内地区では皆一家で紬を織る。

十月に鰹漁が終わると、帰ってきた男衆も真っ黒に日焼けし、釣竿を振って筋肉のはち切れんばかりになった腕で、機織りをするのである。大熊に二つある紬工場は、強かな経営戦略をもって、奄美大島の最高級大島紬を生み出すことで知られており、輪内地区のみならず、本島全域はもとより喜界島や沖永良部島などにも生産ラインを広げていた。

　大島紬に一村が導かれたきっかけは、大家、泉武次の妻フジが、自宅で紬を織っていたからだった。ある日、隣接する泉家に招かれた一村は、部屋に据えられた織機《おりはた》に目を止めた。

「ほう、これが大島紬を織る機械でございますか？」

「はげーっ、くん部落《シマ》にいて、織機《ハタ》ば見りゅんや初めてぃな？」

「紬を織る女性を遠くから眺めて、絵を描いたことはありますが、織機をまぢかでみるのは初めてです。以前住んでいた梅乃屋という下宿屋の隣に大島紬の工場がございましたが、そのときは興味がなかったのでしょうな、覗いたことはございません」

「くりゃあ〝バッタン〟ちゅん織機《ハタ》だりょっと。昔やいざり機ちゅん手機《てばた》ば使ってぃたんばん、腰かけて織《う》らりゅん高機《たかはた》ぬ普通ちなてぃ、五年前ら笠利ぬ田中清彦ちゅん人《ちゅ》ぬ、改良しゃんがくれどぅ」

「どこが、よくなったのでしょうか？」

　一村が織機を覗き込んで尋ねたので、フジは頬を緩ませた。

「一村さんや画家あんばん、紬っち興味ぬありょん？」

「こういう機械類が、好きなのでございますよ。古代から人々の手が加わり、現代まで知恵が繋がっている様子が偲ばれるようですな」

「織物ちゅんむんや昔ら経糸《たていと》とぅ緯糸《よこいと》し織《う》りゅんや変わらん。地べたち坐わてぃ、腰ち経糸ち巻《ま》し引っ張りがちな織《う》ってたんがいざり機どぅ。島なんてぃ《（では）》や明治ぬ終りごろがり使ってぃたんち聞いちゅり、高機ちいうんや経糸ぬ織機ち固定されてぃりゅんから、製織能率ぬぐんとぅ上がたんどぅ。バッタンちゅんや、経糸ぬ間ち緯糸ば通しゅんためぬ杼《ひじき》や手投げあらんし、くん紐ば引きば……」

フジは言って、機の脇にある紐を引いた。すると中心部が繰り抜かれて緯糸を捲かれた舟形の部品〝杼〟が、自動的に経糸の間を横切って行く。

「高機でも杼ば、一本一本手し潜らせてぃ居《う》たんばん、バッタんや飛杼《とびひ》ちゅんぬや発明されてぃ、熟練ぬ婆《あんまぁ》さまあらんてん、地風ぬ良《い》っちゃん大島紬ぬ織《う》らりゅんね《（如く）》しなりょーたんどぅ」

一村は熱心にフジの機織りを見つめている。

「はげーっ、一村さん、うがしかり《（そんなにまで）》関心ぬありば、なぁありっくゎしみんそれ《（少しだけおやりなさい）》」

「よろしいのですか？　どんなものか、少しだけ触らせていただきとう存じます」

フジは仕掛かっていた紬が終わったところだったらしく、一村のために紬を織る用意をしてくれた。

「くまなん《（ここに）》坐《い》りんしょれ。うりん《（それ）》から、くん《（この）》糸ば手繰てぃ、最初や飛杼や使わんがね《（ように）》し、経糸ぬ中ち、くん杼ば潜らしゅんよー」

フジに言われた通りにすると、経糸と緯糸が直角に綾を成した。これを繰り返し、一本一本緯糸と経糸を筬《おさ》で締めていくと、紬ができていくことは理解できる。

「練習すれば、私にも織子はできましょうか？」

「本気だりゅんな？」

「勿論です。生活費を稼げるなら、やらせていただきとう存じます」

「娘《めらべ》んきゃや、親《うや》ぬ織《う》りゅんば見《に》し、物心《むんごーろ》ちきば織機ばいじてぃうたんかな、覚《うぶ》ぬ早《ふえ》っさんば、一村さんぬ歳じゃ、きゃし《（どぅこ）》だろかい。最近、養成所ぬでけとぅりょっと」

「いいえ、学校などに通っている余裕はございません。フジ様に教えていただけないでしょうか？」

フジはしばらく思案していたが、仕方ないという顔でうなずいた。

「知っちゅん婆様《あんまあ》ぬ逝《い》もらんなてぃ、織機《ハタ》ぬ一台余とぅりょんかな、うりば借りてぃ、一村さんぬ所《どろ》うち運でぃもらてぃ。うまなんて《（そこで）》教えりゅんかな」

「誠にありがとうございます。御礼はいたします。私は絵かきでございますので、何か絵を描いてご贈答いたします」

「はげーっ、一村さんの絵ばもらたんてん仕方ねん」

一村はムッとしたが、微笑みは絶やさなかった。

「大丈夫ちば。あがしゃんボロ屋ば貸りてもらてぃ、四千円がりもらっちゅんから織機《ハタ》ぬ講習ぐらいサービスしてん、罰や当たらん」

翌日、一村の家に大島紬の織機が運び込まれ、泉フジによる指導が始まった。一村にとって無論生まれて初めての体験であるが、手先は人一倍器用なほうで、二十代の食べていけない時代に、父親を真似て木工品や細工物を作った経験がある。機織りくらいならなんとかできると思っていた。

「くぬ飛杼ちゅんや英語し〝フライングシャフト〟言《ゆ》んちゅか。くん《（この）》経糸ち潜てぃいきゅんリズムば取てぃ、足《はぎ》ば踏《ふ》でぃ綜絖《そうこう》ぬ開きば、くん紐ば引ち、バッタン、バッタンとぅすればいっちゃ」

「ああ、それでバッタンと呼ぶわけですね」

「あい、がしゃあらんば、吾《わ》んや勝手し言っしゅんだけだりょっと。バッタンちゅんやフランス語ぬしゃとぅ」

「綜絖というのは、この装置ですね？」

「うがしだりょっと《（そうですよ）》。足《はぎ》しうん棒ば踏むぃば、綜絖ぬ上下ち開し。うまなん《（そこへ）》杼《ひじき》ち巻《ま》しゃん緯糸ば通し、うるば《（それを）》繰り返しりば、紬ぬ織《う》らてぃいきゅんど」

フジに言われ、見よう見真似でやってみて、何とかなりそうな気がした。最初は力加減がわからず、すぐ緯糸を切ってしまい、フジの手を煩わせた。難しいのは筬による打ち込みで、先染めされて図案通りに様々な色の付いた経糸と緯糸を絣織になるように目詰めしていくのであるが、これがピタリと合わないので、絣にブレが生まれてしまう。暫く経ってから様子をみに来たフジは、悲鳴を上げた。

「はげーっ、くるじゃ《（これでは）》売り物《むん》にゃならん。一村さんぬ着りば良《い》っちゃっかな」

「自分が着る紬を織っても、一銭の金にもなりませんでしょう」

一村は怒って、またやり直す。集中力とひたむきな情熱で練習を重ねていったが、結局半年かけても顧客販売基準に適合する大島紬を織ることはできず、練習用の生糸の代金をかなり支払うことになった。伝統絹織物の壁は思っていたより厚かった。

*

すでに昭和三十七年の年も明け、春一番の〝二月風廻り〟が吹き始めていた。

午後五時になり、久野紬工場《きゅうのつむぎこうば》はボイラーの火を落とす。糸を洗う、染める、乾かす。いずれの工程にも多量の熱エネルギーが必要で、工場の心臓部にあたるものがボイラー室である。

一村はこの部屋で、火傷しないように細心の注意を払い、一号機のボイラーの弁を開け、持参した金盥《かなだらい》のなかにお湯を注ぎ込む。そこに水を足し、適当な温度にすると、手拭を浸してきつく絞り、裸になった上半身を拭き始めた。工場で仕事に就く前には、亀の子タワシで乾布摩擦、汗まみれになって終業した後には、ボイラーの残り湯で体の清拭。これが一村の日課だった。

紬工場から有屋の自宅までは、凡そ二キロメートルのみちのりである。帰宅途中、海沿いの山裾を歩き、いつも喉の渇きを癒やすために〝チボリの湧水〟に立ち寄る。朝晩、必ず両手で水をすくって、冷たくておいしい湧き水を飲むと活力が湧いてくる。この湧水の真後ろには巨大なガジュマルが聳え立ち、夜間などは複雑に絡み合った気根の奥に何かが潜み、こちらを見下ろしているような気分にさせられた。

毎日規則正しい食事を心掛け、夕飯は生野菜を刻んで山盛りによそって酢をかけたものが中心で、たんぱく源として夏は豆腐を冷奴にして、沢山のネギと生姜で食べる。血圧に気を配り、醤油はほんの少量しか使わない。名瀬市街地にも豆腐屋は多く、何故か徳之島出身の店主が多いのだが、味にうるさい一村は方々の豆腐屋のものを買って試食してみた結果、本島最南端、宇検村出身の店主が有屋で営む菊池豆腐店のものを気に入り、工場からの帰り道に必ずそこで買うことにしていた。

食事が終わると、庭に出る。夜空には星が輝き、上弦の月がかかっていた。庭の畑地にしゃがみ込み、菜園の繁みを懐中電灯の明かりで照らし出すと、大きく生ったニガウリの実に、真黒にみえるほど虫が群がっている。カメムシの仲間のアシビロヘリカメムシであった。それをゴム手袋をした右手で残らず摘まんで潰し、用意していたバケツの中に使い古しの刷毛を浸し、茶色の液体をニガウリの実に一つずつ塗っていく。無農薬で栽培したいので、市販の殺虫剤を使わずに害虫を退治する方法を試し、多少効果があると知ったのは、島言葉でトクダメ、所謂ドクダミ液だった。

これを野菜に塗るとしばらく臭いを嫌って虫が来なくなるが、三日も経つと、今夜のような有様に戻ってしまう。奄美の温暖な気候は野菜の栽培には適していたが、害虫もまた物凄い繁殖力で、放っておくと畑は一晩で全滅するほどだ。それ以来、害虫との闘いに多くの時間を費やし、亜熱帯地域での農業の仕方を学ばなければならなかった。

収穫物はやはり千葉寺時代とは異なるが、シブリ（冬瓜）、トッツブル（南瓜）、里芋や唐芋、玉葱、オクラ、キュウリ、トマト等はここでも採れる。他にハンダマ、コサンダケ、フル（葉大蒜）、マルオクラ、ツルムラサキ、ヘチマの栽培にも成功した。自生していたパパイヤには手を入れて株を増やし、スモモと大和村の名産タンカンの苗も植えた。今では大家の泉家や、時には和光園の友人たちにも贈答する量を収穫できるようになっていた。家庭菜園での収穫物に加え、知識も豊富になった山野の自生野草、薬草も家計を助けていた。

この涙ぐましいまでの食料自給の努力は、偏に一村の画業を支えるためのものだった。絵を描くための体力と健康を保つのに食生活は疎かにできないが、酒も煙草もやらず、遊興費など一切使わない一村にとって、生活費を切り詰めるためにできることは、食料自給以外になかった。

久野紬工場でもらう日給が、四百五十円。週に六日労働し、一月で凡そ一万一千二百五十円。一年では、十三万五千円。仮に、五年働いた給金をすべて貯金できたとしたら六十七万五千円になるが、月家賃四千円の固定費は五年で二十四万円必要となる。食費をすべて自給できたとしても、五年間働いて六十万円貯めることはできない。

しかし、今年の八月、大熊の久野紬工場に採用が決まった際に、一村が必ず達成すると誓った目標は、五年間働いて六十万円の貯金をすることだった。その資金があれば、向こう三年間は絵を描いて暮らせる。その期間だけは、誰からも何事からも一切の掣肘《せいちゅう》を受けることなく、己の全精力を傾注し、後世に遺る傑作を生みだすこと――それが、本当の意味で奄美大島への移住者となった一村の固い決意だった。

幸い紬業界も景気がよい。繁忙期には休日出勤や残業もあろうし、自分のように試用期間が終わると同時に、熟練職人のランクまで日給を引き上げてもらえたことを考えれば、五年間にあと幾らかの昇給も不可能ではないかもしれない。そう思い、脇目も振らず仕事に没頭する模範的な職人として働き、すでに一年以上が経っていた。

一村は、大島紬の染色工として採用された。大家の泉フジから習った機織りは終ぞものにならなかった。そこで、絹糸に染料を塗布する技能に挑戦することにした。フジは高度な専門技術だから無理だろうというが、画家であるから、色を使う仕事なら可能性があると考えたのである。

大熊には大島紬の大工場が二つあり、大熊出身の二人の実業家が戦後すぐ鹿児島県で起業し、後に分家して奄美分工場として建設したものである。一村は泉フジの伝手でその一つ久野紬工場を訪った。最初に飯塚工場長に工場内部を見学させてもらい、現場で大島紬の生産工程の説明を受けた。

伝統工芸というだけあり、三十とも、詳細を期せば四十九工程もある手作業によって大島紬の反物が織り上がっていくという。複雑な手順をざっくり理解したところでは、大島紬は二度織られるということだった。一度目はあの絣模様になる経緯《たてよこ》糸をつくる過程であり、絹糸を締機《しめばた》と呼ばれる別の機械で絣莚《かすりむしろ》というものにする。その際、製品企画者の絣模様の原画通りに、木綿糸と絹糸の綾にして固く織締めする。それを車輪梅（テーチ木）の煎汁で染めた後に泥田に漬け、泥に含まれる鉄分とタンニンの化学反応の助けを借りて大島紬独特のあの黒色の風雅さを出す。

今度は、染め上がった絣莚を引き裂くようにして綿糸だけを目破りすると、綿糸で強く圧迫された絹糸のその部分だけが染まらずに、白く抜けている。その白地のうえに、色見本の紙帯を当てながら、見本と同色の染料を摺り込んでいく。

加工場と呼ばれるこの部屋には、男の職人しかおらず、絣莚を破いて露出した白い絹糸に黙々と染料を摺り込んでいく。絣莚を部分解きするのにも相当な力がいるから、摺り込みは男の仕事だという。

「くん頃や、東京や大阪ぬ問屋ら、複雑な色柄ば求められてぃてぃ、組合だか図案、織方・染色コンクールちゅんば開きし、新柄開発ち力ば入りとうり。設計通りに染料ば調合し、ヘラば使かてぃ、絹糸ぬ正確な場所ち摺り込《く》でぃいきゅん。うりんから反物ち織《う》てぃいきゅんあんから、うん技量ぬものば言《ゆ》んど」

自分は画家だから、染色工として雇ってほしいという申告に対し、〝簡単じゃないよ〟という目顔で、飯塚工場長は一村を見遣った。

いよいよ紬を織り上げる部屋には、機の音がリズミカルに響き渡り、織子の熟練の度合いが推し量れた。三十台ほどの織機が並んだ棟が三つもあり、常時百人の織子が働いている。老若の歳の差はかなりあるが、この仕事部屋には女性しかいなかった。

一村は紬の生産工程を学んで、作業を振り返ってみても、やはり自分に向いているのは、摺り込みの作業しかないと判断し、飯塚に頭を下げて頼み込んだ。

「うがし《（そう）》なれば、摺り込みちゅんや、図案通りぬ色ば入れりゅん熟練技ば持《む》っちゅん島んちゅしか無理な仕事あんからな」

「見本通りの色を染めていくことには自信があります。四十年以上も絵筆を握って仕事をしてきましたので、すぐに勘がつかめると思います。是非とも、この工場で働かせてください」

飯塚はしばらく腕を組んで考えていた。

「ヤマトらどんどん発注ぬ来ゅんから、職人や欲《ふ》しゃんばん、本当や若《わー》さん人《ちゅ》に来ちもらいちゃしかんどぅ。今日《きゅう》んきゃ涼《しだ》しゃし、良《い》っちゃんばん、真夏ぬ工場や凄《む》る暑《あち》しゃどぅ。田中さんぬ年なりば、健康ぬ心配《しわ》あんばや」

「こう見えても、健康には大変気をつけています。不摂生も一切やりませんし、菜食主義で養生しておりますから、夏の暑さなど大歓迎でございます」

飯塚は漸く首を縦に振った。それなら翌日からということになり、久野紬工場の摺り込み部屋の末席に机をもらい、工場勤めが始まったのである。最初の月は見習い職人ということで、午前八時から午後五時まで八時間労働の日給が、三百五十円ということになった。そして一カ月後、あっという間に業務を覚えた一村の日給は、熟練工ランクの四百五十円に昇給した。

こうして大島紬染色工としての日々が始まったのであるが、一村にとって勤め人の経験は、戦時中の徴用による板金工以来のことである。泉フジが自宅で内職できる機織りと違い、きっちり定刻に出社し、神経をすり減らす手作業に従事しなければならない。

摺り込みの労働は畳に座りっぱなしで、卓上の絣糸と染料を見つめて視神経を酷使するから、有屋の自宅に帰ってから、本画に立ち向かえる気力は残されていなかった。自分に誓った〝五年間の労働〟は、すでに五十四歳に達した画家にとって、過酷なものだったといわねばならない。それを覚悟の上、還暦を迎える年を挟んだ昭和四十二年からの三年間に、一村は残された絵描き人生のすべてを懸ける決意だった。

本画を描く余裕がない代わりに、この時期、一村は亜熱帯の海の生き物を描くことに精を出した。工場の前方には大熊漁港があり、昼休みや終業時に、いつも色とりどりの魚を見せてもらっていた。複雑な形態と色彩の五色海老や熱帯魚を描くことは、この島にいる新たな歓びであるとともに、筆力を落とさないよう維持するための修行でもあった。

新北風《ミーニシ》も吹き始めた十月の初め、一村は持参の弁当を急いで食べ終え、昼休みに漁港まで足を伸ばした。最近、よく押しかけて、魚のデッサンをさせてもらっている押川《おしかわ》鮮魚店には昨日も行き、念願のミノカサゴを借りて描いたばかりだったから、今日は少し歩いて埠頭まで行った。

天気は曇りがちで、海は青味がかった銀色に輝いている。正面には〝立神〟が小さく見え、その左側に水平線を閉じるように迫り出しているのは、名瀬湾の西の入江、赤崎の岬《ハナ》である。金久浜には漁師の使う木造船〝板付《いたつけ》〟が二艘、浜に引き揚げられている。海岸線に沿ってアダンの群生する金久浜には、この島に来て間もないころに行き、《アダンと小舟》を描いたことがあった。

断崖の付近の海辺で餌を漁っている頭が黒く嘴と足が紅色の鳥は、ベニアジサシだ。この海鳥の産卵も終わり、鰹漁の季節も過ぎると、大熊の二大漁業組合、宝勢丸と金紘丸の漁船が戻ってくる。今年、両組合の加工場も復興事業費によって鉄筋コンクリート建ての大型施設になったから、大漁であってもその受け入れは万全である。

金紘丸の加工場の方に足を向けると、前方の路上に筵を敷いて坐り、魚をさばいている人影が目に入った。その前に数人の客がいて、大きな俎板の上に並んだ魚を覗き込んでいる。一村は興味を覚え、そこまで行って売っているものを確かめた。圧し潰されたような顔に、黒い背鰭が頭から尾鰭まで続いている大型魚はシイラ、奄美ではマンビキともいう。本土でも珍しくないチヌやカンパチも並んでいる。その陰に隠れて、一匹だけ珍妙な顔をした魚があった。

「ご主人、そのおちょぼ口を突き出したような魚は何でしょうか？」

一村が尋ねると、魚屋は真黒に陽焼けした顔を上げた。次の瞬間、ふたりは同時に驚きの声をあげた。路上で魚を売っていたのは、五年前、初めて来島したときに高千穂丸の三等船室で出逢った老人だった。

「高千穂丸では、大変お世話になりました」

言って、一村は頭を下げた。

「べつに世話んきゃ、しらんたど《（してないよ）》」

「船酔いで困っていたときに、気を楽にする仕方を教わりました」

「汝《な》んや絵かき人《ちゅ》ち言《い》しゃか、うりん《（それ）》から絵ば描しな？」

「奄美の方々を旅して、絵を描きました。今は有屋に落ち着きまして、この周囲の自然を描いております」

「はげーっ、有屋なんてぃ住どぅんな。何処《だー》ぼてよ《（あたりよ）》？」

一村が有屋の地番を言うと、老人はすぐにうなずいた。

「有屋ぬトネヤぬ近くじゃや」

「トネヤというのは、祝女《ノロ》の祭事場でございますね。確かに、私の貸家とどっこいか、もう少しだけ立派な建物がございます」

「〝祝女ぬ大熊《でくま》〟ち呼ばれてぃんぐらい、輪内地区なんやトネヤぬ多《ふー》さんど。うまぬ龍王神社ぬ近くなん、大熊ぬトネヤぬあっと」

老人は言って、紬工場の背後の山を指差した。

「鰹漁ぬ始まりゅんときや、今《なま》でん祝女ば船ち乗せてぃ、安全とぅ大漁ば願いしゅんどぅ」

この島の宗教には興味がないが、大熊集落の人々にはどこか強い絆があり、大熊魂と呼ばれる気骨を感じていた。もしかしたら、古くから根付いていた古代的な共同意識を祝女の信仰が取り持ってきたのかもしれない。

「私は田中一村と申します。御主人のお名前をお聞かせください」

「吾《わ》んや、山田本信《やまだもとのぶ》っち言《ゆ》んど」

「大熊の漁師様でございましたとは、気付きませんでした。しかし、そのお歳でも逞しいお身体をみて、想像するべきでした」

「吾《わ》んや、なあ老人《うっちゅ》どぅ。鰹ぬ一本釣りや息子にゆずてぃうんど」

「私は有屋に住み始めて、大熊漁港で魚を見せてもらうのが楽しみになりました」

「見《に》ゅんだけな？」

「じっと見て、複雑な形や色を目に焼き付けて、それから絵にします」

「うがしかり《（そんなにまで）》見《に》しから描くば、魚《ゆ》ぬ腐りゅっと」

「頂いた魚は、その後、煮付けにしていただくこともありますよ。私にとっては、大変なご馳走です。お預かりした魚は、翌日、工場の出勤前にお返しいたしますが」

山田老人は、大声で笑った。

「はげーっ、がしゃん《（そんな）》腐りけーた魚《ゆ》ば戻《む》どぅされてぃん困りゅっかや」

「ああ、お尋ねしたことを忘れておりました。口を突き出したその可愛い顔の魚は何といいますか？形は本土のカワハギに似ておりますが……」

「くれな？　くりゃソウシハギ、島ではマタベヤチャち言《ゆ》うんど」

一村はその魚をじっと見つめた。〝馬面〟で、目の上部に一本角のようなものが突き出し、垂らし込み技法の滲みのような斑紋が体表を覆っている。

「くん仲間や島言葉《しまゆむた》しや〝ヤチャ〟ち言《ゆ》うんどぅ。皮《こ》ぬ硬さし歯ぬ立たんから、如何《きゃし》んならん者《むん》ば〝やちゃぼ〟ち言《い》しゅり。島ぬ伝説ぬ野生児にだか〝やちゃ坊〟ちゅんぬおっと」

「その硬い皮を剝げば、食せるのでございますか？」

「がっ《（そぅ）》しどう、カワハギち言われとぅんねーし、身や凄《む》る旨《ま》さっとぅ。田中さんよぅ、買《こ》てぃいもらんな？　安《や》さしゅっと」

「いいえ。私はもう工場へ戻らなくてはなりません。ですが、このソウシハギは描いてみたいと思いますので、次の機会にここでお会いして、売っていただけましたら、そのときは工場を早退して有屋まで走って帰ります。山田様は、毎日ここでお店を出してらっしゃいますか？」

「毎日《ひーびん》や居《う》らんどぅ。隠居し、今《なま》や趣味ぬ釣りあんからや。海ぬ時化《しけ》らじ、良《い》っちゃん魚《ゆ》ぬとれたんときだけ、店ば出《い》じゃしゅり。汝《な》んや絵かきち言ゅっか、紬工場ち通とぅんな？」

「そうでございます。絵は一生の趣味でございまして、今は紬染色工が本職でございます」

山田老人は頤《うむ》を上向け、一村の目をじっと見つめた。

「あんときだか思たが、貴方《なん》や清《きょ》らさん目《むぃ》ばしぃゅり。摺り込みや、目ば凄《む》る使ゆん仕事あんかな、大切にしんそれ」

「ご親切なお心遣い、誠にありがとうございます。また、ここでお目にかかりとうございます」

一村は踵を返し、紬工場へ向かった。昼休み休憩がもうすぐ終わり、午後の摺り込み作業が待っていた。現在、染めている絣糸の図案は、〈龍郷柄《たつごうがら》〉という定番であるが第一級に複雑だった。一瞬も気を緩められない摺り込みの技を、絣筵の両面に施さなければならない。どんな仕事であっても真剣に取り組む一村は、今や久野紬工場のなかでも一流の摺り込み工であった。

*

本茶峠《ふんちゃとおげ》へと続く山道への入り口を見つけたのは、いつ頃だっただろうか。工場からの帰宅途中、いつもの通勤路を通らず、浦上川に架かる橋を渡らずに、山裾をもう少し先まで歩いてみたときのことである。

ほどなく行くと国道五十八号線に出る手前に、左へと折れる道が現れたので、すこし登ってみると、すぐに鬱蒼とした樹々に囲まれた。日没が過ぎていたが、好奇心に駆られてぎりぎり視界が許すまで登った。九十九折《つづらお》りの山道は何処までも途切れる様子はなかったが、その日は大急ぎで昏い夜道を引き返してきた。夕闇のなかで、鈴なりになった満開のカンヒザクラが花弁を錆び色にくすませていたから、工場での労働にも少し余裕の生まれた二月頃だったのかもしれない。

この日は、午前五時半に起床し、顔を洗い、身支度を整えると家を出た。ちぢみのシャツにステテコを履き、地下足袋と、脛を守るために脚絆を捲いた格好がいつもの定番である。工場に通うときとは脚絆を付けないのが違うだけで、突然の豪雨も多いから、杖兼用の傘を持ち、画帳や弁当を入れた風呂敷包みを手に提げる。散歩のときは、愛用のカメラを首から下げることもある。

日出《にっしゅつ》は午前六時半頃で、空は夜明けを待つ薄明色である。夏季は日出が一時間早いから、起床も四時半になる。道は見えても暗いうちに山に入るのは、ハブに当たる危険があるから、避けねばならなかった。この峠道を見つけて以来、ここで自然や野鳥を観察し、スケッチをするのが一村の楽しみになった。最初のうちは毎日通っていたが、八時からの工場勤務の負担になるので、日曜日にゆっくり時間をかけて行くのが習慣になった。

海辺の僅かな平地にへばりつくように開拓された大熊集落は、奄美の他の集落同様、背後に峻険な山が迫っているが、その山は龍郷町の北岸まで続く広大な原生林地帯の一部である。本茶峠はその西の尾根を形成しており、山道入り口地点の浦上から西方へ登る標高三〇〇メートル弱の峠道である。

峠の天辺まで行くには一村の早足でも凡そ一時間かかり、反対側へ下れば龍郷町の大勝に着く。峠の頂上から北東に進路を取り、二時間ほど険しい山道を上り下りする気があるなら、長雲峠まで行くこともできる。一村は以前、バスで麓まで行って長雲峠に登り、東シナ海と龍郷湾や笠利の岬、反対側には太平洋を望む本島随一といわれる絶佳を目にしたことがあった。

夏鳥たちはみな去ってしまい、朝ぼらけの時間に最初に啼き始めたのは、鵯《ヒヨドリ》である。耳を澄ますと、ピッ、ピッ、カッ、カッという声も混じっている。これは常鶲《ジョウビタキ》という冬鳥だろう。雌の羽根色は本土の雀に似ていて、雄は頭が銀白色、腹が橙色と派手なのは雌へのアピールだろうか。鶺鴒《セキレイ》の声も聞こえている、否、これは鶯《ウグイス》だ。奄美本島では、鶯はチッチッと啼く。ホーホケキョと啼くのは繁殖期で、何故か喜界島や沖永良部、与論島でしかその声は聞かれないらしい。

千葉寺の六畳間でも十種類以上の小鳥を飼って、大いに素描をしたものだが、この島の鳥たちは天然記念物指定のものが多く、捕らえて間近に見て描けないのが残念である。

野鳥たちの声に誘われて東の森を見上げると、それまで奥行きもわからぬ暗い樹層であったところを、悠揚と明けゆく朝日が背後から照らし出した。無数の木立が影になって重なり合い、まさに亜熱帯の水墨画さながらに複雑な植生を徐々に暴き出していった。

いちばん手前で黒いシルエットになった照葉樹はスダジイである。葉のない枝とひょろっと背の高い幹を逆光が照らし出し、その枝は傘を開いたように森の上面で沢山の葉を茂らせ、その周辺に重なり合ったシイ、桜躑躅《サクラツツジ》の細枝も逆光に霞んでいる。着生シダが木の俣で緑の葉を放射状に広げている。一村は時の移ろいと競うように、一気に画帳に鉛筆を走らせていった。

本茶峠に夜明けがやってきた。空は抜けるように青い。あっぱれな快晴であった。もう暫く山道を登ると、いつもの岩清水が見えてきた。冷たい水で手と顔を洗い、掌で掬って喉を潤す。この山の霊気が、体内を満たしていく。

この天候なら視界は良好だろうと思い、頂上の少し手前の展望スポットへ急ぐ。果たして、大気はすこぶる清澄で、低木の続く崖の向こうに名瀬の海が見えた。小さな岬に囲まれて水平線は見えないが、山羊島の三角型の岩山が覗いている。あの岩山はハブの巣窟だが、以前に登ったことがあった。

今日はやけにギラギラと陽が輝いている。長雲峠へ分かれる地点まで登り切ると、一村は来た道を引き返して行った。往路は薄明のなかを歩き、復路は旭のなかを降りるので、まるで同じ道を戻っている感覚がない。崖の淵で枝を広げるガジュマルは、奇怪な姿を白日に晒し、気根を当てもなく虚空に靡《なび》かせている。

山側の斜面にクワズイモが密生し、一メートル以上もある濃い緑の葉を広げ、陽光を反射させている。その時ふと何かの気配に気づき、一村は歩みを止めた。クワズイモの根元の影のなかで何かが動きがあり、それは音もなく現れた。この島に来て、初めての出遭いだった。

祝女が神の遣いとして敬い、アヤクマタラクと呼ぶ大きなハブである。見事な斑ら模様に覆われた長い体をくねらせて山道に這い出して来たところで、三メートル後方に立ち竦んでいる人間を認め、動きを止めた。金色の目を光らせ、三角形の頭をこちらに向けると、とぐろを巻いた。

一村はこの距離が安全か否か判断がつかず、じっと息を潜めた。ハブに関しては、島の人々から実に多くのことを聞かされていた。ハブは、跳ぶという。とぐろを巻いたら、首をやや後方に逸らし、巻かれた胴体をバネのように弾ませて、結構な距離を跳躍する。否、跳躍はしないが、長い胴を瞬時に直線的に伸ばして、敵を嚙むのだという人もいる。嚙まれたら片時も躊躇せず、患部を鉈や鎌で切り落とせという。そもそも、ハブは夜行性だと聞かされていたが……。

今、ハブはとぐろを巻き、攻撃する体勢に見えた。しかし、一村は後退することはしなかった。ここで嚙まれて、何の実績も遺せず、毒にやられて死ぬという思いが脳裏を過った。その瞬間、口許に笑みが漏れた。その感情は自分でも理解できなかったが、どこか清々しい気持ちに包まれた。

一村は風呂敷包からそっと画帳を取り出し、ハブの姿を写生し始めた。生きて帰れたら、それをクワズイモの絵の傍に描いてみようと考えていた。初めてモデルにする生き物である。精確に美しい斑模様とフォルムを捉えようと目を見開いて対峙している間、その毒蛇は動かなかった。

どのくらいの時が経ったのだろうか。一村が画帳を畳むと、ハブはとぐろを解き、スルスルと山道を横切り、崖側のシダの茂みの中に姿を消した。


翌週、久野紬工場で摺り込みの仕事に精を出していると、隣から声がした。

「一村さん、くんへラぬ先ぬ丸くなてぃ、染めぬ切れぬ悪《わっ》さなりょた」

同僚の染色工の成田が言った。彼は一村とは二回りも若い職人で、机が隣なのでよく話しかけてくる。一村自身は、一切無駄口をきかず、黙々と摺り込みをしているが、いつも適切なアドバイスはしてやる。

「これを使ってみなさい」

一村は言って、自分が使っているのと同じヘラの予備を成田に手渡した。

「はげー、くりゃ竹べラじゃあらんどぅ」

「西洋料理用のナイフです。先を砥石で削って、切れなくしてありますよ」

成田はそれを使って作業を再開すると、目を輝かせた。

「くれは良《い》っちゃ。際ぬすっきり染まりゅり」

絣柄のデザインに合わせ、巾の広い線を染めるには、誰もが竹製のヘラを使っているが、長い間に先がすり減り、シャープな線が引けなくなる。そこがヘラの取り替えどきであるが、一村は自分なりに新しい道具を考案していた。

それが食事用のナイフであり、大阪のとある実業家に手紙を書き、わざわざ送ってもらったものだった。この人物はオムライスを初めて考案したことで飲食業界で大成功し、郷里石川県に聖徳太子を敬う仏教施設を建設した。そこで天井画を依頼されて以来の知り合いだった。一村のことを大変気に入っていた実業家は、店で使い古したナイフとフォークを一ダースも送ってくれた。摺り込みにフォークの遣いどころはなかったが。

色見本に合わせて皿に溶いた染料をナイフで掬い、白い絹糸に摺り込んでいく。指定された精確な位置に色を染み込ませる技術は勿論だが、その前に染料の溶剤となる糊の濃度が肝心であり、染色職人の技術はそこから試されている。

日本画の制作において、思い通りの色を作るために顔料をすり潰し、どのくらいの緩さの膠で溶いて、絹本を着彩していくかという作業を半世紀近く続けてきた一村にとって、大島紬の染色は難しいことではなかった。厳密に定められた位置に色を置かなければならないことはどちらも同じで、一瞬も気を抜けない。

巾の広い線は、経緯糸が綾になって織り合わされたときに、大柄な模様を浮き立たせるが、細かく繊細な柄は、絣糸の上では、細かな点の集積となる。この作業の場合は、溶剤で溶いた染料を油差しのような容器に入れ、その先端に注射針を取り付け、細い線を引いていく。

今、仕掛かっているのは、〈秋名バラ柄〉で〝バラ〟とは〝笊《ざる》〟の意味らしく、黒っぽいザルの格子柄に十文字が交差したデザインは、完成図は一村もうなる見栄えだが、それを摺り込むのは神経を酷使する最高難度の業であった。

絣筵両面への摺り込みが終われば自分の役割は終了で、この後、織子たちが製織にかかれるよう、絣糸を次の工程に回していくのであるが、一村は持ち前の探求心で摺り込み以外の工程をきちんと学び、大島紬の生産工程をすべて理解していた。


昼休みになり、一村は弁当を広げた。今日は食パンに野菜の塩揉み、パパイアの漬物という献立である。

「一村さん、一緒《まーじん》し外ち出《い》じてぃ召《み》しゅらんなぁ」

成田が加工場の入り口で手招きしている。あまり人付き合いをしないようにしているが、成田には好意を感じていた。

「食べてから、行きます。いつものガジュマルの木陰にいらっしゃいますか？」

一村は食事を終えると、珍しく職人たちがいつも溜まっている裏庭に行った。第一加工場の染色工が数人、地べたに胡座をかき、木陰で寛いでいる。

「はげー、絵描き人《ちゅ》ぬ来《いもし》ゃっとう。珍《む》じらしゃや」

第一加工場で最年長の吉《よし》さんが言った。一村は成田の隣に腰を下ろした。

「如何《きゃし》だりょんな、田中画伯よぉ。最近は、何《ぬ》ば描しょりょんかい？」

「本茶峠の自然の様相は、いくら描いても飽きることがございません。有屋川を下って、山羊島に向かう散歩道ではアダンを描きますよ。最近はもっぱら、大熊漁港でとれる魚を正確に描くことに熱中しておりますな。海老の棘などは実に面白い。人間の指紋とおなじでございまして、同じものは一つもないのですよ」

「押川《おしかわ》さん所《どろ》ぬおっかんが、一村さんぬことば言しゅたっと《（言っていた）》」

文《かざり》という四十代の職人が言った。

「何か悪口でも聞きましたか？」

「うがしゃんくとぅや《（そんなことは）》言《ゆ》しゅらんば、一村さんぬよう来ゅんかな、最近ゃ息子ねーし《（のように）》思《うむ》てぃたんち言《ゆ》しゅりょうたっと」

確かに、押川鮮魚店にはよく行き、一家を切り盛りしているフサエさんには親切にしてもらっていた。

「あの一家は、みな良い人たちでございますね」

「大熊《でくま》なんや、悪《わっ》さん人《ちゅ》やうらんどぅ」吉が言う。

「確かに、皆様の絆というか、団結力のようなものを感じます」

「くん部落《シマ》やカトリック教徒ぬ多《ふー》さ。人類愛ぬ部落《シマ》どぅ」

文が言って、手を合わせて天を仰ぐ。

「はげーっ、何《ぬ》ぬば人類愛よぅ。浦上《うらがん》ぬ女《うなぐ》や、夜這いば掛《け》ーたんち聞ちゅっと」

吉が大声で言った。

「うれがよう、夜這いばし乳ば掴《み》んじゃっとぅ、何《ぬ》か違ゆんちょ。うん女《うなぐ》や吾《わ》んぬ姉《ねえ》ぬ親友《どぅし》あてぃ、姉や泊まりが来とぅてぃ、吾んや姉の乳ば掴《み》んじゃんちょ」

一同の爆笑の渦がガジュマルの木陰に響き渡り、爽やかな風が吹き抜けた。

一村は日頃から、職場の人間関係には恵まれたと感じていた。猥談が好きで、大酒飲みが多いが、屈託のない人間たちである。彼らは自分のことを絵を描くことが趣味で、人付き合いの苦手な変人と看做している。

変人奇人は、輪内地区の島人全員の見做すところだろう。時々、田袋の畦を歩いていると、近くで小学生たちがこちらに向かって「ながうじー」と囃し立てることがある。意味は、のっぽの変人ということらしい。また、石を投げられることもよくあった。

子供たちに出会うと、一村は立ち止まってお辞儀をする。すると子供も真似をして、笑いながら駆け出していく。少し頭がおかしな乞食の絵描きと見做し、家庭で話題にする。一村は島人との距離がその程度に保たれていることを、むしろ喜んでいた。

奄美が日本に返還されて以来、多くの流れ者が流入し、怪しい人物が名瀬の繁華街にも多数たむろしているから、その風俗のなかに紛れ込んだ方が目立たない結果となる。

絵だけを描いて暮らす夢の実現まで、あと二年の辛抱だった。それを果たすために、一村は奇人変人の染色工に徹して生き抜いていた。

その日、一村は押川鮮魚店を訪っていた。日曜日で工場は休みだから、早朝の本茶峠への散策の帰りに立ち寄ってみたのである。

フサエさんが、干し芋とお茶を出してくれたので、店の中庭に回り、縁側に腰掛けた。

「一村さんや、千葉ば懐《なち》かしゃしょーらんな」

フサエが訊いた。恐らく、先週ここに来たときに、姉の喜美子のことを彼女に語ったからだろう。姉が長い間、自分に尽くしてくれた話をした。そんなプライベートな心のうちを曝け出せるのは、フサエに心を許している証拠だった。

「そんなことは、微塵もございませんよ。私はこの島の人間になったのです。姉もそれを望んでおりました」

フサエは慈愛のこもった眼差しで、一村を見つめた。

「うがしゃん強がりベー言《ゆ》しゃんち、いかんどぅ。千葉じゃ、姉《ねえ》にしったー甘えとぅたん癖によ」

「甘えてなどおりませんよ」

一村は言って、ふと思う。――自分は姉に甘えていたのだろうか。自分に尽くしてくれることを甘んじて受け入れていたのだから、そう言われても仕方ないかもしれない。

「一村さんよ」

「何でございますか?」

「うまなん大熊教会ぬありょうろがぁ」

「はい。一度、前まで行って見学させていただきました。なかなか立派な教会でございますね」

「一村さんや、カトリックちなりょん気やありょらんな? 洗礼ばうけてぃ」

押川家は代々、信仰の厚いカトリック信徒で、家の居間には十字架の掲げられた祭壇がある。その横に織機が並んでいるのが、妙に似合っていた。紡ぐことと、祈ることは似ているのだろうか。

「私は昔から宗教とは無縁でございます。千葉の支援者の方々が禅宗に帰依しており、何度も誘われましたが、お断りいたしました」

「うがしなれば、一村さんぬ心《こーろ》ぬ支えや何《ぬー》だりょん？」

心の支えは何か。そんなことは考えたことがなかったが、千葉寺で過ごしていた時代は、姉が心の支えだったのだろう。それがなくなった今、残されたものは一つしかない。

「私の心の支えは、立派な絵を描くということです」

「うがしゅんば《（だけど）》、うん絵や誰《た》っかたむ描しりょんよ？」

「いいえ。絵は自分のために描くものです」

「うがしゅむんかなー《（そんなもんかね）》。まあ、一村さんや芸術家あてぃ、吾きゃぬ《（私たちの）》思《うむ》わらん世界ぬ人《ちゅ》ありょらんからなぁ」

「ご主人がお帰りになったら、大芸術家がエラブチを描きたがっていたとお伝えください。鮮やかな模様を見事に描き上げたあとは、酢味噌でいただこうと思います。長い時間をかけて描いた後ではやや鮮度に不安が残りますが、味は寒ブリに似て、すこぶる美味でございますよ」

「一村さんよ、吾きゃ家《やー》や魚屋《ゆや》どぅ。エラブチっち講義や、釈迦に説法だりょうろ」

「そうでございますね。これは失礼いたしました」

一村がおどけて言うと、フサエはからからと笑った。

押川鮮魚店を後にした一村は、漁港に向かった。期待したとおり、金紘丸の加工場の前の埠頭で山田老人が魚をさばいて売っていた。彼の場合は海が凪いで、趣味の釣りに出られる日が営業日だから、日曜祝日は関係ない。

「ご主人、今日はソウシハギはありますか？」

その声に顔を上げ、一村を認めた山田老人はにやりと笑った。

「今日《きゅう》やネブぬあっと。うがしあんば《（だけども）》、見《に》ゅんだけやだめど」

「ほう、その魚でございますか？　頭の部分の模様がいかにも熱帯の色柄で、絵心をそそりますなあ」

「絵心《えこーろ》ばそそるっち言われてぃん、魚屋《ぃゆや》や嬉《ほ》らしゃねん。食欲ばそそってぃくれよ。今朝《しかま》獲《とぅ》れたんから、旨《ま》さっと。煮付けちしりば最高ど」

「もう一度、魚の名をお教えくださいますか？」

「ネブじゃ。くん島ぬ呼び方じゃがな。ヤマトん人《ちゅ》や、シマタレクチベラちいう」

「それをいただきましょう」

「ありがたさまりょうた〜」

山田老人は魚を紙で包んで一村に手渡した。

「ご主人は、お住まいはどこでございますか？」

「吾《わ》んやすぐうまぬ有屋川ぬ上ぬ方ど。港橋ちゅん橋ぬあろが？　うん近くど」

「私はよく山羊島方面に絵を描きにまいりますよ。良い所にお住まいですね」

「今《なま》ごろや住みにくさなた。山羊島ちホテルぬでけてぃ、名瀬なんてぃやバイクぬ増えて、くんぼてや急坂なとぅんから、年中交通事故ぬ起きとぅっと」

「最近は物騒でございますね。私などものろのろ歩いていると、後ろから警笛を鳴らされることが増えました」

山田老人はそれを聞き、悪戯っぽい顔を見せた。

「田中さんよ、良《い》っちゃんくとぅば教《ゆ》してぃにょうろか?」

一村は興味深そうに頤を引いた。

「吾んやよ、夜中《ゆなは》なんよく障子ばあけて、大熊ぬ山側ば覗くんちょ。山ぬ方なん墓地ぬあろが」

「ございますね」

「夜中《ゆなは》によ、じっと目ば凝らしてぃいりば、人ぬ死じゃん日や青白い霊《まぶり》がすーっと立ち昇ってきてぃ、鳩浜ち降りてぃ行きゅんぬ見《に》やーりゅんちば」

「本当でございますか?」

一村はからかわれたと思い、頬を緩めて言った。

「吾んや嘘は嫌いど」

確かに、真剣な表情でこちらを見つめている。

「山田様のように研ぎ澄まされた精神をお持ちの方だけに、そういうものが見えるのでございましょうね」

「研ぎ澄まされちゃうらんば、漁師一本ぬ人生あたんから、汚《ゆぐ》れてぃやうらんど。くん島の海だか山だかぬ霊に溢れてぃいるんば、感じとぅんだけど」

「貴重なお話をありがとうございます」

「田中さんよ、くまなん住どぅりばシマグチば少《な》りや覚《うぶ》りば如何《きゃし》だりょり。〝ありがっさまりょーた〟ち言《い》しょしんに」

一村は小声で言って、珍しく顔を赤らめた。自分のなかに、島口を覚えるような形でこの島に馴染むという意識がまったくないことに気付いたからだった。

「山田様、シマタレクチベラが新鮮なうちに描きたいと思いますので、この辺でお暇致します。ソウシハギの方も宜しくお願い致します」

山田老人と別れ、魚の包みを手にして有屋の自宅への道を急ぐ。早速、シマタレクチベラをデッサンし、絹絵に起こす準備を始めたかった。黄色の地に青い縁取りのある薄茶の模様をまとった頭部、体側の太い黒帯模様も大胆で、鮮やかな本画の配色が心に浮かんでくる。赤いアクセントが欲しいから、真っ赤な花をつけたサンダンカを下に敷いても面白いかもしれない——。

そんな構想にわくわくする気持ちを抱えて自宅に戻ると、玄関の引き戸の隙間に何かが挟まっている。手にとってみるとそれは電報の用紙だった。


〈キミコキトク。スグカエレ、フサコ〉

文面を読み、一村は全世界が崩落するような衝撃に襲われた。

——ここのところ、よく姉のことを思い出していたのは、虫の知らせだったのか。

*

喜美子は、死んだように横たわっていた。耳を姉の口許に近付けると、かすかに寝息が聞こえる。一村はホッとして、病院のベッドの傍らの椅子に腰かけた。張り詰めていたものが溶解し、取るものも取り敢えず駆け付けた旅の疲労が、どっと押し寄せてきた。

紬工場で電話を借り、妹の房子の家にかけて状況を聞くと、住み込み先で倒れ、千葉市内の国立病院に救急車で運ばれたということだった。病名は、脳溢血だという。一村が到着する前日まで房子が付き添っていたが、容態が安定し、房子は昨夜のうちに自宅に引上げたという。

あらためて姉の青白い顔を見つめる。岡田医師の官舎で別れてから四年、自分が成功するまで二度と会うことはないと言い切った姉との悲しい再会だった。一村は、思わず自分の胸に手を当てた。あの夜、描かせてもらった姉の絵は、護符として懐に入れてあった。

ともに苦難の道を歩んできた姉を、自分の成功した姿を見せる前に逝かせるわけにはいかない。この立派な病院で近代医療の粋を施してもらい、なんとしてでも元気に回復してもらいたい。病院嫌いな一村でありながらも、姉のためにはそう祈らずにいられなかった。

その夜、川村家を訪った一村は、幾三と話し合った。

「姉のことは、私が責任をもって看病いたします」

「そうしてあげるのが、喜美子さんにとっていちばんよいだろう。その間、うちの離れに泊まりなさい」

「ありがとうございます。叔父上、そのうえでお願いがございます」

幾三は頤を引き、一村の言葉を待った。

「もう数日、姉の容態をみて、落ち着いたようでしたら、一度、奄美に帰らせてください。と言いますのは、この度のことはあまりの衝撃で、奄美の家の戸締りもせずに飛んで帰ってきたものですから、家に残してきた作品が心配でなりません」

「ああ、それは大変だ」

「これまで奄美で精進してきたのは、姉や叔父上に私の成功をお目にかけたいがためでございます。そしてあと二年紬工場で働けば、向こう三年間、私の全精力を傾けて画家としての最後を飾る絵が描けるでしょう。そのように準備を進めております」

「わかりました。それは喜美さんの望んでいることでしょう。その代わり、戸締りをしたら、すぐ帰ってきてください。医師は、容態が急変することがないとはいえない状況だと言っています」

それから四日経ち、姉が小康状態であることを確認し、一村は奄美大島に帰った。

有屋の貸家は、誰かに荒らされることもなく、出かけたままの状態を保っていた。自分の画業がどれほど命懸けなものか知る者はこの島に多くはない。子供たちなど、絵が好きな乞食くらいにしか思っていないから、このあばら家に忍び込み、絵を破ったり、隠したりする悪戯をしないとは限らなかった。一村は家主の泉武次に事の次第を伝え、これまで描き溜めた作品をすべて保管用の筒に入れ、預かってもらった。

ふたたび千葉に戻った一村は、その日から川村家の離れで自炊をして暮らし、毎日、姉の病室に通い始めた。彼女は昏睡のまま意識は戻らなかった。一村は姉の姿を見つめながら、これまで二人で過ごしたときのことを思い出していた。

敗戦を迎える年の七月七日、千葉市に大空襲があり、千葉寺の自宅も艦載機の機銃掃射にあった。一村は姉と逃げ、竹藪に隠れて彼女の肩を抱いていた。千葉市は焼夷弾で七割が焦土となり、千二百人の無辜なる市民が犠牲になった。

玉音放送は、川村家で一緒に聞いた。戦争が終わり、青龍社の同人になろうとして挫折した。姉はいつも傍らにいて、こらえ性のない性分から己の未来を破壊していく弟を、血の涙を流しながら見守っていたはずなのだ。軍鶏師の指導で襖絵を描こうとしていたとき、喧嘩別れをしてもどった自分に、姉は恐ろしく冷たい態度をとった。やり遂げろという激励の冷酷さだった。姉の思い出は、すべて自分のために尽くしてくれたことだけだった。一村は意識の戻らない姉の顔をみながら、涙を堪えていた。


状況は少しも変わらず、四月に入った。病室で一村が気にかけていたことは、姉の身体に生じ始めた床ずれだった。看護婦の指導を受けて、身体の向きを定期的にかえてやっても、褥瘡は増えていった。

看護を続けて一カ月も経った頃から、一村は姉の肉体が褥瘡で崩れ落ちてしまう妄想に苦しめられていた。ベッドの傍らの椅子で目を覚ますと、姉の肉体はヘドロのように流れ出していて、手で掬おうとすると、指の間から零れ落ちてしまう。ハッと気付いて、夢であったことを知り、眠ったままの姉を呆然と見つめるのだった。

さらに一月《ひとつき》が経ち、暦は五月を迎えていた。一村の精神状態は頗る悪くなっていった。自分の画家としての成功を見ずに姉がこのまま死んでしまったら、彼女の一生は、意味のないものになってしまう。

しかし、同時にこうも思うのだった。――このまま、植物状態のまま姉が永遠に生き続けたら、自分はこの病室に閉じ込められたまま、一生絵が描けなくなる。あと二年紬工場で働いて、生涯で初めて、何の掣肘《せいちゅう》も加えられずに生涯最後の絵を描くという夢も潰えてしまう。それでは自分の人生が無に帰してしまうのと同じだ。それは植物になった姉と生きながら心中することだった。

一村は頤を上げ、喜美子の顔をみた。昨日も一昨日もその前の日もおなじような顔をして、眠っている。最初の内は度々話しかけたが、反応がない者に声をかけ続ける行為はつらかった。自分の声が自分自身に戻って来て、思いの檻に閉じ込められてしまう。

瘦せ衰えて、古い木の株のように皺の入った姉の首を、一村はじっと見つめた。次の瞬間、自分の手がふらふらとベッドに伸びていった。その手は彼女の首に当てられていた。はっと気が付くと、それは妄想だったが、一村は実際に姉の首を絞めた感触を掌に感じて、途轍もない恐怖のなかに蹲《うずくま》った。

五月十三日のことである。一村はいつものように病室に来て、椅子に坐って姉を見守った。今日も植物のように動かない。一村はふと奄美で起こったことを思い出し、口許を緩めた。その出来事を、姉に語って聞かせることにした――。

「喜美さん。あれは去年の十一月頃だったかな。本茶峠という山道を散歩していた朝のことだった。いつものコースを辿って頂上まで行き、帰宅の途についたときだった。クワズイモの密生した山の斜面から、一匹の大きなハブが現れたんだ。凄く艶やかな模様を胴体にまとって、私に気付くと、とぐろを巻いて鎌首をもたげた。

私は立ち竦んで一歩も動けなかった。ここでハブに嚙まれたら、道行く人もいないし、自分はこの世に成功の証を何も残せないまま死ぬのだと考えた。でも、次の瞬間、ふと恐怖が消えて、清々しいような気分に包まれた。そのときは自分の感情が理解できなかったけれど、私は画帳を取り出して、そのハブの姿を描いたんだ。ハブはじっと私のモデルをしていてくれた。そして私が描き終わって画帳を閉じると、山道を横切り、姿を消した。

喜美さん、今ならわかるよ。あの時、私はあのハブに、あなたのことをダブらせていたんだと思う。あなたの怒りに触れて、嚙まれて死ぬなら本望だと思ったから、恐怖が消えたんだ。ハブは結局、描かせてくれた。あの夜のあなたのように――」

そこまで言い終わったとき、突然、喜美子が目を開けた。一村は椅子から飛び起き、顔を近付けた。

「喜美さん、わかりますか。私です、孝ですよ」

一村が言うと、喜美子はしばらくこちらを見つめていたが、その目には見る間に涙が溢れだした。ぽろぽろと真珠の粒のような涙が目尻を伝い、枕を濡らした。意識が戻ったのだと思い、次の言葉を探しているうちに、喜美子はまた瞼を閉じた。一村は慌てて廊下に出て、医師を呼んだ。

田中喜美子は、その三日後の五月十六日に息を引き取った。享年六十だった。

第六章　豊穣なる三カ年

昭和四十一年の暮れをもって、一村は久野紬工場を辞めた。

五年間の誓いには八カ月短いが、工場長に有数の摺り込み職人としての腕を惜しまれての退職だった。いつでも戻って来なさい、最優遇の日給で受け入れるからと工場長は言ってくれたが、一村にはこれから始まる三年の先のことなど考える余裕は微塵もなかった。齢五十九を迎えていた。

有屋の四畳半には、北側の壁に祭壇が設えられ、姉・喜美子の遺骨の入った壺が載せられていた。線香の細い煙が立ちのぼり、その傍らに、死の直後に病室で描いた姉のデスマスクが飾られている。永遠に瞼は閉じられてしまったが、きりっとした眉から高い鼻筋が通り、意志の強そうに引き結んだ唇へと流れる描線は、姉が生前に望んだことを、今なお忘れずにいるような顔つきだった。彼女の望みは、声を押し殺しても溢れ出る涙の誓いとして、一村の魂に深く刻まれた。

喜美子の死は、一村を変えた。遠く離れていても、かろうじて維持していた魂の拠り所だった姉の存在は、永遠に失われた。その上、彼女が亡くなった年の暮れに、川村幾三が逝った。岡田医師から危篤の報せを受けた一村は、親代わりであり最大の支援者であった幾三の死は避けようのないことと予感して慟哭したが、奄美を離れなかった。姉が死んだ瞬間から、彼女への誓いを成し遂げることだけが己への至上命令であり、幾三の死さえも、画室を離れる理由にはならなかった。

どんな言葉で断罪されても仕方ないとの思いで、帰郷できない謝罪として二枚の色紙と見舞金を喜美に送った。海辺の断崖に立った一本の老松を墨で描いた《弧峹《こしょう》》は、姉を失い、本当の父親のように慕った者をも失う絶対的な孤独を表現していた。色紙を包んだ畳紙《たとうがみ》に一村が記入した日付は、十二月五日。幾三が息を引き取る日を予知していた。

もう一枚は、《花と石崖蝶》と題した紙本著色画だった。蝶は、沖縄や奄美では霊的な存在であり、奄美言葉《ゆむた》では『古事記』とおなじく蝶のことを〝ハブラ〟と呼ぶ。妹が兄を霊的に守護するという神話の〝姉妹神《おなり》〟の化身は、白い鳥や蝶だった。奄美和光園の中村民郎から教えられた『おもろさうし』の琉歌を思い出し、色紙を描き終え、幾三への弔いの言葉とした。

吾《あ》がをなり御神《みかみ》の　守《まぶ》らてて（私ををなり神が守るべく）
おわちやむ（おいでになられた）
やれ、ゑけ（おお、なんと嬉しいことか）
又　妹《おと》をなり御神の（妹をなり神が）
又　綾蝶《あやはべる》　成り　よわちへ（美しい蝶にかたちを変え給いておいでになられた）
又　奇《く》せ蝶《はべる》　成り　よわちへ（美しい蝶にかたちを変え給いておいでになられた）

妹の霊が蝶と化して船路を守るという流歌を読み替え、先に逝った喜美子に、幾三の黄泉への旅路を見守ってほしいという願いを込めたのだった。

一村は、正月から本格的な制作に取りかかった。先ず、昭和四十五年までの三カ年に描き上げる絵の構想を、ざっくりと整理した。過去五年、絹絵の本画に立ち向かえなかったことは大きなブランクであり、運筆に衰えがないかを確かめる、謂わば手馴らしの期間が必要だった。自分が水墨画家であることは、今も変わっていない。一期一会の気合で揮う墨筆と絹本との出逢いが、来るべき田中一村芸術の生命線であることに変わりない。

最後に描いた絹本著色画は、奄美に戻った昭和三十七年、まだ紬工場への就職が決まる前の期間に仕上げた《初夏の海に赤翡翠》である。これは友人の写真家・高橋伊悦の希望で描いたものだった。当時、一村はこれを会心の作と感じていた。同時期に描いた《枇榔樹の森に崑崙花《コンロンカ》》や《クロトンと蚊帳吊草《カヤツリグサ》》の生硬さを脱し、きめの細かい水干絵具の地塗りを生かし、その上に順序立てて植物を重ねて描いていく方法は、うまくいったと思った。

垂らし込みの技法を駆使し、葉先が細裂して先端の垂れ下がったビロウを、失敗の許されない、一回限りの一筆で表現するのは最高にスリリングな瞬間である。明るく摺り潰した緑青でミツバハマゴウを描き、白緑でアカミズキを重ね、緩く溶いた胡粉で浜木綿《ハマユウ》を描き入れた。亜熱帯の植栽に囲まれた舞台に最後に登場するのは、主役のアカショウビンである。

しかし、あれから工場勤めの五年を経てみると、これは己が目指した墨画の近代化のほんのスタートラインの作と思えるのだった。

この間に、姉の死があった。幾三の死もあった。ひたすら紬の摺り込みに神経を酷使した忍耐の時があった。艱難辛苦を乗り越えた芸術家として、一段も二段も精神性の高みに上り、より深みのある表現を獲得できなければ、己の成長はなかったことになる。亜熱帯の花鳥画の構想にしても、画面全体から発散される色彩表現にしても、もっともっと高度な領域に達するための研究が必要だった。

そんなことを感じていた矢先のことであるが、一村は大島紬染色工を生真面目に続けてきたことが、己の画業に対してもあながち無意味なものではなかったことに気付かされた。染色工の仕事は、金を稼ぐために止む無く就いたのであったが、退職日も決まったある日、工場で職人に配布された小冊子を読み、深く感銘を受けた。

そこには、次のような文章があった――。

〈本場大島紬は、奈良平安の時代から続く古代染色技法を今日に伝える伝統工芸品高級絹織物である。天然植物染による風合いの良さと、永い伝統と風土の育んだ〝泥染め〟技法によって発展してきた優雅で品格のある色調は、湿潤な奄美の島々の自然と深くかかわってきた。あたかも水墨画のような色合い、また、色と色とのかかわりにおいても、色をしっとりとおさえながら、かつ目立たせる、そういった感性や配慮が随所にはたらいている。大島紬のもつ色彩感覚は、色をころして生かす、赤とか黄とか一見派手な色を用いても、内には渋みを秘めて、沈めて、その渋さが派手な華麗な色を不思議に落ち着かせ、上品な色に表現されている。おそらく上古の時代から連綿と引き継がれてきた奄美の人々の知性と、繊細な感性から生まれたものである――〉

これは、合成染料による染色が増えた折から、洗浄と色止め処理の技術改善を指導する、鹿児島県大島紬技術指導協会がまとめたもので、その巻頭の挨拶文だった。

「色をころして生かすか……」思わず口にしていた。

うまいことを言うものだと、一村は感心した。自分が目指している画風にも、そのまま当てはまる。湿潤な奄美の気候風土のなかで、鮮やかな色の顔料をつかうときには、光線の強さが逆に彩度を奪うような色相《バルール》の配慮が必要になることを経験的に学んでいた。亜熱帯の風景画として人が思い描くものと相違があるかもしれないが、それこそがこの島の自然のリアリティなのである。

自分が思いえがく傑作は、内には渋みを秘め、その渋さが華麗な色を不思議に落ち着かせた、どこか静謐で、品格のある表現になるべきだった。染色工としての労働も、あながち金を稼ぐためだけではなかったのかと、一村は納得した。

さらに、絹糸に対する感受性が、驚くほど鋭くなっていた。四年間、撚糸された絹糸にひたすら色を注してきたことにより、日本画の絵絹に対しても何を選択すれば、己の表現をもっとも効果的に実現できるのかが、明確にわかるようになった。

古来から絵絹には、一丁樋《いっちょうひ》、二丁樋、三丁樋などの種類があり、その分類は元来、経糸（緯糸の通り道である樋）の本数から名付けられているが、春霞の如き透け感のある一丁樋は宋代の古画などにある手織りの特殊な絵絹であって、経糸二本の〝二丁樋〟に緯糸二本のものが〝軽め〟、緯糸四本の〝特上〟、緯糸五本の〝重め〟とされ、このあたりがもっとも使いやすい絵絹である。三丁樋ともなると、三本の樋に緯糸九本の織であるから絹独特の透け感はなく、余程の厚塗りを意図するなど特殊なときにしか使わない。

これまでは絵絹の織の知識はなく、経験的に風合いだけで選択していたが、大島紬を実際に織ってみて、経糸に杼を通して紬が生まれていく全行程を体験した現在、日本広しと言えども絵絹の性質をこれほど熟知した日本画家は、一村をおいて他にいないだろう。田中一村の人生に於いて、最初にして最後の機会ともいい得る三年間のために、我知らず準備は整っていたともいえる。

しかるに制作資金は、六十万円きっかりしかない。一銭たりとも画材を無駄にはできない。絵絹は、谷中の得應軒から一疋《いちひき》（二三メートル）のロールが届いている。曲尺《かねじゃく》にして七十五尺、ここから何作分の基底材を取れるか。奄美の貧乏画家は、構想している絵が要求してくる必然的サイズと、無駄の出ない経済性とを綿密に考え合わせなければならなかった。

巾三尺の絵絹一疋を裁断して使う以上、作品の企画寸法をある程度統一せねばならない。絹丈五尺半（約一六五センチ）程度の長物の連作とした場合、木枠の糊代二寸として、一疋のロールから十三作品分を賄えるか否か、ぎりぎりのところである。絵絹は二丁樋特上で、メッシュ（糸密度）の高い最高級品を特注したから、一疋で五万円の出費となった。

上質な膠や胡粉、岩絵具などは、構想段階で色数を決め、必要な分量を〇・五グラム単位で発注する。印象派の画家たちは、絵の具を混合しないことを発明したようにいうが、この国の絵師にとっては当たり前のことである。こんな離島に住んでいようと、高価な顔料を必要な分量だけ注文するための見本色は、三百七十五袋に分別して保存してあり、中でも日本画の神髄である緑は、百色近い顔料を使い分けている。

純金泥は、最近また値上りして、〇・四グラム一包で、単価千四百五十円。現在構想中の作品で材料費を見積もってみると、〈新岩松葉緑青ナンバー9〉四五グラム、〈青金泥〉一包、〈純金泥〉三包だけで、総額六千八百四十円となった。

ソテツの原始林の彼方に夕日を沈ませる亜熱帯の水墨画構想には、惜しみなく純金泥を使い、墨と金による厳粛な風景画に仕上げるつもりだが、金泥には五千円、その他の材料に二千円かかる。絵絹一疋と合わせて、これだけで既に六万三千百四十円の出費である。奄美和光園で人気を呼んだ肖像画のアルバイトも復活して漸く貯めた六十万円など、あっという間に消えてなくなりそうだ。

画材屋の主人が涙ぐんでくれそうな計算をしながら、大芸術の研究に向かおうという己を顧みると、ふと滑稽な思いが込み上げてくるのを否めない。使いたい放題ふんだんに画材の揃った立派なアトリエで、優雅に絵を描いている本土の学友たちの姿が目に浮かぶようだ。しかし、どちらに芸術の女神の軍配が上がるか、結果を御覧《ごろう》じろというものだ。

奄美の無名画家の胸のうちには、本土で個展を開き、己の存在を世に認めさせようという闘志が、早くも湧き立っていた。

*

六月になって、連日雨が降り続いている。

泉家の親子ラジオによると、本島で三千戸近い浸水被害が発生し、夥しい数の河川や道路が損壊したという。名瀬市の西部では、崖崩れによる死傷者も出たらしい。

一村は降り始めの頃に、屋根に上って雨漏りの修理をし、何とか六畳間の画室の環境を保つのに必死だった。この島に来て、台風や大雨による災害には余ほどのことがない限り驚かなくなっていた。災害に遭っても、毎度のことという顔をして、すぐに復興してしまう島人たちのバイタリティにも、敬意を払わざるを得なかった。

木枠に丁寧に糊張りされた絵絹を前にして、一村は和光園のキダチチョウセンアサガオを脳裏に描き出していた。三〇センチもある白い花房は今日の大粒の雨に打たれ、和光園教会の鐘のごとく左右に揺れていることだろう。

園内の小川は増水し、恐らく滝のように流れているだろうが、土手にしっかり根を張ったこの艶やかな植物の群生は、踏ん張り続けているはずだ。ハブをも恐れずに何度も写生をし、色や造形は完全に頭に入っている。できることならもう一度目にしてから描き始めたかったが、この土砂降りでは仕方ない。

《初夏の海に赤翡翠》で使った三尺巾の絵絹が残っていたからそれを使い、絹丈は一寸ほど長い四尺一寸で木枠に糊付けした。高湿度を見越して試行錯誤してきた技術は、滲み止めの礬水《どうさ》の調合である。明礬《みょうばん》を千葉時代の一・五倍にして、膠もやや硬めに溶き、けっして泡立たないように刷毛をゆっくり走らせる。

完璧に礬水が引かれ、水干絵具による下塗りも終わっていた。キダチチョウセンアサガオの花房と茎、葉が描かれる画面の下部は暗く、アカショウビンが止まる枝の背景は明るく濃淡をつけてあった。その白い花が何層かに重なり合う様を描くことで奥行が出るが、その最奥の闇に、女の長い黒髪を無数に垂らしたい。無論、それは女性のものではなく、観者が目を凝らせば、あの〝絞め殺しの樹〟ガジュマルの気根であることを知るだろう。

花の開花は今とおなじ梅雨の季節、気温は三十度を超える。ところが画面に漂うのは鳥肌が立つような冷気であり、毒性のある純白の花を胡粉の白で、葉や茎を数種の新岩松葉緑青で描きだす。両者の対比がヒヤッとするほど冷たく、思わず暖を求めたくなる気持ちを大きな朱の嘴を突き出したアカショウビンが受け止め、唯一の温もりにホッとさせられる――。

そんな仕上がりの図を脳裏に浮かべたまま、一村はこめかみと利き腕の血管を浮き立たせ、かれこれ三時間も片目で白い絵絹を見つめたままだった。それから開けていた瞼を閉じ、今度は反対側の目で絵絹を見つめ始めた。そうして脳裏にあるものがそこに完璧に焼き付けられたと確信できたところで、漸く制作に取りかかった。

この年の十月、一村は千葉の支援者、岡田藤助に手紙を書いた。喜美子も幾三も亡くなった今、心を許せる最後の支援者の一人が国立結核療養所所長の岡田医師だった。

〈――私正月より一日も休まず絵をかいて居りますが、七月になってやっと五カ年の空白を埋めて軌道に乗りました。この生活は昭和四十四年末まで続ける計画ですが、三カ年もの間オカネの心配もなく何にも掣肘されず絵の研究ができるなんて、私の生涯に未だ嘗つて無かったことです。運命の神のこの大きな恵に感謝して居ます。これが私の絵の最終かと思はれますが悔いはありません。旅行して視察写生して画室に帰って描くのに比すれば、材題の中で生活して居ることは実に幸福です。昭和四十五年にはまた紬工場で働いて費用を造って、四十六年には千葉で個展をやりたいと考えて居ります。当奄美は朝晩が少し涼しくなっただけでまだ夏ですが南からの珍しい渡り鳥は皆帰ってしまい、声もきかれず寂しく、北からの鳥せきれいがもうみえはじめました〉

五年のブランクをカバーして、田中一村の真のオリジナル作品が誕生し始めたことに自信を得た言葉だった。至福の三カ年のスタートを切った《白花と赤翡翠》は、見事な傑作に仕上がっていた。奄美和光園で初めて出会ったときから描きためてきたスケッチを本画にする歓びが、瑞々しく横溢していた。

一村はスケッチブックに、次の様に書き留めていた——。

〈白花と赤翡翠　縦軸　白花、これは古き時代に大彎、沖縄を経て渡来したもので、現在奄美では野生となって居るが原産地は南米らしく茄子科の植物。赤翡翠はマレー、ヒリピン、大彎、日本の南部と住来する渡り鳥で、カワセミの一種〉

年を跨いで、昭和四十三年正月。当初は現在仕上げにかかっているこの《蘇鉄残照図》から出発しようと考えていた。五年間も大作を描けなかったことによる運筆の衰えを懸念し、ソテツの水墨画の試作を重ねながら、筆の冴えを磨いていった。

その結果、制作に四十五日もかかったが、南国の海に沈む黄金色の夕陽を逆光にして、墨の濃淡だけでソテツを描く構想は成功した。この三カ年には盆も暮れもなく、食すことも億劫なほど、ひたすら制作に明け暮れる覚悟だが、陋屋の壁に立てかけられたソテツの水墨画は、奄美大島の賀正には似合っていた。

シルエットになったソテツの葉を繊細に一筆ずつ写実的に描き分け、尺七巾絹丈五尺（五一・三センチ×一四九・五センチ）の縦長の構図のなかで、暮れなずむ空は金泥を惜しみなく使って表現された。水平線に沈む直前の太陽は薄雲のなかで屈折し、ひしゃげた形を示している。機械織の絵絹は樋を強く張って紡がれるから、絵の仕上げとともにやや縮む。正円の太陽を描けば、計算した通りに歪んでくれるのだ。

こうして描き出された情景は、南画を描いていた時代の墨画とは遥かに異なる写実の趣を備えながらも、それを突き抜けた幻想に達していた。この意味においても敬愛する速水御舟の作には似ず、一村独自の芸術を誕生させていた。

*

充実した個展を開くためには、十数点の作品が要る。昨年の三点は、大作を描き始めた最初の年だから仕方がないとして、今年はいちばんの充実期にしなければならない。二カ月に一点として六作品、来年も体力が維持できて、ペースが落ちなければ、三年間で合計十二作品は十分可能なはずである。

個展のタイトルは、やはり来島時の初心に立ち返り、〈奄美十二カ月〉にしようと思う。奄美の自然のなかで題材になる樹々や花々や野鳥や蝶たちは、やはり五月、六月に集中しがちであるが、十二枚の亜熱帯の花鳥画のなかで、奄美大島の緩やかな季節の移ろいを感得してもらうことはできるはずなのだ。

四十三年のスタートを飾る作品は、昨年の暮れから何枚も描いてきた構想画のなかから、奄美の杜の楽園図にしようと決めた。そこにはソテツの雄花、白と黄の花の混じったスイカズラ、ゲットウ、キキョウラン、ノボタンの花々が咲き乱れる。

目指すべきは、父、稲邨の愛した南宗瓶華の投げ入れのごとく、纏まり過ぎず、奄美の草花が野性味を損なわずに大らかに広がっている様子である。だから可憐な花々が散りばめられた画面の中央に繁茂するのは、道端のどこにでもあってこの島の人々は見向きもしない、カヤツリグサにしようと思う。

絵の印象を決める草色を下半分に地塗りして、その上に線香花火のような花序を広げるカヤツリグサを一筆描きの細線で表現すれば野趣もあり、花々たちの邪魔にはならないはずだ。大島寺の住職、福田恵照を歓ばす生け花のつもりで描けば、いい塩梅かもしれない。

この草花の楽園の隠れた主役は、幾三を弔う色紙にも描いて贈ったイシガケチョウと、黒縁の翅のなかに橙と黒い星を散らした褄黒豹紋《ツマグロヒョウモン》という蝶、神樹蚕《シンジュサン》という厳かな漢名の蛾と、翅に巴紋と眼状紋のついた蛾たちである。彼らが自由に飛び回り、吸蜜し、時には翅を休める姿が絵に動きをもたらすはずである。

＊

奄美の山々では、サクラツツジの早咲きのものは、十二月下旬ころから清楚な花びらを目にすることができる。花は細い枝先に二、三個ほど束生し、奄美や琉球のものは花冠が白色で、シロバナサクラツツジといわれると仄聞する。その内側に紅色のそばかすがあるので、全体としてはピンク色に見え、遠目では桜に見えるからその名がついている。ツツジ科の常緑低木だが、奄美ではそこそこ立派な大樹を見かけることもあり、長雲峠で出逢ったのは、その凸凹した樹幹は味わい深く、磨き上げたら床柱になりそうなものだった。

今年の開花は例年より早く、正月に本茶峠を歩いて、見事な群生に出逢ったことをモチベーションとして《桜躑躅に赤髭》を描き上げた。

一疋の絵絹のロールから新作の寸法通りに裁断するたびに、身が引き締まる思いがする。絹丈は五尺強に対し、絵巾を二尺四寸と少し広めにとったのは、中央で放射状に緑葉を広げる着生植物のオオタニワタリと垂れ下がるアマモシシラン、上方には咲き誇るサクラツツジ、下には葉を広げるムサシアブミ、これらの一群が画面の左半分を占め、右半分には新芽を広げようとしているヒカゲヘゴが描かれ、画面を中央で二分しているからである。この構図で絵巾が狭いと、縦長に切り取られた世界の視界が窮屈に感じる。

隠れた主役は、最上部でサクラツツジの枝に止まるアカヒゲで、以前に岡田先生の官舎で描いたのと同じものをここにも招き入れた。個人的にはもう一人主役がいて、左下隅でくるっと苞の巻かれたムサシアブミである。この苞の内側に肉穂花序《ニクスイカジョ》がびっしり詰まっているのであるが、不動明王の火炎光に形が似ていることから〝仏炎苞《ブツエンホウ》〟と呼ばれているのが面白い。

*

春を過ぎると萌黄色だった奄美の杜は、一雨ごとに緑の深みを増してゆく。カエルの鳴き声がシダの根元から聞こえ、高木の枝では夏鳥たちの啼き声が呼応する。

奄美の梅雨入りとともに、本茶峠のイジュの花がほころび始めた。大島以南に分布するこのツバキ科の常緑高木には清らかな白い花が咲き、周囲に甘い香りを放っている。大きなものは優に二〇メートルを超す高さである。野鳥たちの声も遥か頭上で聞こえている。お馴染みの大声はルリカケスで、杜の奥から「タタタタタ」とドラミングを響かせているのはオオアカゲラである。

構想は決まっている。白いイジュの花から視点を誘導し、長い雄蕊《オシベ》が綿毛のように花弁を包む姿が愛しいフトモモと、その下にハッと気付くようにイシガケチョウをさりげなく配す。更に下の長い茎は右上方へ視線を誘導し、クマタケランの花へと導く。内側に黄のぼかしのある赤い斑が覗くこの可憐な花から、左回りに視点を循環させる。

梅雨の恵とともに緑の深みを増す杜は、絵絹の上方へと緑のグラデーションで平塗りし、余計なものを配してイジュの季節の爽やかな印象をすっきりと表す。そして姿は見せずとも耳で捉えた野鳥たち、ルリカケスとオオアカゲラを最上部に描き入れる。杜の中に響いていた両者の遠近を、鳥たちの大小で表現できるだろうか。

思わず梅雨の恵という言葉が脳裏を過ったのは、今年の梅雨が昨年ほどの豪雨にならず、本茶峠のイジュは美しく濡れて輝いているからだった。昨年、この時期に《白花と赤翡翠》を完成させて軌道にのった画業も早一年。今年はペースを上げ、少なくともあと四、五作を仕上げるつもりである。

＊

梅雨の晴れ間を縫って、久しぶりに松原若安の自宅を訪った。

「一村さん、大変ご無沙汰しております。前よりまたお痩せになったようですが、お身体や大丈夫ですか?」

若安が心配そうな表情を浮かべて言った。

「若安さん、心配は無用です。それどころか私は、今、最高の精神状態で自分の信じる絵を描きまくっておりますよ。今が盛りでございます。後、十点ほど満足のいく絵が描ければ、そこで死んでも本望でございます」

「何《ぬ》ばおっしゃいますか。まだまだ長生きして、どんどん傑作ば残してください」

「和光園の方は、その後いかがでしょうか?」

「昨年、小笠原先生や退職されて、私やタミローさんや寂しく思っておりますよぅ。先生らお便りやありますか?」

「一昨年、愛知県のご実家にお戻りになってから、一度お手紙をいただきました。お寺のご住職としてお勤めなさっているようでございます」

「覚《うぶ》えてらっしゃいますか。いつか大島寺ぬ住職も一緒んとき、小笠原先生ぬ貴重な話ば、みなでお聞きしましたね」

一村は黙ってうなずいた。あの時、心に残った小笠原の言葉があった。――やがて私の時代が来る。先生はそう言った。ハンセン病の隔離政策に抗して生きた自分の未来に対する信念の言葉だった。

「時代は、小笠原先生の予見した方に変わってきていますか?」

「確実に変わっちょりますよ。昭和三十一年ぬローマ国際会議、三十三年ぬ東京国際らい学会、三十五年ぬWHOによる〈らい予防法〉撤廃とぅ外来治療ぬ提唱ちゅうように、日本ぬ隔離政策ぬ壁や世界ら鉄槌ば打たれ続けてきたのです。日本ぬ法律ぬ撤廃される日ば近いと、吾《わ》んは信じておりますよ」

一村は大きくうなずき、居間の壁にかかった絵に視線を留めた。それに気付いた若安も微笑みを浮かべ、その絵を見つめた。かつて松原家の引っ越し祝に一村が描いて贈呈した《パパイヤとゴムの木》が飾られている。

「吾きゃん《(私たちの)》家《やー》ぬ家宝でございますよ」

一村はじっと自作を見つめ、感慨に耽っていた。上質な絵絹に下塗りした水干絵具の上に、墨を染み込ませていく気持ちよさが甦った。ここに奄美に於ける画業の原点があった。

「そういえば今日は、千秋君はご不在ですか?」

「最近、ほとんど家《やー》なんや居《う》らん。青年団ぬ会合んきゃ悪友とぅぬ付き合いし、毎日《ひーびん》夜遅くまであまくま、出《いじ》あっち《(歩いて)》りょうり。今度会ったら、一村さんからも一言忠告し呉《く》んしょらんかい。一村さんのことや尊敬しちゅんあんから」

「千秋君は、何歳になりましたか?」

「今年ぬ七月二十日し、十六歳になります」

「ほう、もうそんな年頃ですか。私がこの絵を描いていたときに、じゃれついてきたのがすぐこの前のような気がいたしますが。あの時、五、六歳でしたかな」

「時の経つぬは本当に早いです。一村さんもあれんから大変なことぬございましたね。ご苦労を御察しいたしております」

一村は神妙な表情を浮かべ、頭を下げた。


松原家を後にして有屋に帰った一村は、画室の床に正座をして木枠に張った絵絹を見つめた。そこに描くものはほぼ決まっていた。この絵の構想は、長い葉先を細裂させて扇状に広げる亜熱帯特有の植物、ビロウ樹を大胆に用いることで、オリジナルな画風を生み出す実験であった。

ヤシ科のビロウ樹は島のどこでも掌のように葉を広げているが、台風で傷んだ葉先は千切れ、刃毀れのごとくボロボロになり、折れて垂れ下がり、自然の猛威をもっともその姿形に止める植物である。一村が最初にビロウに夢中になったのは、奄美に来る前にスケッチ旅行で訪れた宮崎県の青島であったが、そのときの強烈な記憶が奄美に於いて醸成されたのだった。

ここ暫くの間、ビロウ樹の葉が無秩序に、まるで錯乱したように繁茂した様子を何枚も構想画に描いてきた。そこから本画に起こす手始めの作品が、《奄美の郷に褄紅蝶《ツマベニチョウ》》と名付けたものである。

全体的な色調は、梅雨が終わって本格的な夏に向かう季節、陽光が燦々と降り注ぐ明るいものにしたかった。ビロウの葉の背後には引き立て役としてコモチクジャクヤシをシルエットで配し、画面の中心には真っ赤なヒシバデイゴとそこに止まる二匹のツマベニチョウを配す。

その他の配役は、紫色のブーゲンビレア、クロトンの葉、棘のある大きな葉を突き上げるアオノリュウゼツラン。墨の垂らし込みを駆使しながら、ビロウの葉は表と裏面をリアルに描き分け、花々の鮮やかな色彩を墨画と融合させた新たな試みになる。

一村はしばらく脳裏に浮かぶ構想を何も描かれていない絵絹に焼き付けるように睨んでいたが、ハッとして小さな呻き声を上げた。この絵の背景に描く材題を新たに思いついたのだった。

――この絵の背景は、松原家に贈ったあの絵でいこう。ビロウの葉蔭から見える遠景の風景には茅葺屋根の民家を配し、大熊の崖から見える入江と、パパイヤの樹を描き込む。パパイヤの樹上では黄色い花が咲いて受粉し、その下で小さな青い実がたわわにつき、下に行くほど果実は成熟して色付き、やがて朽ちる寸前にまで至る。千秋の成長から感じた光陰矢の如しの想いを込め、一本のパパイヤの樹に実りある人生譚を象徴させるのだ。

あの時の千秋のセリフが脳裏に蘇る。

――小父さん、言いたいことはわかったよ。前のお家の庭の向こうに海はなかったけど、小父さんはあったらいいなって思ったんでしょ。そしたら裸足ですぐ泳ぎにいけるもんね。

そうだよ、千秋君。そういう思いを塗り込めて、絵を描いてもいいんだよな。

誰にも理解されなくてよい。自分だけは千秋と松原家への思いを塗り込めようと考え、一村はすっきりした気持ちで絵絹に向かっていった。

*

いつしかビロウ樹は、一村の画業においてもっとも重要な材題になっていった。昔から〝墨に五彩あり〟というように豊かな濃淡で墨を使い分ける技術と、そこに奄美の自然の色彩をうまく融合させた画面を作り上げることは、《奄美の郷に褄紅蝶》の成功を皮切りにして、一村芸術の根幹を為すことになったのだった。

色をいかしてころす、深い渋みと、抑えられた原色が、一村特有の色彩表現として完成していった。その中でももっとも大胆なビロウの作品が完成した。

八月末から気温は下降し始め、一年中でももっとも雨量の少ない初秋を迎えていた。昨日はそれでも発達した積乱雲が激しい俄雨を降らした。これを島の言葉で、虹雨《ノーキアム》というらしい。盛夏の名残りが海上に高く雲を発達させた空を背景に、絹丈五尺の画面いっぱいにビロウの巨木を大胆に描き出していた。陽はまだ高いが、ビロウの葉の背景に少しだけ覗く入江の水面は、赤みを帯び始めた時刻である。

墨一色によるその筆遣いは名人の域に達し、重なり合うビロウの葉を墨の濃淡だけで描き出し、薄絹の上に豊かな立体感を生み出していた。この植物のもつあらゆる様相を写実的に描き切ると同時に、嵐になぶられているかのごとき動きを表現し、葉先が触れ合い、互いに傷つけあう音さえ聞こえてくるようだった。その大胆な構図の一番下に、繊細な筆致で、白いハマユウを咲かせた。

そしてまた、この絵をリズミカルでアールデコ風の洒落た味付けにしているのが、小さな黒い丸で表現されたビロウの実であった。春から初夏にかけて淡黄色の花を咲かせるビロウは、秋になるとこのように葉腋《ヨウエキ》の周囲に青磁色の実をつける。この島の季節感を見事に表現し得た会心作の名は、《枇榔と浜木綿》である。


続いて制作されたビロウの連作は、さらなる洗練を極めていく。ビロウの葉の繁茂する姿は極めて写実的でありながら、奔放で立体的に重なり合った杜を構成し、黄色い星型の小花を純白の萼片が引き立てるコンロンカ、そこに止まるアサギマダラ、その下方には、一村お気に入りのムサシアブミ、アオノクマタケランを描き込んでいた。すこし色が足りないと思ったのか、画面左隅に最後に加えたのは、朱紅色の花をつけたアカネ科の植物サンダンカである。《枇榔樹の森に浅葱斑蝶》と題したこの作は、まさに色をころしていかす、田中一村独自の色彩表現の極みであった。

いつの間にか昭和四十三年も押し詰まっていた。夢中で制作し続けた夢のような期間に描き残した作品は、八点になった。一村は溜息をついて、雨漏りで染みの浮き出た陋屋の天井を、吊られた蚊帳越しに仰ぎ見た。奄美の気候風土のなかで日本画の制作を続ける困難は、持ち前の努力と知恵で克服してきたが、微小な虫の死骸や糞から命より大切な作品を守るために、どんなに蒸し暑くとも蚊帳から出ることはできなかった。

漸く気温の下がってきた十二月から、一村はおそらくビロウの連作の最後になるだろうという覚悟で、《枇榔樹の森》の制作に取り掛かった。

絹丈五尺の画面は、完全にビロウ樹だけで覆われることになった。これまで以上に研ぎ澄まされた筆致で濃墨のビロウの葉が大胆に垂れ下がり、最前景からも中墨色の葉が大きく迫り出し、画面を塞ぐ。ビロウの葉の重なりは整理され、中景にも一叢の葉が重なり、その奥に更にもう一葉を広げ、かつ垂れている。

縦横斜めに重なり合う細裂した葉の重なりに導かれ、その葉を腕でかき分けながら杜の奥深く踏み混んでいくかのごとき気持ちに誘われるが、画家の手順はその真逆である。ビロウの森の最深部はなにやらぼうっと明るく、桃源郷なのか、天界から光を受けた滝なのか、そこを逆光の光源として、下塗りされたその最奥部から順序だて、ビロウの葉を丁寧に描き重ねていくことによって、誘い込まれるような奥深い杜の空間が生まれていく。重なり合ったビロウの葉の僅かな隙間に覗く小さな葉の繁みはミツバハマゴウである。

下辺に咲いた花はお馴染みのコンロンカとアオノクマタケラン。左上方に描き入れた白いレース飾りのようなアカミズキに止まる蝶は、アサギマダラ。触れれば切れそうな、清香にして精緻なビロウ樹の傑作が完成した。亜熱帯の水墨画、まさにここに極まれり。

＊

昭和四十四年の初夏を迎えていた。

紬染色工を辞めて絵を描くだけの生活を始めて、二年半が過ぎた。先日の五月十六日には、有屋の自宅で自分ひとりだけで姉の三回忌を行った。儀式めいたことは何もないが、自分の絵に登場する花々をみな採取して来て祭壇を花々で飾り、姉のデスマスクの素描に線香を手向け、これまでの画業の報告をしたのである。六畳の画室には、九点の作品が壁に掛けられていた。

――喜美さん、あなたに誓ったとおり、紬染色工を辞めてから、私は制作三昧の暮らしを続け、あなたに見せられる完成度まで達した作品を、何点か描くことができました。精魂を込めてやれたことをあなたに誓うことができますが、仕上がった作品の数はまだ九点のみです。本土で個展を開くには、まだまだ作品数が足りません。後、半年の猶予がありますから、この期間に一点でも多く、己の満足のいく絵を描くつもりです。

あなたや、川村の叔父上に見せられないことが、何より無念で、寂しい思いですが、きっとあなた方は天国で見守っていてくれるのでしょうね。ほら、見えますか。ここに並べた九点なら、目利きのあなたにも満足していただけると思うのですが、如何でしょうか。

私たちは千葉寺の画室で意見をたたかわせ、深く議論をし合って、長年の間に芸術に対しておなじ鑑識眼を磨いてきましたね。ですから、いつも私が会心作と思えたものには、あなたも私と同じだけ歓びを発散してくれました。あの《白い花》が出来上がったときもそうでした。あなたの三回忌の今夜は、ずっとここであなた一人のための個展を開いておきます。心行くまでご堪能ください――。

一村は心の内を姉の遺骨に語りかけ、その翌日からまた鬼のようになって、絵絹に向かっていった。得應軒で購入した絵絹のロール一疋から四十四尺（凡そ一三・三メートル）ほど使ったから、後三十一尺残っている。絹丈五尺、糊代三寸として、同じ企画寸法ならまだ五作品は描ける計算である。

喜美子の三回忌の翌日から描き始めた作品は、以前、友人の写真家、高橋伊悦に贈呈した《初夏の海に赤翡翠》の進化版で、昨年来のビロウの連作のように精密な描写になるが、茎の股になった葉腋部分から小さな黄色い花をたくさんつけた円錐花序がひろがり出している様を、アクセントにしようと思っていた。

《枇榔と浜木綿》では熟した果実を描いたが、この作では花を描くことで、花と実で二作品を対にして生命循環の意味を持たせたかった。ビロウの花が初夏を表し、ミツバハマゴウ、ハマユウ、アカミズキはいつもの配役である。

いつもより水平線を高めにとったのは、初夏の海の青さが欲しいからで、この絵には暮色は似合わない。そして浜辺の岩上で啼く主役の鳥は、磯鶫《イソヒヨドリ》である。ヒタキ科の鳥で、雄より雌は地味だが、全身が暗褐色の雌を描き入れるべきだろう。

この作品の制作には凡そ一カ月かかり、七月初めに完成した。タイトルは《初夏の海に磯鴨》とし、その名のとおり季節感に溢れた佳作に仕上がっていた。

この年は台風七号まで発生したが、みな奄美地方から進路が逸れ、東シナ海上空には晴れ晴れするような夏空が広がっている。

七月二十日の日曜日、一村は早朝に家を出て、山羊島方面に散歩のコースを選んだ。工場勤めをしていたときからの習慣で、日曜には本茶峠に行くのが通常であるが、この日は海沿いの道でアダンの群生を眺めたかった。アダンは奄美に於ける一村の主要テーマの一つであり、何度もスケッチし、写真撮影をし、研究し尽くしてきたのだが、ここ一年以上もの間、アダンを構図の中心に据えて海辺を描く構想に着手できずにいたからである。

自宅を出て有屋のトネヤの前の道を進むと、すぐに有屋川に出る。そこから川沿いを北上し、浦上川が合流して小さな中州をつくる手前で港橋を渡り、海沿いを左へ行けば山羊島がある。かつては手前の陸地と島の間は四、五メートル程の深い海で隔てられており、橋もなかった。

ところが昨年、佐賀県出身の実業家が鉄筋コンクリート造りの〈山羊島ホテル〉をオープンさせたことにより、人の出入りが激しくなってきた。名瀬港や大熊漁港に近いにも拘らず、周辺には余り人気のない浜が広がり、勢いよく群生するアダンを愛おしんできた一村としては、当然眉を顰めざるをえない。

とりあえず一村は人出の多そうな山羊島を避け、港橋まで行かずに浦上川を渡ってチボリの湧水まで歩き、冷たい水で手と顔を洗った。そこから海沿いの山道を登り、いつもソテツやアダンを定点観測する場所まで行った。

海は砂子のごとき輝きである。断崖ぎりぎりに踏み込んで真下を見ればソテツの群生があり、放射状の葉の中央にそそり立つ雄花、熟んで弾けそうなくらい膨らんだ丸い雌花が並んでいた。いつかこの爛熟した光景を絵に生かしたい。

ここから山道を二時間ほど北上すれば、有良《あった》や芦花部《あしきぶ》の集落に行ける。歩いてもよいが、早く自宅に帰って絵絹に向かうことにした。同じ道を戻ってきたとき、一村は立ち止まって山羊島の方を見遣った。しばらくは〝シマンチュ最初のレジャーランド〟に近づくのは止めるつもりだったが、鳩浜が荒らされていないか確かめたくなった。この浜のアダンも見事である。

有屋川を渡って右折し、山羊島方面へと向かい、港橋を渡った。橋を渡り切って、ふと振り向いた。音がしたわけではない。珍しい蝶が背後に飛んでいったわけでもない。随分後になっても、このとき自分が振り向いた訳はわからなかった。呼ばれたとしか、思えなかった。いずれにせよ一村は、港橋を渡り切ったところで、振り向いた。

橋の下に、オートバイが廃棄されているのが見えた。錆びついてはいるが、まだ充分に乗れそうなヤマハの五〇CCである。きっと天文館通りにあるバイク屋で売られたものだろう。あそこの経営者は島人に大人青年《ふっちゅねせ》と揶揄される芸能好きな人らしく、セントラル楽器店というものを併設している。名瀬署の副署長の話ではないが、日増しにバイクや車が増え、一村ものろのろ歩いていると路上でクラクションを鳴らされることが増えた。そんなことを思い返し、はじめてハッとした——

これは交通事故なのだろうか？

少し戻って有屋川の土手に近づくと、バイクの数メートル後方で倒れている人影が目に入った。一目散に駆け出し、川原に倒れている人の元へ行き、安否を確かめる。ヘルメットもつけず、Tシャツに短パン姿でうつ伏せに横たわっているのは若者だった。

状況を認識し、一村は目を背けざるを得なかった。橋の下で影になった水辺に、かつての橋梁工事の名残りなのか、黒く塗られた丸太が等間隔に突き出していた。若者はバイクから投げ出され、落下したのが丸太の上だった。後頭部がそこに当たり、頭蓋が割れていた。急いで浦上駐在所に報せなければならない。自分が第一発見者ということである。

一村は素早く仏に手を合わせると、彼の身体を起こして顔を見た。

この島では、葬儀のことをトムレという。葬式を、ソウシキともクヤミともいう。息を引き取ると枕頭で看守る誰かが「ンナードー」という。「もうです」という意味らしい。千秋は誰にも看取られることのないまま、橋の下で死んでいたから、松原若安は「ンナードー」と呼ぶこともできなかった。一村が偶然にも遭遇してしまった交通事故の被害者は、若安の末の息子、千秋だった。

浦上の巡査の話では、千秋はバイクの免許を取るために、早朝に親戚のバイクを無断で持ち出し、バイクの練習中に運転を誤って港橋から落ちたのだった。

松原家はカトリックの家柄であり、葬儀ミサは大熊小教区の主任司祭、柳本繁春神父により、浦上教会で厳粛に執り行われたが、島の土着的な風習がところどころ混じっているように一村は感じた。

一村は、松原千秋の葬儀に参列してから、酒の振舞われる輪内の人々の弔いの会には参加せず、有屋に戻ってきた。千秋が亡くなった七月二十日は、彼の十六歳の誕生日だった。明日、自分は六十一歳になる。

松原家がまだ和光園の官舎暮らしだった頃、千秋との思い出がたくさん記憶に残っている。彼は六人兄妹の一番下だから甘えっ子で、一村の膝の上によく乗ってきた。絵を描いているのもお構いなしで、後ろから背中に抱き付かれたこともあった。叱ったこともあったが、大概は怒る気も起らず、そのままにしておくことが多かった。

自分に家庭があって息子がいるとしたら、こんな感じなのかと、不器用に思うこともあった。それだけに千秋の死は悲しく、この若さで逝ってしまったことがやるせなかった。よりによって自分が山羊島方面へ散歩に出かけた日の朝に、千秋の事故に遭遇するというのは、どんな運命の采配なのかと、一村はこの島の神々を疑った。

＊

一村は有屋の家を出て、五年間通いなれた紬工場に向かった。近道をして有屋の田袋の畔を通り、浦上川を越えると、工場へは向かわず、いつもアダンの写真を撮った断崖を回り込み、浜辺に下りて行く。そこからまた海沿いを歩き、水平線の見え方を確認しながら落ち着ける場所を決めた。

小さな白浜から迫り上がった土手には、アダンが群生している。一村はその茂みの中に入り、地面と水平に伸びた根塊の一つに腰かけた。

穏やかに島の夕暮れが忍び寄っていた。左前方に名瀬港、右手には大熊漁港があり、島の人々の生活の大動脈を為しているが、この浜には人っ子一人おらず、静けさに満ちている。まるで舞台のようだと、一村は思った。ここに似合うとしたら観世能か、はたまたギリシャ悲劇か。観客のいない空舞台。演者もいない。演目さえない空虚なる舞台は、この世の無常感で満たされていた。

寄せては引いてゆく永遠の波の反復には音もない。いま目の前に現出しているこの光景を、瞬き一つの時のなかに凝縮させねばならない。

しずかに、おだやかに海浜の砂を濡らす、引き潮の波がしらの光と影が嫋《たお》やかにひろがり、水平線は黄昏の空へと溶け込んでゆく。空には夕雲が昏く立ちのぼり、不穏な自然のふるまいを映し出す。視界には、大きく枝をくねらせて、見事な大きさに育ったアダンの果実が垂れ下り、存在を主張している。

しかし、この構想の主役はアダンではなかった。夕景の逆光のなかで頭をもたげる異界の果実は、何度もスケッチした。その首周りに無秩序にひろがる棘のある緑葉は、筆の快楽に任せて乱舞させるだけでよい。

この絵の一つの主役は、アダンが嵐に負けないように逞しく根塊をはる土坡であり、もっと仔細に、カメラの眼になって観察する必要があった。絹本の縁まで敷き詰められる砂礫の一粒一粒に、命を吹き込むのだ。鈍く光る砂礫は、散骨の風習によって撒かれた島んちゅの魂の欠片かもしれないから。山田老人も言っていた、この浜には島んちゅの霊魂《まぶり》が降りていくと――。

構想には一年半以上の時間を要したが、着彩に時間をかけることはできない。虫除けの蚊帳のなかで、常人なら蒸し暑さに噎せるところを、一村は極度の集中のために肌を粟立たせ、利き腕の静脈を浮き上がらせながら一気呵成に筆をはしらせた。

乱立する夕雲と、海浜との間に、充溢する奄美の大気を描きだせたことにより、一村は作品の成功を確信していた。

絵とは徹頭徹尾平面であり、それを隠す必要もない。要は、そこに高い精神性と気韻を塗り込めることだ。絵絹にみなぎる平面の緊張を常に意識しながら、着彩する岩絵具の色相によって、印象派にも真似のできない光を描き出すことができた。

黒い夏雲の背後には、きっと閉じ込められた光が充満している。或いは稲光りが東シナ海を照らしているかもしれない。その下に帯状に広がる水平線のきわには、純金泥を用い、水金泥によってネリヤカナヤからの来迎を描き入れよう。

下地を墨で刷いた海には、薄い胡粉を透かせた灰色の層を作り、漣《さざなみ》の波頭を白と銀で丹念に描き出す。逢魔がときを迎えるアダンの葉の深い翳りには焼緑青をつかい、明るい葉には群青を配し、墨と焦茶で葉の輪郭と棘を描き入れる。そして絹本の下部まで迫り上がる砂礫を、おなじ形にならぬよう一粒一粒描き出すのである。

何時間、或いは何日を重ねたのか、時の感覚の外に一村はいた。ふとかすかな余裕の生まれた隙に、こんな考えが脳裏をかすめた。

——私の命もそう長くはないだろう。この絵なら、閻魔大王への手土産になるだろうか。

一村は全精力を遣い果たし、筆を擱き、二尺五寸巾絹丈五尺一寸の画面をぐるりと見回した。絹本著色による本画は、この惑星の奇跡ともいいうる奄美の自然を凍り付かせたように完成していた。

一村は膝を折ってその場に正座すると、がっくりとうなだれた。もはや、落款を捺す気力さえ残っていなかった。傑作の誕生は後世の人々にとって至福であっても、ひとりの無名の芸術家にとっては、逆光のなかに己のいのちを曝け出し、一筆ごとに削りゆく苦行であった。

昭和四十四年もあと僅か。この島の神々に許された田中一村の豊穣なる三カ年は終わった。

第七章　かそけき光に導かれて

昭和四十五年に入ると、一村はまた久野紬工場で働き始めた。工場長は大歓迎で、一級の腕前をもつ摺り込み職人を再雇用してくれた。日給も五十円上がり、この工場では最高ランクになった。ここで一年働き、来年内に千葉で個展をする費用を捻出するのが目的だった。

この三年間で、満足のいく絹本著色の本画が十点生まれていた。それ以前に描いた《初夏の海に赤翡翠》を加えたとしても、満足な個展をするにはまだ量が足りない。そのうち〝奄美十二カ月〟と冠をつけられる作品も揃っていない。さりとて今年は、本画には手を付けられない。摺り込みの仕事も疎かにはしないことが、一村の性分だった。

自給野菜の手入れにも、相変わらず余念がない。畑ではパパイヤの株が増え、バンシロウ（グァバ）、バナナ、柿も育っていた。二月になり、タンカンが見事な実をつけた。早朝の散歩から帰宅すると、柑橘類の甘い芳香を嗅ぎながら熟したタンカンを籠に収穫し、大家の泉家に持っていった。

出産を控えて実家に戻っていたフジの一人娘、梅子が大喜びで一村を出迎えた。

「いつもいつも、ありがっさまありょん」

「一人では食べきれませんからね。いつもお世話になっている感謝のしるしでございますよ」

「一村さんや百姓ぬ経験ぬありょうたんだろかい？　吾きゃぬ庭なんてぃ野菜や果物ば植《う》とぅんば、見しゃんくぅとやねんたっとぅ」

「千葉にいた時代は、この十倍もの耕作地で、様々な野菜を作っておりました。私は百姓としてもプロフェッショナルでございますよ」

「久野工場じゃ、おっかんや工場長から御礼ば言われたんど。いい摺り込み人《ちゅ》ば紹介しくれたんちな。摺り込みだか玄人じゃっち、凄かあなんな」

「私は何でも任されたことは徹底して学び、一流を求めるのが性分でございますからな。その中では、絵かきとして一番苦労しておりますかな」

「絵や一生ぬ趣味ち、言《い》しゅりょうたんだりょうろが。絵やプロありょらんな」

「一生涯に一点だけでも閻魔様に認められる傑作が描ければ、それで満足でございます」

「はげーっ、地獄ぬ神様ち見《に》しが行くっちなぁ」

「そうでございます。姉にも苦労をかけ、その姉の闘病中に邪心を覚えたこともある罪深い身の上でございますから、天国などに招かれることはないと覚悟しております」

「毎日《ひーびん》、絵筆ば握とぅんば、窓の外らよく見《に》しゅたっと」

一村はぎろりとした目で梅子を睨んだ。

「あいあい、覗しゅんわけやありょらんばん、うん庭ら見《に》やりゅっと。がしがり毎日《ひーびん》絵ば描しゅりば、随分絵ぬ溜まりょうーたんだりょうろや？」

「それほどでもございませんな。満足いくものは僅かしかありませんよ」

「昔、吾《わ》ん母《おっかん》や、一村さんの絵ば呉りそんち言《い》っしゃんば断わたんあんべ《（そうだ）》……。吾んや記念ぬ一枚貰《もろ》うば嬉《ほ》らしゃんばや」

梅子がぽろりと口にすると、突然一村は顔色を変えた。

「梅子さん、記念に絵をくれというのは、どういう了見でございますか」

物凄い大声に、梅子はたじろいで、思わず後退った。

「私が何かの記念にというのはわかりますが、そちらから言い出すのでは道理が違いますでしょう」

「あっ、失礼しょうた」

「それから、一つお願いがございます」

「はげーっ、何《ぬ》だりょっかい？」

「お宅のテレビが煩くて、仕方がございません。私は工場勤めもあり、朝が早いのです。ご自宅の居間でテレビを観るのは、午後九時までにしてください」

泉梅子はすっかり恐縮し、何度も頭を下げた。一村はきつく言い過ぎたことを後悔したが、怒りを収めながら自宅に戻っていった。


翌日、梅子は謝罪のために、夕食のおかずを作って一村の部屋に持って行った。工場から戻ったばかりの一村はステテコ姿で上半身は裸になり、汗を拭いていた。

「一村さん。いつも野菜《やせ》しか召《み》しょらんかな、くりでぃん召《み》しょーれ。精ぬつきょんかな」

梅子は島料理のウヮンフネ《（豚骨）》を炊いて小鍋に入れて持参したのだが、一村の反応はにべもなかった。

「私が食べる食事くらいは自分で賄えますから、余計なお気遣いは迷惑です」

梅子が平手で頰を打たれたような顔をしたのを見て、一村は慌てて付言する。

「私の身体には、野菜が合っているのです。子供の頃から結核がありまして、色々研究を重ねて養生しております。味の濃いものはいただけないのです。御気持だけ、ありがたく頂戴しておきます」

生真面目な表情で言うと、梅子は何度もうなずき、鍋を抱えて自宅に帰っていった。


泉家では和光園の職員である武次と妻のフジ、娘の梅子の間で、度々一村会議が開かれていたようだ。――一村さんがこう言った。一村さんがこんな野菜をくれた。一村さんに怒鳴られた……等々、話題に事欠かない変人として、皆で一村の噂をしているようであった。


それでも家賃の支払いが滞ったことは一度もなく、人に迷惑をかけた噂など誰からも一切耳にしたことがない。一村が定期的に髪を切りにいく浦上にある床屋の主は、梅子にこんな話をした。

「ある日、一村さんぬ来て、これればどうぞって色紙ば差し出すから、吾んや絵ば見ても分かりませんから結構ですち言ったらよ、そん場で破いてぃしまたどぅ。一村さんぬ言うにゃ、〃私はいつも綺麗に散髪してもらっている感謝を込めてぃ、貴方様のためにこれを描いたのです。それば貰ってくれないのでは、こうするしかありません〃ちよ」


気性は荒いともいえるが、人に迷惑をかけたわけではない。ある人は、一村に何をしてやったかも覚えていなかったが、「御礼に」と言って、マッチ棒一本を置いていったという。一村に関してそうした話は多く、どこかの家にお邪魔して帰った後にふと見ると、一村が坐っていた畳の上に、御礼の小銭が置いてあるのだという。

何らかの目に見える手伝いをしてやったことで、一村から色紙をもらったという人も増えていた。安い画料で先祖や家族の肖像を描いてもらったという人も多かった。梅子はそんな話を耳にしながら、一村のことを生きるのには不器用であるが、一本気で律儀な善人と判断していた。

ある日、梅子が自宅の庭の物干しで洗濯物を干していると、一村も隣で洗濯物を干していた。洗濯物を籠から一枚ずつ取り出し、パタパタと叩いて皺を延ばして吊り紐に掛けているのだが、洗濯バサミをその都度別の籠から取り出すので、見ていて如何にも埒が明かない。梅子は絣の袂にあらかじめ沢山の洗濯ばさみを挟んでおくので、あっという間に洗濯ものを干し終えてしまった。

それから数日経ち、梅子は同じ場面に出くわした。すると一村は晴れやかな表情で梅子に笑いかけ、ちぢみのシャツのボタンの前立てを見せた。そこに洗濯バサミが沢山挟んであった。

「梅子さんから学びました」

一村は言って、ふたりは庭の垣根越しに笑い合った。

また、ある日の夜、梅子が庭に出ると一村が地面にしゃがみ込み、茂みの中を懐中電灯で照らしているのを見かけた。

「一村さん、また害虫退治だりょんな?」

梅子が尋ねると、一村が無言で手招きするので、隣にしゃがんで照らされた光の先を見た。

「ほら、これでございます」一村は言って、彼女に大きな虫眼鏡を差し出した。

「この葉っぱの所を、虫眼鏡で見てごらんなさい」

言われた通りにしてみると、拡大されたレンズのなかに何かの幼虫が蠢いている。

「きゃー、何《ぬ》これぇ。気持ち悪い」

梅子は悲鳴を上げた。体長三センチほどの黒い毛虫の背中に一本の赤い筋があり、棘状の突起が身体中から突き出し、頭を振りながら一心不乱に葉を食べている。

「これはツマグロヒョウモンの幼虫です。これが成長すると、あの猛獣の豹柄をまとった綺麗な翅の蝶になって、花畑を飛び回るのです。この蝶は賢くて、自分の翅を野鳥たちが敬遠するカバマダラという蝶のものに似せている。その蝶には毒があるのを、鳥たちはみな知っているからです」

一村は言って、愛おしそうにその毛虫を指でつかむと、虫籠の中に入れた。

「早く大人になって、私に描かせておくれって、いつも言い聞かせているんですよ」

その声はとてもやさしく、梅子はこの一件で一村のことが好きになった。

「一村さんは、心《こーろ》ぬ清《きよ》らさん善《い》っちゃん人《ちゅ》どぅ」と、心の中でつぶやいた。

梅子は以来、一村の生活を陰ながら援助し、泉家が住居を新築した折りには、その記念と日頃の感謝を込めて、一村自身傑作と自負する《蘇鉄残照図》を贈呈された。

その年も押し詰まり、十二月十七日のことである。有屋の自宅に一通のハガキが届けられた。黒い縁取りはすぐに訃報だとわかり、ぎくりとして文面を読んだ。それは小笠原登の逝去の報せだった。親族が関係者に出したもので、亡くなった日付は、十二月十二日、享年八十二だった。遺骨は本人の意思で、自宅である圓周寺の無縁仏の墓に葬られたとあった。

一村は悲痛な顔をして、画室の天井を仰ぎみた。

「先生、奄美では大変お世話になりました。御冥福をお祈りいたします。私もそう長くはないと思いますが、まだやり残したことがございます。今しばらく私めを見守っていてください」

声に出して言った。愛する者が、自分より先に一人ずつ去っていく悼みの言葉には、覚悟も籠っていた。本当に心の底からこれだと言える作を、もう一点でよいから描きたい。それが一村の最後の望みだった。

*

昭和四十六年三月。有屋の自宅に珍しい訪問客があった。輪内地区にはカトリック教徒が多いが、少数ながら天理教の信者がいる。その日、画室にいた一村に庭から声をかけた二人の女性は、天理教の布教のために本土からやって来たという。

昨年、小笠原先生を亡くし、心を虚しくしていた一村はなんとなく人恋しかった。彼女たちの用件を聞かされても追い返すことはせず、珍しく引き戸を開け、画室に招き入れた。月桃の茶を淹れ、薩摩芋で作った栗きんとんをふるまった。

「私は生憎、宗教にはとんと興味がございませんので、布教のお仕事の足しにはなりませんよ」

最初に律儀に断りを入れた。

「はい。それはわかりました。でも、お見受けしたところ、ここで一人でお住まいでしょう。お寂しくはありませんか？」

「いいえ。一人ではございませんよ」

婦人たちが怪訝な顔をすると、一村は部屋の傍らに置かれていた昆虫籠を二つ手にして見せた。

「ほら、これはアサギマダラにツマグロヒョウモン、ツマベニチョウとイシガケチョウです。こちらの籠にはシンジュサンとオオトモエが居りますよ。一応、蝶と蛾は、部屋を分けてみました」

婦人たちは目を見開いて、二つの籠を交互に見つめた。

「蝶や蛾に囲まれておりますし、この庭には時々野鳥たちが遊びに来てくれます。先日などは、アカショウビンが長いこと、私のモデルをしてくれました。この島の野鳥たちは誠に愛おしいのですが、高木の上にいて、声はすれども姿は見せず、デッサンをするのは難しいのでございますよ。それがどうしたことか、アカショウビンを描こうと苦心していたときに、ひらりとそこの柿の木に舞い降りまして、私が描いておる間、ずっとそこに止まっていてくれたのでございます」

一村は相好を崩して女性たちを見つめると、ハッと思い立った顔をした。

「ご興味があれば、その絵を御覧になりますか？」

二人はそれほどの興味を示さなかったが、一村は立ち上がると、壁に掛けられた梯子を上った。これまでに描き溜めた作品は、巻かれた状態で塩化ビニールのパイプのなかに密閉して、天井裏の格納棚に仕舞われていた。この保管状態は一村の生命線だけに、塩ビの筒の中にはいつも妹の房子に送ってもらっているシリカゲルが入っている。雨漏りの被害のないよう、棚の内張りにもビニールを張り巡らせ厳重に作品を保管していた。

一村は何本かの筒を小脇に抱え、梯子を下りてきた。この日は機嫌が良いとみえ、始終笑みを絶やさなかった。天井裏の絵を来客に見せるのも異例中の異例である。何故なら、湿気による絵の損傷に神経を尖らせてきた一村は、この島の大気がもっとも乾燥する一月二日にしか、作品を取り出さないことに決めていたからである。

「ほら、これが先ほど申上げたアカショウビンでございます。如何でしょうか。しっかりモデルをみて描きましたので、生態がよく表れていると思いませんか。身体の割に大きすぎる赤い嘴が不格好で可愛いでしょう。いつもこうして、不貞腐れたように横を向いておりますな。もっともアカショウビンを正面から描く画家はおりますまい」

一村は言って笑い声をあげたが、彼女たちは奥ゆかしい笑みを見せただけだった。この日の一村は珍しく饒舌だった。

「この鳥はカワセミの仲間ですが、ものの本によりますと、雨が降りそうなときに鳴くので、雨乞い鳥とも呼ばれるそうでございます。悪いことをして水を飲めない罰を受け、喉が渇いて雨を求めているのだとも、カワセミが火事にあい、体が焼けて赤くなったとも言い伝えられております。受難の鳥でございますよ。ですから、この鳥の絵には世界平和への祈りを込めました。太平洋戦争ではたくさんの無辜なる人々が、焼夷弾で焼き殺されてゆくのを目にしました。今も海の向こうで戦争が続いております」

他にも筒を開け、《白花と赤翡翠》と《アダンと小舟》を画室の壁に飾った。一村の絵が他人の目に触れるのは初めてだった。

最後に筒から取り出したのは、クワズイモとソテツが、雌雄の花を同時に咲かせた絵であり、巨大なクワズイモの葉蔭には、ハブがとぐろを巻いて鎌首をもたげていた。

「私は絵のことはわからないのですが、この絵には何か宗教的なものを感じますわ」

銀縁眼鏡をかけた若い方の女性が言った。一村は彼女の肩におさげ髪が垂れているのを初めて発見し、なるほど本土からの来客だと感じた。この島で髪をおさげに結う女性を目にしたことがなかった。

「宗教的な意味は込めていないのですが、曼荼羅のような意識はあります。生と死、誕生と消滅、子孫繁栄、それらは一つの絵の中で循環している。輪廻転生というと、やや仏教的になりますが………」

「その思想は、天理教にもありますわ」

年配の方の女性がきっぱりと言った。我が意を得たりと初めて顔を綻ばせた。

「天理教では、人の死を〝出直し〟と言います。親神様からの〝かりもの〟である身体をお返しするのです。出直しは最初からもう一度やり直すことでありまして、死は再生の契機であり、各々の魂に応じてまた新しくこの世に帰って来るのです。前生《ぜんしょう》までの〝心の道〟である因縁を刻んだ魂は、新しい身体を借りて蘇り、今生の心づかいによる変容を受け、出直しを経て〝生まれ変わり〟、また来生へと生まれ出ます」

それを聞いている内に、一村は辟易した表情になった。

「私の絵は、そんな単純な意味に行きつくものではありませんよ。観る人の数だけ意味が生まれるべきものでございます。貴方様の宗教とは、何の関係もございません。それにこの絵は、もう一つうまくいっておりませんので、描き直そうと思っておるのです」

きっぱりと言われた年配女性は、そろそろ引き上げる潮時と感じたようで、絵を見せてもらった謝辞を述べ腰を上げた。

「もう帰られますか？」

「はい。まだこの地区を回らねばなりませんので。本日は貴重な絵をお見せいただきありがとうございました。田中様にも親神様のお導きがありますよう、お祈り申し上げております」

二人の布教者は胸の前で合掌し、帰っていった。

＊

昭和四十七年の二月、一村は紬工場を辞めた。

個展を開く準備資金は貯まっていなかったが、六十三歳を超えての工場勤めは、肉体的にも厳しくなっていた。染料の摺り込みで目を酷使し、視力もかなり衰えてしまった。肉体的な衰弱は、一村に焦りの気持ちをもたらした。もう一点でも多く、この世に傑作を遺したい。その思いに突き上げられ、まったく収入のないまま画業を復活し、個展のために貯めていた金は、画材と家賃と生活費でまたたくまに消えていった。

この年の初夏、一村は絹本の本画を一点、完成させることができた。喜界島でスケッチした奇岩を本画に構想しなおし、塔のようにそそり立つ崖の上に一匹のアカショウビンを止まらせた。夏空は水浅葱色で平塗りし、同系色の海を下の方にかすかにのぞかせ、そこから白い夏雲を立ち上がらせた。そのままだとやや平板なので、夏雲を崖の形と相似形にして遠近を表現してみた。

絵巾尺六絹丈五尺（五〇・七センチ×約一五〇・五センチ）の細長い構図は自ずと見上げる視点を生み、その天辺で羽を休め、東シナ海の彼方を見つめるアカショウビンに、己の心境を投影したのである。《岩上赤翡翠》と題したこの作は、一村の自画像であり、老境にさしかかり、残りの時間のなくなった自分を鼓舞する意味が込められていた。——もっと遠く、もっと高みをみつめなさい。一村はそう自分にささやきかけた。

四月のある朝、一村はいつものように本茶峠に出かけた。歩行は遅くなり、長雲峠との分岐点に達するまでに二時間近くかかるようになった。それでも毎日の散歩の日課を欠かすことはない。奄美の自然のなかを歩くことは、この島の見えない何か、恐らく地霊のようなものを己の魂に取り込むための儀式のようだった。

絵は自然を見て、そこにあるものを描くのであるが、そこにあって見えないものを描けるのが超一流の画人であるに違いない。一村の視力は衰えていたが、杜のなかにいるとかえって心でしか見えないものが、自然の奥底から浮かび上がってくるような気持になった。

岩清水が見えてきた。この聖なる水を体内に取り入れ、山の霊を自分のものにしよう。そう思い、掌を柄杓にして、冷たい水をすくおうと身を乗り出した。その瞬間、一村は顔を歪め、呻き声をあげた。脊椎に激痛が走り、その場にうずくまった。腰を痛めてしまったのだ。一村は冷や汗をかきながら、傘を杖の代わりにして、必死の形相で山道を下っていった。

その一カ月後のことである。体力は少しずつ回復していたが、絵絹の前で長時間おなじ姿勢でいると、腰の痛みがぶり返してきた。これでは一点の作品を仕上げるのに、通常の四倍はかかるだろう。一筆一筆、休憩を挟みながらでは、いつまで経っても絵の完成は覚束ない。

それでも一村は描き続けた。集中力の高さは相変わらずで、描き始めると痛みも何もかも忘れてしまうが、逆にハッと我に返ったときには、腰の痛みは限界に達しているのだった。

そんな状況のなかで二点の作品に取り掛かっていた。一点は、《白花と瑠璃懸巣》と題し、画面手前にキダチチョウセンアサガオの花を大きく配置し、白い花をつけたイジュの枝にルリカケスを止まらせた。

もう一点は、《枇榔樹の森に赤翡翠》である。これまで描いたビロウ樹の連作にもう一点連なる構想で、主役は右上隅の枝に止まるアカショウビンである。二点同時に手掛けたのは、腰の痛みに負けて制作が遅々として進まないときに、少しずつ二作に筆を入れることで効率を図れると思ったからである。

得應軒から仕入れた一疋の絵絹の残りは、この二作に費やしたことで、あと一作分だけ残されていた。今の経済状況では、五万円もする次の一疋は仕入れられない。

――そもそも、そんなに絵絹を買っても、自分の命の残量と釣り合わない。

独り言ちて一村は、皮肉な笑みを浮かべた。

＊

今年の梅雨入りは早かった。五月の下旬から豪雨が降り始め、亜熱帯の杜をしとど濡らしていた。雨の檻に閉じ込められた塞いだ気分で、一村は筆を走らせていた。《白花と瑠璃懸巣》と《枇榔樹の森に赤翡翠》の進行は極めて緩やかだった。

名瀬港も大雨で時化ていて、物資の供給が滞っている。じめじめするので蚊帳を出て、台所で身体を拭こうとしていると、隣の家の気配を察したのか、或いはこちらの生活習慣はお見通しだとでもいうのか、梅子が薬缶で沸かした湯をもって玄関に現われた。一村は彼女を軒下に招き、薬缶を受け取った。

「梅子さんに心を読まれているようで、少し気持ちがよろしくありませんが、これから身体を拭こうとしていたところでございました。ご好意に感謝いたします」

「くん雨あんかな《（この雨だから）》、身体《どう》ぬベトベトしゅんかな。家《やー》ぬ風呂ば貸しゅんち言うんば、一村さんや聞かんかなや」

梅子は爽やかな笑顔を残し、傘を差して土砂降りの雨の中を母屋に戻っていった。ちょうど彼女と入れ替わるように、名瀬郵便局のいつもの配達夫が、雨合羽から滝のように雫を垂らしながら玄関に現われた。

「おやまあ、こんな土砂降りのなかを、ご苦労様でございます」

一村は中年の配達夫に御礼を言った。

「雨ち閉《く》むられてぃ腐っとぅん島ん人《ちゅ》に、良《い》っちゃん知らせば届けりゅんや、配達人《ちゅ》ぬ勤めだりょっとう。一村さんや、くん雨ん中し、ずっと絵ば描しいもりょんかい?《（いらっしゃるの？）》」

「その通りでございます。私は絵を描くのが仕事。貴方様は、朗報を届けるのが仕事ということでございますな」

一村は言って、所々雨水で染みの入った茶封筒を受け取った。何だろうと思いながら画室に戻り、封筒の送り主を確かめると、新山房子と書かれている。新山は妹が嫁いだ家の姓であった。

房子からか、何だろうと思い、封を切る。中から青いインクの万年筆で書かれた短い手紙が現れ、新聞記事の切り抜きが同封してある。手紙より先に、記事の見出しが目に入った。そこには次のような文字が踊っていた——。

〈加藤榮三氏、葉山の自宅で死亡〉

それを見て、一村は画室の畳の上に力なく坐り込んだ。どんな事情か知らないが、かつての親友が死んだという事実が一村を打ちのめした。

あらためて記事を手に取り、内容を確認する。

〈二十四日朝七時ごろ、神奈川県三浦郡葉山町堀ノ内×××、日本画家加藤榮三さん（六五）が、自宅の庭のカシの木に真田ひもをかけ、首をつって死んでいるのを妻美保子さん（五六）が見つけ、午前十時二十分すぎ葉山署に届けた。加藤さんは、日常の仕事をするときの替上着とズボンの姿で首をつっており、同署の調べでは死亡推定時刻は同日午前二時ごろ。遺書はなかったが、家人の話では、加藤さんは半年ぐらい前から「良い作品がかけない」とノイローゼ気味で、今年一月十日から横須賀市内の病院で治療を受けていたという。それ以前、すでに半年ぐらい前から加藤さんは制作活動をしておらず、体力的にもかなり弱っていたらしい――〉

日焼けした一村の顔から血の気が失せ、青黒く濁った。死亡は五月二十四日、今から十日前のことだった。大雨による船便の遅延で、知るのが今日になったのだった。報道によって知らされた自殺という事実が、二重の衝撃だった。

しかし、振り返れば、心のどこかで榮三の死を予感していたような気もする。この島に渡って来た当初、喜美子が榮三の記事を送ってくれたことを思い出す。《空》という作品が、芸術院賞を受賞したことを知らせてくれたのだが、榮三のような芸術に対して純粋すぎる心を持った男が、魑魅魍魎《ちみもうりょう》の跋扈する画壇の競争を勝ち抜いていけるとは思えなかったのだ。

そのことが自殺の原因とはどこにも書かれていないが、一村は確信していた。亡くなったのは葉山の自宅だというが、いつ市川から葉山に移ったのだろうか。それまで榮三は、彼の画業を後援する実業家、中村勝五郎の庇護を受け、千葉県市川市で暮らしていたはずである。葉山に誰か、榮三が師事する画家がいただろうか？　一本気な性格の榮三のことだから、自殺の誘因は人間関係であったような気がする。

房子の手紙は、こう綴られていた――。

〈喜美子さんが、倒れる少し前のことでした。寒川の乾物屋から私に電話をくれて、奄美の一村さんに、定期的に画壇の情報を送ってあげてくれって言うのよ。だけど、それは喜美さんの仕事じゃないのと訊くと、私がいなくなったら房子ちゃんが代わってねって言ったの。それから数日後にあんなことがあって。姉さんは、何かを予感していたのかもしれないのです。美術の話題のなかでも特に、加藤榮三さんが賞をもらったり、新作を発表されて美術雑誌に掲載されたら、それをスクラップしておいて、兄さんに送ってくれと言付かったのです。喜美さんは、最後まで兄さんのことを気にかけていました。私が兄さんに送る記事が、こんな悲しいものになってしまって残念ですが、喜美さんとの約束でしたから、加藤様の新聞記事と、〈三彩〉に掲載された絵の切り抜きを送ります。新聞などでは、加藤様はここ一、二年で芸術院会員になるだろうと書かれているのを読んだこともありますから、私は個人的な繋がりはなくとも、大変残念な気持ちでいっぱいです。兄さんの御学友は皆ご立派ですわね。東山魁夷様は昭和四十年に芸術院会員になられましたね。一村さんも、お体にはくれぐれもお気を付けになって、絵に精進してください。

新山房子〉

房子が知らない訳ではなかろうが、思い出したくない学友の名が書かれていた。昔、あれは終戦を迎えて二年目だったから昭和二十二年、千葉県市川市の市民展覧会でのことだった。東京美術学校を退学して以来、二十一年ぶりに東山新吉にばったり出会ったのだった。ああ、あのときは、既に魁夷を名乗っていたな。その後、喜美子の薦めで喫茶室に行き、三人で語らいの時を持った。しかし、和やかな空気に包まれていたのは最初だけだった。いつもの自分の性分で癇癪を起し、東山に宣言した。

——敗戦で荒廃したこの国で、お互い肉親たちにも先立たれた天涯孤独な境遇からの出発です。東山さん、私とあなたの勝負です。どちらが勝つか？

どちらが勝っただろうか？　片や芸術院会員、片や無名画家、本職は大島紬染色工。一村は口元を歪めて無理やり笑みをつくった。馬鹿げたことを言ったものだ。若気の至りとしか言いようがない。

房子は新聞記事の他に、美術雑誌に掲載された榮三の近作の切り抜きを同封していた。その一枚は《飛騨》と題された青い絵で、恐らく彼の郷里岐阜の祭りを描いたものであろう。飛騨路の祭りといえば、高山の山王祭だろうか。

深い青で夜空が塗られ、その中心に金色に輝く山車を描き出し、それを引く人々は青い路のなかに融け込んで亡霊のように見える。道の両側に奥ゆかしい古い町並みが描かれ、金色の山車の背後へと、一点透視の遠近法で闇に霞んでゆく。涙の出るほど美しい抒情の漂う傑作であった。

もう一点を見た瞬間、ハッとして、思わず一筋の涙が頰を伝っていった。その絵は《雷神》を描いていた。遠い日の友との語らいが走馬灯のごとく脳裏を過っていく。あの夜、榮三はこう語った。

——宇宙的というなら、なんといっても宗達の《風神雷神図屏風》だよ。僕は圧倒されて、しばらくその場を動けなかった。この作品には、どこかユーモラスなところがあって惹かれる。それを百年後に光琳が模写したものを、おなじ空間で見られた感激。さらに百年後に抱一が描いたものは出展されてなかったけど、もっともっと力を蓄えて、僕はいつの日にか二十世紀の《風神雷神図》

に挑戦すると心に誓ったぞ。

彼は確かにそう言った。昭和二十六年の冬のことだったから、榮三は十四年後に本当にやり遂げたのだ。

——立派だな。君は凄いよ。

榮三が千葉寺に遊びに来てくれた時、自分は留守で、喜美子が彼を応接してくれた。姉は初対面ながら榮三のことを大変に気に入ったようで、その後も彼の活動を追いかけて知らせてくれた。昭和二十六年のことをよく覚えているのは、あの年に東京国立博物館で〈宗達光琳派特別展覧会〉が開催され、《風神雷神図》をはじめとする国宝級の傑作を数多く観覧できたからで、榮三とその感動を夢中で語り合った。しかし、その時も終いには癇癪を爆発させて榮三を家から追い出し、喜美子に寂しい思いをさせる結果になったのだけれど——。

一村は己の愚かさに溜息をつき、房子が同封していたもう一枚の切り抜きを手に取った。題名は《流離の灯》。昭和四十六年、第三回改組日展とクレジットされている。この作品が、榮三の絶筆だった。画家の言葉が寄せられている。自宅に遺書が残されていなかったのなら、これが加藤榮三の遺書だろう。

〈——花火ほど画家泣かせのものはありません。色彩、形、また、雰囲気・情緒など……　そして花火の美しさは、あのヒュル、ヒュルと上り、パッと円をえがき、次の瞬間にスーッと消えて、そのあとは闇が続いて〝無〟の世界に引きずりこまれる。

郷里、長良川の花火は闇の中から一瞬、川面に浮かぶ〝灯籠流し〟に移ります。数をます炎が漁火のように下りはじめ、いつしか〝無〟の大空を響かす大交響曲に変わって来ます。この格調は花火とともに美しく、ついには悲しさと連鎖せずにはおきません〉

一村の涙は乾いていた。かつての親友の遺作を前にして、己の気持ちを引き締めざるを得なかったからである。描かれていたのは、青い岩絵具の夜空に打ち上げられた大輪の花火であり、鵜飼の舟影であり、夜空をたゆたうあえかな煙ばかり。この絵は、この光景を観た者を次の瞬間に誘い出す。つまり、それは〝無〟の世界である。

一村の腕には鳥肌が立っていた。絶交したかつての親友は、見えないものを描き出していた。否、無を描いたのである。

翌日、夜明け前に目を覚ました一村は、穏やかな気持ちで、スケッチブックを開き、榮三に手向けた手紙を認めた。

〈――きみもやり遂げたんだな。《流離の灯》を見ればわかる。そこに到達したものは、敗者ではない。私たち芸術家には宗教の神はいないが、花や鳥や山々の自然が神だろう。きみは自然の神に認められたあの歓喜を知り、天上と垂直につながった官能を知った上で、自らの人生に終止符を打った。私もそんな神秘的な体験をしたからよくわかる。自ら命を絶つことはなかったと思うが、芸術院会員を目指すなどということがどれほど無益なことかを悟ったのだろう。きみは絶望したのではない。そんなことが絵かきにとって無意味で、馬鹿げたことであるという声を、中央画壇に向かって、否、敗戦以来の狂躁を続けるこの日本という国家に、絶対的なノーの声を突きつけたのだ。

姉に迷惑をかけ続けた私には、地獄で閻魔大王が待っているだろうが、ようやく閻魔様の手土産にできる絵の完成まで、あと一歩のところに到達した。手土産は両手に提げるものだ。もう一点だけ描き終わったら、私もすぐきみの所へ行く。そうそう、私たちの関係は、私から絶交の手紙を出したまま終わっていたんだったね。心やさしき君は、私の罪を赦し、天国で笑っているだろうな。我が友よ、絶交は解いてくれ給え。地獄と天国とで親交がもてるのなら、これからもよろしくお願い申し上げ候〉

一村は手紙を書き終えると、その一枚をスケッチブックから破り、庭に出た。昨日までの豪雨が嘘のように止み、晴れ間が覗いている。

濡れた地面に板を敷き、その上に手紙の草稿を載せると、マッチで火を点けた。赤く燃え上がり、灰色の燃えかすになった手紙は、かすかな煙をたなびかせただけだったが、一村は天国の榮三に届くことを祈っていた。

その翌日から、一村は新しい絵の制作に取りかかった。新たなインスピレーションを得て創作の意欲に燃えていたから、先に進行していた《白花と瑠璃懸巣》と《枇榔樹の森に赤翡翠》の二作品は未完のまま壁に立てかけてあった。

新作の寸法は二尺四寸巾絹丈五尺一寸（七三・六センチ×一五四センチ）、これまでとほぼ同じ規格サイズであるが、かつて表現したことのない演劇的ともいえる構想をそこに託していた。物語の舞台は、画面いっぱいに描かれた一本の巨大なガジュマルである。

初めて奄美に渡ってからというもの、一村はこの怪異な植物に魅せられ、熱心に写生を重ねてきた。大熊のチボリ泉の背後にそびえるものや、奄美和光園、山羊島の岩山、本茶峠の山道など、各地でその特徴を巧みに描き分けてきたが、ここに登場するガジュマルは単なる写実ではない。むしろ、それら全ての造形を重ね合わせた〈榕樹の王〉とでもいうべき存在である。〝絞め殺しの樹〟の気根は複雑怪奇なほどに絡み合い、それだけで一つの杜のように鬱蒼と、不気味にそそり立つ。

場所は海岸の近く。断崖の切り立った岬が遠景にのぞき、梅雨明けまもない青灰色の空がひろがる。この景色は有屋の生活圏域にはなく、雄々しくそそり立つ岬の造形は、来島当初に方々を旅したときのスケッチが役立っていた。

象徴的なまでに造り上げられたこの舞台で主役を張るのは、一羽のトラミミヅクである。頭に羽角《ウカク》のついた愛嬌のある丸顔に虎模様の茶褐色の羽、よく見れば片方の目を瞑ってウインクをしている。梟科のこの鳥が奄美に渡って来る時期には大分早いが、彼は画面の高いところで割枝に止まり、ガジュマルの根元に咲く一輪のハマユウを見下ろしている。

ハマユウは豊かな実をつけ、分厚い葉は金泥で縁取られ、細長い白い花弁を綾なすように開いている。それだけでも確かな存在感であるのに、如何なることか、花びらの内側から発光するかのように、ガジュマルの根元を明るく照らし出している。これまで一村は、こんな幻想的な表現を試みたことはなかった。

ハマユウの花言葉は、〝どこか遠くへ〟そして〝穢れを知らぬこと〟である。浜辺を這う植物ゆえに、精一杯首を伸ばして花弁の存在を主張するこの植物に、一村は喜美子を象徴させた。喜美子が榮三と楽しい語らいの時をもった夜、〝チイコ〟と名付けた梟を榮三が可愛がっている逸話を聞き、一村に教えてくれたのだった。つまりこの虎み丶づくは亡き友の象徴であり、ガジュマルの根元で嘴を開き、何かを語りかけているイソヒヨドリは、一村自身を表していた。

水墨の技を駆使して墨の濃淡だけで描き出されたガジュマルの表現もさることながら、《榕樹に虎み丶づく》を異質なものに見せているのは、加藤榮三への弔いの気持ちを、誰にも知られないよう密かに塗り込めたからだった。この作品は仕上げに三カ月かかったが、九月の初旬に完成した。

＊

奄美にまた夏が来て、積乱雲が不穏な勢いで東シナ海の上空に立ち昇っていた。今年の気温は異常なほど高く、奄美にだけ太陽が接近したのかと思うほどだった。一村の体調は下降線をたどっていた。三年間、絵を描くだけの生活をし、気力も体力も限界まで使い果たしたことによって、身体に大きな負担がかかっていた。時々不整脈が起こり、眩暈に襲われることが頻繁になった。

七月二日、一村は本茶峠に出かけたが、三十分も登らないうちに激しい眩暈に襲われ、ふらふらとよろけて道端にうずくまった。暫くじっとしていると少し落ち着いたので立ち上がったが、その瞬間目の前が真っ暗になり、意識が遠退いていった。

気付いたときには、崖の下でイジュの根元に横たわっていた。峻険な山の斜面を一〇メートル以上落下したらしく、身体中に擦過傷を負い、腕や掌から血が流れていた。骨折はしていないようだが、とても歩いて有屋に帰れる状態ではなかった。幸にも土木工事のトラックが通りかかったので、救けを求めて手を挙げた。急停車したトラックの運転席から、日に焼けた男が下りてきた。

「はげーっ、血だらけじゃがなー。病院ち連れって行きゅんからよぅ」

男は言って、一村の腕を肩で支え、助手席に乗せてくれた。

「申し訳ないですが、有屋のトネヤの近くまで行ってもらえますか。その近くに、自宅がございます」

「うがしなれば自宅ゆっか、大島病院ち行《い》じゃん方が良《い》っちゃんやあなんかい。あん崖ら転《まん》げ落《う》てぃりば、精密検査だかしらんばならんど」

「いいえ。病院は必要ございません。こんな擦り傷は、我が家の薬草で治せます」

運転手は首を傾げながらもトラックを走らせ、一村を有屋まで送り届けてくれた。

十月十日の朝のことであった。さらなる災難が一村を襲った。朝食の用意のために炊事場に立っていた一村は、野草の粥を炊いていた。その時、また眩暈に襲われた。そのまま失神し、上半身を覆いかぶせる格好で鍋の上に倒れ込んでしまったのである。

我に返ったときには胸に鍋の蓋が貼り付き、そっと蓋を取ると胸の皮膚がべろりと剝がれた。痛みを堪えて玄関まで行き、大家の梅子を大声で呼んだ。彼女は惨状を目にして悲鳴を上げた。しかし、そのときも一村は病院に行かなかった。彼女に頼んで火傷用の軟膏を買ってきてもらい、それを塗ってガーゼで覆い、絆創膏で固定しただけだった。

さらに、その年の大晦日のことである。この日は、他人に迷惑をかける羽目になり、一村は自責の念に苦しむことになった。路線バスに乗って名瀬市街地に向かう途中のことである。名瀬市古見本通りのバス停留所に着いたので、一村は降車するためにタラップに並んだ。前に老婆が並んでいて、ドアが開くと彼女が先に降りて行った。後に続いてステップを降りかけた一村はそこで気を失い、前方にいた老婆を突き飛ばす格好で地面に転げ落ちた。老婆も一緒に地面に叩きつけられ、全治一カ月の傷を負わせてしまったのである。後日、一村は大島中央病院に彼女を見舞い、なけなしの貯金から充分高額な見舞金を届けたのだった。

年が明けて昭和四十八年、今年の一村は、体力の回復に全力を尽くすことを決意した。昨年は受難の年と言わざるを得ず、絵が描けないようでは、生きている意味がないと思い詰めていた。

老人健診で血圧を測ってもらうと、〈一三〇―二二〇〉の数値が出た。これはかなり高めで、病院から血圧を下げる薬を処方されたが、一村はそれを飲まずに捨ててしまった。その代わり、休みがちになっていた散歩を復活し、ゆっくりな足取りではあるが、本茶峠にもまた通い出した。

食生活にもこれまで以上に気を使い、野菜と豆腐は変わらずだが、小笠原先生直伝の薬草を食べることを習慣にし、朝晩、欠かさずボタンボウフウの葉を煎じて飲み、自宅で栽培しているハンダマで鉄分を摂取することを心掛けた。そうして、また絵に向かいあった。

この年は、大熊漁港の引退した漁師、山田本信から念願のソウシハギを仕入れ、《海老と熱帯魚》を仕上げることができた。おちょぼ口で滑稽な顔をしたソウシハギを構図の中心に据え、縞伊勢海老、五色海老、ミノカサゴ、チョウチョウウオで囲みこんで、クロトンで飾り付けた。

絵巾二尺三寸絹丈尺三（約七〇・二センチ×四一・八センチ）の横物の画面いっぱいに海の幸が隙間なく描かれた作品は、その色彩、複雑な造形、練り上げられた構図のどれをとっても、一村の新たな画境を拓いていた。

幸いなことに、この作品の制作に取りかかっている間、体調は頗《すこぶ》る良好だった。名瀬の保健所の話では、何かに集中している間、不整脈や眩暈が起らないとしたら、体調不良の原因は心因性のものである可能性が高いから、絵を描くことは良いと勧められた。

それ以来、一村は自分の身体のなかに大きな力を貯め込む気持ちで、しばらく熱帯魚を描くことに集中した。その体力と気力の貯えがいつか満期になり、命の最期の一滴を絞り出す機会はやがて来る。この数年来、何度も挑戦しながら完成させられず、焼却し、また描き直すということを繰り返してきた《不喰芋と蘇鉄》の完成に、その命の貯金を費やすつもりだった。

昭和四十九年正月。

一村は千葉寺の友人、高橋伊悦に年賀状を書き、近況を短い文章で伝えた。

高橋伊悦様

賀正

昨年から絵をかいて居ります。

一年かゝってたった三枚出来ただけです。

今年も来年も絵の生活です。

鹿児島県名瀬市有屋
田中　孝

それだけのハガキであったが、そこに一村の並々ならぬ決意が塗りこめられていたことを、写真家の友人が気付いたかどうかはわからない。このときから《不喰芋と蘇鉄》への最後の挑戦が始まっていた。一疋の絵絹は使い果たし、この作一枚分のために注文した上等な絵絹が届いていた。

その十カ月後、妹の房子に出したハガキにはこう書かれていた。

〈二月以来着手して居る畳大の絵が、途中困難を極めましたが、やっと数日中に完成までこぎつけました〉と――。

それはまさしく、命の最期の一滴を絞り尽くす闘いだった。

*

この絵には、豊穣の祈りが込められていた。

奄美で暮らして十余年、島人たちの魂に刻まれた自然の神々への信仰に寄り添い、上古の時代にあったという奄美世《あまんゆ》のごとく、永遠の平和と繁栄が続くことを願いながら、一筆一筆、彩色をすすめていった。

クワズイモの巨大な葉を焼緑青の平塗りで大胆に図案化する構想は数年前からあったが、何枚も構想図を描き、本画に立ち向かおうとしたが果たせなかった。本茶峠で出遭ったハブを片隅に描き込み、神の化身に見立てたものも描いてみたが、とても高水準の芸術には至らなかった。これまで画人として研鑽してきた技術と気力のすべてを注ぎ込まなければ、太刀打ちできなかった。そして、それ以上に必要なのは、祈りの心だったのだ。

この島に来て、亜熱帯の自然の造形と格闘すれば、究極の絵が完成するはずだと思っていた。そのためには、島人たちとは無闇に交らず、画業だけに専念しようと考えていた。しかし、生きるということは、交ることであった。

図らずも多くの友ができ、この島のことを学んだ。江戸時代から近現代へと続く苦難と差別の歴史があり、虐げられ、踏みつけられても、雑草のように立ち上がる島人たちの生命力を学んだ。僻遠の地と思っていた奄美は、そこに住み、そこを世界の中心として視野を広げれば、この日本国が失いつつあるものを残し続ける豊穣なる場所であることを知った。そして傷ついた者たちを受け容れ、再生を促すような母なる島だった。

悲しい戦争がここにもあり、敗戦後は本土の平和のために島人は米国の人質となった。戦争は今もベトナムや世界の何処かで続いている。あの日、平和への祈りを込め、夥しい数の鎮魂の祈りを込め、白衣観音菩薩を描き続けた初心に立ち返り、この一作に大きな祈りを込め、己のすべてを注ぎ込もう。

今、万感の思いに浸されて絵筆を握っている。姉、喜美子の死には打ちのめされた。川村幾三の訃報は悲しみに追い打ちをかけた。この島で師と仰いだ小笠原登も逝った。中央画壇で不毛な闘いをして、自ら命を絶った友もいた。不条理なことに、胸板にあばら骨の浮き出た死神のような自分だけが生き延びている。が、そう長くはないだろう。

だから、体力と気力の充実しているこのときしかない。自分自身を心底満足させられる絵が描けるのはこれが最後だという覚悟で、一村は筆を握っていた。

季節は六月、奄美の梅雨はまだ明けていない。夜更けから降り続いていた雨がやみ、やがて逢魔が時を迎えた東シナ海の上空には、水蒸気が立ち上っていた。日中の気温は三十度近く、植物はたっぷり水気をふくみ、瑞々しい輝きを放っていた。

青灰色の空を背景に、奄美の植物たちが画面一杯に繁茂する。一見無秩序にさえみえる亜熱帯の植生が、考え抜かれた構図によって支えられている、という意図が透けて見えてはならない。

大きなクワズイモの葉は大胆に平塗りし、その葉の根元から雄花と雌花が突き出し、仏炎苞の鞘が伸び上がる姿を描き出した。高温多湿のこの島では、花後に実ができるまで二カ月しかかからない。したがって、花茎が内から裂けて筒状の黄色い肉穂花序を覗かせると同時に、橙色の実が弾けている様を一緒に描いても、あながち植生を無視しているとはいえない。

この絵のもう一つの主役は、ソテツである。台風はまだ先で、海岸のソテツの葉は傷んでおらず、切れの良い描線のリズムで画面の中間部を飾りつける。

ソテツは太古からある植物で、雌雄異株であり、雄の木には雄花が、雌の木には雌花が咲くのであるが、ある日、雄花と雌花が同じ株に咲いているソテツをみつけたことがあった。非常に少ないケースだと、物の本にも記述があった。この発見に創意を掻き立てられ、一村は雌雄の花を二重露光でダブらせて写真に撮ってみた。

構図の右端に男性器のごとく直立させるのは、ソテツの雄花。画面の左隅で、イソギンチャクの触手のような大胞子葉にくるまれ丸く熟れたものが、雌花である。種子植物のなかでソテツと銀杏だけが、雄花がつくった精子を、雌花の卵細胞まで泳がせて受精を果たすのだ。

ソテツの雌雄の間には、この季節に浜辺でよく見かけてスケッチした浜鉈豆《ハマナタマメ》を描き入れた。淡いピンク色の花と、緑の鞘に実った豆を同時に描き入れることで、子孫繁栄を象徴させた。

これら亜熱帯のジャングルから透けて見える遠景には、最後の筆で立神を描き入れた。奄美の神々は、海の向こうにある豊穣の国ネリヤカナヤから立神を通ってこの島にやって来るといわれている。人はこの絵をいかように見ようとも自由であるし、そのためにこれらの意味を散りばめて象徴的絵画に仕上げたのであるが、立神の彼方に一村が塗り込めたのは、姉、喜美子への思慕だった。

この世で、姉を幸せにすることができなかった口惜しさを胸に、豊穣のビジョンを画面全体に散りばめた。早逝した田中家の弟妹たちの魂を弔い、姉と弟二人で日本の神話における天照大御神《あまてらすおおみかみ》と素戔嗚尊《すさのおのみこと》になり変わり、浄土において田中家を繁栄させる夢を見ようとしたのである。かつて院展に応募した《岩戸村》でも、この姉弟二柱の神々に思いを寄せたことがあったのだった。

この作の完成には、紆余曲折を経て、長い時間がかかった。その間に、一村の脳裏に巣食っていた、現世における名誉や成功への欲といったものは、一切合切きれいに浄化されていた。その証拠に、筆を運びながら、画家は至上の歓びに満たされていた。一筆毎に、天上と垂直に繋がり、かそけき光に導かれて天界への階段を登って行くような幸福感に包まれていた。

それは純粋に絵を描くということそれ自体が、至高の技と精神性の高みに於いて、初めて神々に許された寂静《じゃくじょう》なる至福であった。いったいどれだけの画家が、この境地に達せられただろうか。田中一村は、この一点によって、成功者になった。画家自身の肉体は酷使され、限界を迎えていたが、己が既にこの地点に到達したという確かな手応えは、一村に安堵をもたらした。

最後の絵を描き終えた翌日であろうか、一村は腰を曲げた姿勢で傘を杖にし、風呂敷包を手に提げ、いつもの散歩に出かけていった。陋屋《ろうおく》の画室に広げられた画帳の片隅には、次の様な手紙の草稿が遺されていた。

――結局、〈奄美十二カ月〉にはまだ足りておりません。描きかけのあの二作、《白花と瑠璃懸巣》と《枇榔樹の森に赤翡翠》が上手に完成した暁には、閻魔様のまえで個展を開いてもよろしいか、審判を頂きたく存じます。私の命を削って、力の限りを尽くしましたが、これがこの世における私の限界のようでございます。

私の描いた絵が、ヒューマニティであるのか、悪魔的であるのか、絵の正道であるのか、邪道であるのか、何と評されようとも私は満足でございます。描き上がったときには既に見せたい人はこの世におらず、爾来、私は自分の良心を納得させる為だけに描いたのでございますから。〝わが作物《さくぶつ》の他人に及ぼす影響については、道義的にあれ、美的にあれ、芸術家は顧慮し得ないはずなのである〟という漱石の教えに照らしても、その点は完遂し得たかと信じます。ですので、皆様方に御納得いただけるかどうかは、神のみぞ知るということでございます。

年末から、また大島紬染色工として働こうと考えています。そこで少しお金を貯めて、七十歳で古希を迎えられたら、また絵を描こうと思います。

奄美　孝

あとがき

二年前の十二月十二日、私は鹿児島の錦江湾から船で奄美大島へと旅立った。生きた情報がない恐怖の裏返しで文献だけは貪り読んでいたが、初めて向かう地に知人のひとりもいない。朝ぼらけの名瀬港に着いたが、身を落ち着ける場所すらない。六十四年前に田中一村がとった行動をトレースするつもりで、一村とおなじ日に船に乗ってこの島に来てみたのだが、謂わば〝まじない〟のような自分の行動が滑稽に思えてくる。それが私にとって最初の奄美体験であった。

ところが〝まじない〟は効いたのである。昭和三十三年、一村が七島灘を越えた高千穂丸の当時の船会社が評伝に書かれているとおり本当に〈鹿児島郵船〉であったか否かに拘り、私は奄美に到着した朝から九州運輸局やら海運会社やら、方々に電話をしまくっていた。そんな矢先、一本の電話が入った。名瀬のビジネスホテルにチェックインした初日のことである。

「あなたは何か、田中一村のことを調べているのですか?」

「えっ? た、確かに、一村のことを取材するために、奄美に来ていますが、あなたは誰ですか?」

「私は、大熊の漁港で一村さんに魚をあげて、絵を描かせてあげた漁師の孫です」

すべては一村と親交のあった大熊の漁師、山田本信さんの孫、政木祐樹さんとの出逢いから始まった。政木さんの勤める海運会社にもしつこい電話をして女性社員を困らせていたのを政木さんは目の前で聞いていて、電話をくれたのである。ここから島ん人《ちゅ》との人間関係が一気に広がり、充実した取材が可能になった。なんという僥倖！　天国の一村が采配してくれたとしか思えない。

方言監修でお世話になった保宣夫さんには、特別な感謝を捧げたい。徳之島方言では、奈良島一美さんのご協力を賜った。奄美大島特有の〝島ぐち〟が、拙著にこの島ならではの輝きを与えてくれた。鹿児島弁では、四十年来の友人、古里治さんの協力を得た。東克彦さんの人脈の広さにも大いに助けられ、保さんを初め多くの方々と繋いでいただき、一村が最初に住んだ下宿屋〈梅乃屋〉の場所を特定するために、当時名瀬市の土地台帳を作成していたご学友まで紹介してくれたことを思い出す。〈梅乃屋〉の隣に大島紬工場があったことを知ったのは、偶然知己を得た名瀬在住の女性の活躍に拠る。大和村役場の女性職員の方にも、当時の陸路交通に関して貴重な資料をいただいた。

取材は回を重ね、いよいよ一村と直接親交のあった国立療養所奄美和光園の中村民郎さんのご子息、保さんと、松原若安さんのご子息、千里さんへとたどり着いた。千里さんが語ってくれたご家族の悲話は、痛烈なエピソードとして物語に添えられた。

一村が慕っていた大熊の押川鮮魚店の〝おっかん〟フサエさんは、今年百歳をお迎えになったご長寿の方で、ご子息の押川博通さんからお話を伺った。現在、埋め立てられて大きく景観が変わっている鳩浜の当時の様子を押川さんに教えてもらったことから、私は一村の最高傑作の一枚が描かれた場所をそこに特定する覚悟をもったのだった。

現在大島紬産業に従事されている元雅亮さんのご紹介でお会いできた染色工の成田さんには、一村が勤めていた当時の久野紬工場の現場の雰囲気を教えていただいた。私のたっての願いで、表紙デザインのために、かそけき光に彩られた東シナ海を撮り下ろしてくださった写真家の濱田康作さんには、取材にもご協力を賜り、尊敬の念と感謝を捧げます。

こうした多くの人々の協力を得て、田中一村という稀有なる人物の像を浮かび上がらせることができたことに、深甚なる謝意を表したい。

最後に私事になるが、昨年の十二月に私の最愛の娘が逝き、今年三月には妹が逝った。最愛の姉と父親代わりの叔父を立て続けに亡くした一村の心境が今になって一層胸に沁みる。巻頭の献辞は、この小説を真っ先に読ませたかった二人の霊《まぶり》に捧げさせていただいた。

わが娘の遺影の背景には、図らずも奄美の緑の杜が写っている。

〈参考文献〉

『大熊誌』　名瀬市大熊壮年団（編纂者発行者）
『熱い心の島―サンゴ礁の風土誌』　古今書院
『名瀬市誌』上・中・下巻　名瀬市役所
『本場奄美大島紬協同組合創立八十周年記念誌』　本場奄美大島紬協同組合
『奄美大島物語』文英吉　南方新社
『新編・琉球弧の視点から』島尾敏雄　朝日文庫
『光仰ぐ日あるべし』　国立療養所奄美和光園
『海辺の生と死』島尾ミホ　中公文庫
『夏目漱石・美術批評』夏目漱石　講談社文庫
『奄美 復帰50年 ヤマトとナハのはざまで』（現代のエスプリ別冊）　至文堂
『沖縄文化』（第九十六号）　沖縄文化協会
『アダンの画帖 田中一村伝』南日本新聞社編　小学館
『薩摩燃ゆ』安部龍太郎　小学館文庫
『「地方」の実践からみた日本キリスト教社会福祉』杉山博昭　ミネルヴァ書房
『聖堂の日の丸　奄美カトリック迫害と天皇教』宮下正昭　南方新社
『やがて私の時代が来る　小笠原登伝』大場昇　皓星社

『小笠原登―ハンセン病強制隔離に抗した生涯』東本願寺出版
『奄美復帰史』村山家國　南海日日新聞社
『奄美生活誌』惠原義盛　南方新社
『奄美染織史』茂野幽考　奄美文化研究所
『大島紬誕生秘史』重村斗志乃利　南方新社
『奄美の債務奴隷ヤンチュ』名越護　南方新社
『漢方医学の再認識』小笠原登　東京医事新誌局
『この世の外れ 琉球往還私記』原田禹雄　筑摩書房
『図鑑　奄美の野鳥』　奄美野鳥の会
『奄美　神々とともに暮らす島』濱田康作　毎日新聞社
『奄美　太古のささやき』濱田康作　毎日新聞社
『苦い砂糖』原井一郎　高城書房
『南島雑話　幕末奄美民俗誌』（1・2）名越左源太　平凡社
『奄美学　その地平と彼方』「奄美学」刊行委員会編　南方新社
『奄美の歌掛け集成』三上絢子　南方新社
『奄美諸島の諺集成』三上絢子編　南方新社
『奄美戦時下米軍航空写真集』当山昌直・安渓遊地　南方新社
『泉芳朗の闘い 奄美復帰運動の父』大山勝男　沖洲通信社

『写真アルバム 奄美の昭和』 樹林舎
『ふるさとの想い出 写真集 明治大正昭和 名瀬』栄喜久元・當田真延 編 国書刊行会
『加藤栄三画集』 京都書院
『ユンヌ・物とくらし 与論民具館案内』菊千代 日本観光文化研究所
『奄美の心』笠畑保 機関紙共同出版
『奄美の奇跡「祖国復帰」若者たちの無血革命』永田浩三 WAVE出版
『シマ ヌ ジュウリ 奄美の食べものと料理法』藤井つゆ 道の島社
『復刻 大奄美史（奄美諸島民俗誌）』昇曙夢 南方新社
『芸術新潮 特集〈日展〉の権威 1985／02』 新潮社
『全記録 分離期・軍政下時代の奄美復帰運動、文化運動』間弘志 南方新社
『奄美返還と日米関係』ロバート・D・エルドリッヂ 南方新社
『忘れられた地域史を歩く―近現代日本における差別の諸相』藤野豊 大月書店
『奄美群島の名字・今昔』松山哲則 自費出版
『名瀬だより』島尾敏雄 農山漁村文化協会
『奄美戦後史』鹿児島県地方自治研究所 編 南方新社
『近世・奄美流人の研究』箕輪優 南方新社
『田中一村 豊饒の奄美』大矢鞆音 日本放送出版協会
『評伝 田中一村』大矢鞆音 生活の友社

『画家たちの夏』大矢鞆音　講談社
『絵のなかの魂 評伝・田中一村』湯原かの子　新潮選書
『田中一村の彼方へ―奄美からの光芒』加藤邦彦　三一書房
『現代画人伝 悲劇の画家』田中穣　読売新聞社
『奄美の四季と植物考』大野隼夫　道の島社
『まなざし その二―癩に耐え抜いた人々』大西基四夫　みずき書房
『孤高のハンセン病医師―小笠原登「日記」を読む』藤野豊　六花出版
『田中一村作品集』監修・解説 大矢鞆音　NHK出版
『奄美を描いた画家 田中一村展』　奄美群島日本復帰50周年記念実行員会
『田中一村　新たなる全貌』　千葉市美術館／鹿児島市立美術館／田中一村記念美術館
『加藤栄三』　三彩社
『脈　第三十六号』　脈発行所
『季刊銀花　No.89　春の号』　文化出版局
『加藤栄三遺作展』　日本経済新聞社
『日本の客船　2　1946―1963』　海人社
『検証、鹿児島・奄美の戦後大型公共事業』（鹿児島県立短期大学地域研究所叢書）西村富明　南方新社
『奄美群島の近現代史―明治以降の奄美政策』（南島叢書68）西村富明　海風社

■著者紹介

荒井　曜（あらい あきら）

群馬県前橋市生。多摩美術大学卒業後1983年から映画産業に従事し、1995年に独立して起業、映画配給、製作などの実績、記録を残す。一方、荒井曜の筆名で映画・美術評の執筆を始め、この文筆活動は、2011年文学賞受賞によって小説家デビューに結実。作家としては、デビュー作『慈しむ男』『水上の光』『ヴィレッジ』他を上梓。『田中一村　かそけき光の彼方』は、新たなる作家活動の方向を決めるリ・デビュー作となる。

田中一村　かそけき光の彼方

二〇二四年九月十日　第一刷発行

著　者　荒井　曜

発行者　向原祥隆

発行所　株式会社南方新社

〒八九二―〇八七三

鹿児島市下田町二九二―一

電話〇九九―二四八―五四五五

e-mail info@nanpou.com

振替口座〇二〇七〇―三―二七九二九

印刷製本　シナノ書籍印刷株式会社

定価はカバーに印刷しています

乱丁・落丁はお取替えします

ISBN978-4-86124-522-0 C0093

田中一村の生きた奄美を知る本

奄美大島物語　増補版

◎文 英吉
定価（本体 3600 円 + 税）

奄美学の父・文 (かざり) 英吉。古老を訪ね、文献を渉猟し『奄美民謡大観』の大業を成し遂げた著者は、一般向けに、それまでに蒐集した島唄、昔話、伝説を盛り込んだ『奄美大島物語』を刊行し、圧倒的な支持を集めた。待望の復刊。

復刻　奄美生活誌

◎惠原義盛
定価（本体 5800 円 + 税）

知っておきたい鹿児島県の基礎知識。鉄砲・キリスト教の伝来、薩英戦争、西南戦争——。鹿児島は歴史の転換点となる数々の出来事の舞台となってきた。本書は、「日本史の中の鹿児島県」の歴史をテーマごとにわかりやすく解説する。

復刻　大奄美史

◎昇 曙夢
定価（本体 9200 円 + 税）

初の奄美の通史として本書が刊行されたのは 1949 年（昭和 24 年）のこと。薩摩・琉球はもとより、日本・中国・朝鮮の古典を渉猟し、島に残る豊富な民俗文化を蒐集、探求した。奄美史のバイブルとして燦然と光を放っている。

奄美の歌掛け集成

◎三上絢子
定価（本体 7800 円 + 税）

奄美シマ唄は男女の即興の歌の掛け合いから生まれ、今も八月踊りに生きている。歌掛けは『古事記』や『万葉集』にもみられ、中国にも現存する。永く伝えられてきたシマ唄の奔流を遡る旅が始まる。

奄美諸島の諺集成

◎三上絢子編
定価（本体 1 万 5000 円 + 税）

2009 年、ユネスコは奄美語を消滅危機の一つにあげた。編者・三上絢子は、20 年にわたって、急速に失われつつあるこの奄美語を永遠に残そうと、諺に的を絞り奄美全島から収集した。そのタイトル数は 7000 を超える。

新版　シマ ヌ ジュウリ

◎藤井つゆ
定価（本体 4800 円 + 税）

奄美の郷土料理を集成。第 7 回南日本出版文化賞、受賞から 20 年、待望の新版を復刊。長く絶版のまま伝説の名著と評されてきた。シマの身近な食材を使った伝承料理 160 品目を民俗写真とともに紹介。クワ・マーガヌタム。

全記録 分離期・軍政下時代の奄美復帰運動、文化活動

◎間 弘志
定価（本体 3800 円 + 税）

奄美戦後史の重要基礎資料。1946 年から 53 年までの膨大な項目を、大島支庁、軍政府、復帰協議会、本土、国会、米国、沖縄…、あるいは報道、文学、演劇、映画などに区分。解説も加えた。貴重な写真も多数収録。復帰 50 周年特別企画。

奄美返還と日米関係

◎ロバート・D・エルドリッヂ
定価（本体 3600 円 + 税）

1953 年 12 月 25 日、奄美群島は日本に復帰した。なぜアメリカは、沖縄に先行して奄美を返還したのか。軍事占領と放棄、日本の再軍備、復帰運動、国務省と統合参謀本部の確執……。浮き彫りになるのは現在につながる米アジア戦略。

ご注文は、お近くの書店か直接南方新社までメール、電話、FAX を（送料無料）
書店にご注文の際は「地方小出版流通センター扱い」とご指定下さい。